맛있다, 내 인생

신정선 지음

예담

이 책은 2010년 조선일보 대중문화부에서 음식 담당이던 때 연
재한 '내 인생의 맛'에서 시작됐다. 당시 취재하며 만난 여덟 분과
2011년 책을 준비하며 새롭게 만난 스물두 분의 인터뷰를 묶었다.

내가 얘기하고 싶었던 것은 맛이 아니라 삶과 추억이었다. 먹는
것을 좋아하는 사람, 좋아하지 않는 사람, 맛에 목숨 건 사람, 관
심 없는 사람, 누구나 먹는다. 그리고 누구나 먹으면서 생긴 추억
이 있다. 그 추억의 늑골 아래, 기억의 오두막에서 웅크리고 있던
이야기를 두드려 깨워 전하고 싶었다. 맛있어서 행복한 게 아니라
기억해서 행복한 이야기를 하고 싶었다. 세상의 모든 추억에서 풍
기는 냄새와 소리를 전하고 싶었다.

질문과 답으로 분절되는 인터뷰 형식이 아니라 말하듯 풀어쓴 것은 독자에게 가깝고 편안하게 인터뷰를 전하고 싶었기 때문이다. 독자가 서른 명과 마주 앉아 속 깊은 이야기를 듣는 것처럼, 그들을 만났던 나의 즐거움을 최대한 전하고 싶었다. 주인공이 주욱 말해주는 것처럼 쓰기는 했으나, 그 안에는 나의 질문과 느낌과 헤아림이 녹아 있음을 밝혀둔다. 서른 명과 나눈 문답을 내 머릿속에서 반죽해, 이야기라는 국수로 뽑아내고, 문장과 표현이라는 육수를 부은 셈이다. 서른 명이 책을 통해 흘려보내는 추억의 전류가 독자의 가슴에 불을 댕길 뜨겁고 푸른 도화선이 되길 바란다.

빈곤한 재주로 책을 쓰겠다고 나서는 바람에 실로 많은 이들을 괴롭혔다. 조선일보를 팔고 선후배를 팔아 결국 나오게 됐으니, 내가 아니라 도와주신 분들이 만든 책이나 진배없다.
먼저, 조선일보에 실린 '내 인생의 맛' 연재를 재미있게 봐주시고 출판 제의를 해주신 위즈덤하우스 이진영 편집장께 감사드린다.
책에 실린 스물한 명의 사진은 조선일보 사진부 후배 이준헌이 찍었다. 잘생기고 성격도 좋은데 사진까지 잘 찍는다. 준헌아, 고맙다. 두 명의 사진은 사진부 후배 이태경이 찍었다. 태경아, 나 때문에 새벽에 회사로 다시 들어가기까지 한 너의 미더운 마음을 잊지 않을게. 제주도에서 사진 찍어주신 이종현 선배, 감사합니다.

책 쓰는 것에는 전혀 도움이 되지 않았는데도 최보식 부장께 감사한다. 책을 쓴 것은 내가 기자라 쓴 것, 내가 기자인 것은 최 부장께 큰 빚, 그러니 감사하지 않을 도리가 없다. '내 인생의 맛' 연재를 시작하도록 허락해주시고 질책해주신 박은주 부장께 감사드린다. 무식한데 배포만 큰 부원 때문에 고생하셨다. 대중문화부에서 부장으로 모시고 다시 문화부에서 또 부장으로 모시게 됐다. 악연(惡緣)이라 여기시지 않도록 열심히 해야 할 텐데, 난감한 일이다.

도와주는 줄도 모르고 도와주신 김광일 국장, 감사합니다. 잘 해보라고 격려하고 도와준 김태훈 선배, 감사합니다. 잘될 거라고 무조건 격려해준 김수혜 선배, 감사합니다. 요즘 LA에서 매일같이 나의 전화 질문 테러에 시달리는 박돈규 선배, 선배는 세상에서 제일 멋진 선임자라고 동네 뒷산에라도 올라가서 외치고 싶어요. 미국 연수 떠나기 전날까지 인터뷰 일정을 챙겨준 최승현 선배,

고맙습니다.

엉기설기 원고를 먼저 읽고 꼼꼼히 살펴준 친구 김소민, 네가 없었다면 얼마나 더 힘들었을지.

괜한 엄살에도 같이 걱정하고 도와준 아워홈 장수연 점장께 깊이 감사드린다. 잘될 것 같다고 응원해준 보그코리아 신광호 차장, 밤 열한 시 넘어서도 고마운 문자를 보내준 신라호텔 나도연 주임, 책 쓴다는 말만 듣고도 재미있을 것 같다며 미리 좋아해준 CJ E&M 김부경 대리에게도 감사드린다.

이 모든 빚을 어찌 갚을지 아득하다. 책이 팔리면 밥으로 갚고, 안 팔리면 내게 남은 세월로 갚으리.

차례

이순재,
아직도
도전할 과제가 남았다

비빔냉면 집에 들어서서 조선일보 기자라고 인사하
니 갑자기 분위기가 싸늘해졌다. 얼굴이 딱딱하게
굳은 사장님이 "지난주 조선일보에 우리 집 냉면이
2등이라고 나가서 손님들 항의가 빗발쳤다"고 말했
다. 1등은 옆집이었다. 최악의 타이밍이었다. 내가
쓴 기사는 아니었으나 '공범'으로 몰려 쫓겨날 위기였
다. 그가 재빨리 수습에 나섰다. "내가 이 집 몇십 년
단골인데……." 고비를 넘기고 자리에 앉아 비빔냉면
에 대한 찬사가 나올 만한 질문을 인터뷰 초반에 집중
적으로 던졌다. 걸걸하면서 성량 좋은 그의 목소리를
타고 "이 집 냉면이 이래서 좋고 저래서 기억나고" 하
는 이야기가 술술 흘러나왔다. 서비스로 홍어회무침
이 나오는 걸 보고서야 안도의 한숨을 쉬었다.

이순재

1935년 함경북도 회령에서 태
어났다. 서울대 철학과 재학 시
절인 1956년 연극 '지평선 너
머'에 출연하면서 연기자의 길
을 걷기 시작했다. 2011년 영
화 '그대를 사랑합니다'로 중
화권 3대 영화제 중 하나인 중
국 금계백화영화제에서 남우
주연상을 받았다. 연기 생활
55년 만에 처음 받은 해외영
화제 상이었다. 금계백화영화
제 사상 최고령 남우주연상 수
상자이기도 했다.

내가 일부러 찾아서 먹는 유일한 음식이 냉면이
야. 어떤 땐 냉면이 냉면으로 안 보이고, 옛 사진첩
넘겨보는 기분일 때가 있어. 1960년대부터 다녔으
니 벌써 40년도 더 됐네. 지금은 세상을 뜬 이낙훈
씨하고 자주 먹었지. 다른 동료하고 우르르 올 때도

14

있었고. 그 기억 때문인지 냉면을 보면 네 연기가 어떻다, 내 작품이 어떻다, 얘기하면서 떠들썩했던 시절이 고스란히 떠오르는 거야. 냉면 안에 연기 동료의 추억이 다 들어 있는 거지.

그래서 함흥냉면은 내게 수십 년 친구나 마찬가지야. 늘 편안하고 익숙한 맛이 보기만 해도 친근하거든. 오장동 함흥냉면집이 그 친구를 만나는 곳이야. 내겐 냉면 하면 이 집밖에 생각이 안 나. 평상시에 방송국 근처에서 아무거나 먹다가도 "거기 가서 그거 먹자" 하면 바로 함흥냉면이었어.

텔레비전 드라마에서 냉면 먹는 장면 본 적들 없을 거야. 다들 빵 먹거나 스테이크 썰지. 냉면은 화면상으로 표현하기 어려운 음식이니까. 일단 색감이 뚜렷하거나 화려하지 않고 이로 잘라서 먹기도 어렵잖아. 먹다가 국물 흐르면 그것도 보기 좋지 않고. 그래서 연기하면서 냉면 먹을 경우가 별로 없어요.

예전엔 함흥냉면집 카운터에 할머니가 계셨어. 동료들하고 일주일에 한 번은 꼭 오니까 단골로 인정받았지. 우리가 오면 따로 주문 안 해도 홍어회무침을 한 접시씩 꼭 챙겨줬어. 오장동에 요즘처럼 크게 냉면 건물이 들어선 건 우리가 찾기 시작한 후로 한참 지나서야.

처음에는 을지로3가 쪽에 조그맣게 있었어. 각자 한 그릇씩 먹고 그래도 성에 안 차면 할머니한테 부탁해서 싸갖고 가기도 했지. 요즘 식으로 하면 테이크아웃. 그런데 집에 가서 먹으면 맛이 또 달라요. 이 자리

에서 그 사람들하고 먹었을 때 맛이 아닌 거지.

이 가게에 유명한 사람이 있었어. 주문 담당이었지. 어디 적는 것도 아니고 구두(口頭)로 받았는데도 점심때 한꺼번에 몰려드는 그 많은 사람의 주문을 다 외웠어. 주문 컴퓨터였지, 주문 컴퓨터.

그때만 해도 신발장이 없어서 사람이 몰리면 각자 신발을 챙겼어. 비닐봉지에 신을 넣고 빽빽하게 앉아 있는 사람들 사이를 지나가다 보면 몇 사람 뒤통수 치기는 예사였지. 친 사람은 미안하다 하고, 먹는 사람은 먹느라 정신 팔려서 괜찮다 하고. 먹기 바쁘고 자리 찾기 바빴지. 서비스하고는 거리가 멀었는데도 역시 이 맛 때문에 찾아오지 않을 수가 없었고, 번성하지 않을 수 없었어. 예전에야 카드도 없었으니 현찰로 계산했는데, 우리끼리 "이 집은 돈을 낙엽 쓸 듯 가마니에 쓸어 담는다"고 그랬어.

냉면은 딱 두 가지야. 맛있는 냉면과 맛없는 냉면. 중간에 애매한 건 없어. 맛있는 냉면에 입맛이 길들면 맛없는 건 못 먹지. 타협을 불허하는 맛이라고나 할까. 냉면이라는 게 화려하게 꾸미거나 새로 개발한 양념으로 전에 없던 맛을 내는 게 아니잖아. 전통과 권위가 살아 있는 맛이 무엇인지 가장 잘 보여주는 음식이야. 세월이 아무리 흘러도 한결같은 중심을 지키는 것이 얼마나 중요한지를 보여주는 음식이기도 하고. 믿을 수 있다는 것, 변하지 않는 가치가 왜 소중한지를 이 면발이 웅변하고 있지 않나.

맛있는 냉면에 입맛이 길들면 맛없는 건 못 먹지.
타협을 불허하는 맛이라고나 할까. 냉면이라는 게
화려하게 꾸미거나 새로 개발한 양념으로 전에 없던 맛을
내는 게 아니잖아. 전통과 권위가 살아 있는 맛이
무엇인지 가장 잘 보여주는 음식이야.

연기도 마찬가지야. 기본과 중심은 불변이지. 맛도 그렇고 사람도 그렇고 흔들리기가 쉽잖아. 해이해지기 일쑤고. 손님 좀 몰린다 하면 변해버리는 음식점이 얼마나 많아. 프랜차이즈 내주면 돈이야 금방 벌겠지. 하지만 맛이 가는 것도 순식간이야. 그래서 오장동 함흥냉면집을 더 찾게 돼. 외부에 지점을 두면 돈더미에 올라앉을 텐데도 안 그러잖아. 그만큼 음식에 대한 권위와 전통을 지킨다는 정신이 보여서 내가 좋아해.

물론 무조건 과거의 것을 고수하는 것만으로는 권위가 생길 수 없어. 시대가 변하고 세상이 달라졌는데 "옛날엔 안 그랬다"고 외치고 있으면 누가 존중해주겠어. 나이 들어 야동 보는 건 말도 안 된다는 예전 사고방식만 고집했으면 '야동순재'의 재미가 살아났겠어? 처음엔 나도 야동순재, 이건 좀 너무한 거 아닌가 싶었지. 욕 많이 먹겠다 싶었는데 다들 재미있다고 하더라고. 전통과 기본을 지키되 열려 있어야 하는 것이지. 우리가 명작으로 알고 있는 여러 작품은 새로운 발견이 가능하고 다양한 해석의 여지가 있기 때문에 생명력이 영구한 거야. 셰익스피어, 안톤 체호프, 테네시 윌리엄스의 작품은 끊임없이 무대에 오르지만, 그때마다 새로운 걸 배워요. 역시 정통은 다르구나, 하는 걸 알게 되는 거지.

'세일즈맨의 죽음'을 20년 간격으로 두 번 하면서 그걸 깨달았어. 1979년에 하고 2000년에 했는데, 대본대로 완전히 하면 2시간 40분짜리지. 1979년 당시에는 우리가 이해 못하는 부분이 있었어. 그 무렵에는 거의 연탄을 썼지. 도시가스가 일반화되지 않았고. 그런데 대사 중에 엄마가 아들한테 "가스 파이프가 열려 있더라. 아버지가 마시려고 한 건 아닌지 모르겠다"라고 하는 부분이 있어. 가스가 뭔지 모르는데 그 대사가 이해됐겠어? "가스가 뭐야, 잘라버려." 그렇게 돼서 그 부분은 안 올라갔지. 1막 마지막에 보면 주인공인 아버지가 창밖을 보면서 "달이 아파트 사이로 가고 있다"고 말하는데, 그 말이 뭔지 당시엔 몰랐어. 단순한 풍경 묘사인 줄 알고 "달이 아파트 사이에서 씩 웃고 있다"라고 바꾸자고 한 사람도 있었지. 하지만 그건 환경 문제에 대한 경고였어. 아파트가 들어서기 전부터 거기 살던 주인공 눈에 그 장면이 잡힌 거지. 2000년 공연할 때에야 "아, 알겠다" 싶더라고. 나이 먹고 경험이 쌓이면서 사람도 알아가고 작품도 배워가는 거지.

시간이 가도 똑같은 것을 계속해서 반복하는 행위라면 얼마나 재미없겠어. 같은 분위기의 연기가 계속 나오면 보는 사람도 지겨울 뿐만 아니라, 연기자로서 내 생명도 짧아지는 거야. 대발이 아버지로 떴다고 대발이 아버지 같은 역할만 맡았으면, 나부터가 재미없어서 연기를 계속할 수가 없겠지. 늘 새 과제에 도전하면서 마지막 작품 하는 그 순간까지 나를 단련시키는 거야.

연기생활 하면서도 내가 최고라는 생각은 한 번도 해본 적이 없어. 젊었을 때부터 인기나 수익 면에서 나보다 나은 사람이 늘 있었지. TBC 방송에서 활약할 때도 이낙훈 씨와 나를 비롯한 여섯 명 정도가 경쟁하면서 함께 발전했어. 난 1980년대 언론통폐합 된 후에는 방송 대상을

이미 다 이뤄서 더 도전할 영역이
없다고 하는 것보다 항상 도전해야 할
대상이 있고 해야 할 과제가 남아 있다고
여기는 게 연기자로서는 오히려 복된
상황이라고 생각해.

받아본 적이 없어. 상이라는 걸 객관적 평가의 잣대로 본다면 위축될 수
밖에 없는 상황이지. 하지만 이미 다 이뤄서 더 도전할 영역이 없다고
하는 것보다 항상 도전해야 할 대상이 있고, 해야 할 과제가 남아 있다
고 여기는 게 연기자로서는 오히려 복된 상황이라고 생각해.

　얼마 전에 영화 '그대를 사랑합니다' 찍을 때도 처음 연기를 시작할
때 못지않게 고민했어. 마지막 장면에서 윤소정 씨가 연기한 할머니에
게 "한번 안아보자"라고 하는 장면이 있는데, 내가 보기엔 그 장면이 영
화의 핵심이었거든. 대본을 읽을 때부터 저절로 상황이 연상되면서 생
각할수록 비감해지더라고. 속으로 우는 걸 보여줘야 하겠는데, 속울음
을 과연 어떻게 표현할 것인가가 연구 대상이었지. 내가 눈물을 흘리면
안 되겠다고 방향을 잡았어. 헤어지는 장면이니까 꺼억꺼억 울어야 한
다고 생각하기 쉽지만, 반대로 절제해야겠다고 판단했지. 눈빛과 표정,
알 듯 모를 듯한 손짓만으로 전달했는데 다행히 반응이 좋았어.

초등학생이 냉면 맛을 알기 어렵듯이, 이십대가 그런 사랑을 이해하기 어렵겠지. 맛을 아는 사람이 최고로 꼽는 맛이 있듯이, 살아본 사람 눈에 보이는 감정의 물결이 있는 법이니까.

연기라는 게 글자만 외워서 지껄인다고 되는 게 아니지. 그건 아무나 다 해요. 일상적인 장면에서 눈 하나 뜨는 거, 시선의 각도, 고개를 어떻게 돌리는지에 표현의 묘미가 있는 거야. 그걸 구별할 줄 알 때에야 본질에 도달했다고 할 수 있지. 여러 냉면집의 함흥냉면이 다 같은 고추장 양념을 쓰지만, 미세한 맛의 간극을 결코 메울 수 없는 것과 같아. 그 차이, 세월이 만들어준 기본과 전통의 차이를 헤아릴 줄 알고 지킬 줄 아는 게 우리 인생이 아닐까 싶어.

신경숙,
살다가 힘들면
엄마의 부엌을 생각한다

ⓒ조선일보

그를 만났을 때 · · ·

그가 남편과 함께 뉴욕으로 떠나기 직전 어렵게 성사된 인터뷰였다. 더운 7월, 약속 장소로 허겁지겁 달려가는데 꽃집이 눈에 들어왔다. 노랑과 보라가 섞인 화분을 선물했더니 꽃보다 환하게 웃었다. "어머, 이런 꽃을 다 사왔어요"라며 인터뷰 도중에도 문득문득 시선을 줬다. 짐은 다 챙기셨느냐, 가서는 무얼 하며 지내실 건가, 일상적이고 소소한 대화를 나누며 광화문 횡단보도를 건넜다. "제가 나중에 전화 드리더라도 꼭 기억해주세요." 화분을 껴안은 그가 대답했다. "그럼요, 어떻게 잊겠어요. 꽃을 받았는데." 뉴욕에서 그는 더 반짝이는 우리 문학의 별이 됐다. 귀국한 그에게 안부를 묻는 이메일을 보냈다. 곧바로 꽃 같은 답장이 날아왔다. "그럼요, 잊지 않았죠. 꽃을 받았는데."

신경숙

1963년 전북 정읍에서 태어났다. 영등포여고 산업체 특별학급을 거쳐 서울예술대학 문예창작과를 졸업했다. 1985년 〈겨울우화〉로 문예중앙 신인문학상을 받으며 등단했다. 2008년 11월 발표된 《엄마를 부탁해》가 비(非)미국 작가 데뷔작으로는 역대 최고인 초판 10만 부를 찍고, 전 세계 24개국 번역·출판 계약을 맺는 등 한국 문학 해외 진출의 신기원을 열었다.

음식은 사람에 대한 배려와 접촉이 아닐까요. 그런 면에서 보면 깻잎은 마음을 건네기에 참 좋은 음식이에요. 깻잎을 먹다 보면 자연스럽게 그렇게 되죠. 한 장 떼서 그 사람의 숟가락 위에 얹어줄 수 있고, 다른 반찬 위에 올려주기도 하니까요. 떼다가 잘 안 되면 옆에서 같이 떼어주죠. 아니면 아래쪽 깻잎을 눌러주기도 하고요. 여러 장 올려주다 보면 서로 기분도 좋아지는 특별한 느낌이 있잖아요.

지난해 나온 제 소설 《어디선가 나를 찾는 전화벨이 울리고》에도 깻잎을 넣었어요. 주인공인 윤미루하고 정윤이 깻잎을 떼서 서로의 밥숟가락 위에 얹어주는 장면이었죠. 정윤이 처음으로 "엄마가 돌아가셨다"고 타인에게 말한 것도 올려준 깻잎에 밥을 싸서 먹던 그 밥상이었어요. 밥상에서 서로를 향해 마음을 열게 만든 게 깻잎이었죠. 그래서 '우리 사이엔 깻잎이 소통의 도구 같았다'고 느끼고요.

깻잎은 제가 제일 좋아하는 음식이기도 해요. 저 어렸을 때는 텃밭에다가 쑥갓이며 깻잎이며 풋풋한 것들을 참 많이 심었어요. 그중에서 깻잎이 제일 예쁘더라고요. 바람이 불면 깻잎향이 솔솔 났죠. 아이들은 대부분 그런 냄새를 싫어한다고 하던데 저는 참 좋았어요. 깻잎에 밥을 싸서 주먹밥을 만들어 먹으면 밥알 사이로 푸릇한 향기가 새어나왔어요. 겨울에도 깻잎을 먹으려면 장아찌를 담갔지요. 깻잎을 하나씩 똑똑 따서 따뜻한 물에다 씻어 말린 후에 차곡차곡 개요. 그걸 된장 담글 때 사이사이에 넣어두면 된장향이 깻잎에 사악 배는 거죠. 된장에 박힌 깻잎은 시인 허수경 씨가 우리 집에 왔을 때 제가 많이 퍼줬어요. 엄마가 시골에서 많이 보내주시거든요. 그건 어디에도 없는 맛이에요. 한번 보내주시면 어찌나 많이 보내주시는지, 말려도 소용없어요. 제가 워낙 깻잎

깻잎에 밥을 싸서 주먹밥을 만들어 먹으면 밥알 사이로
푸릇한 향기가 새어나왔어요. 겨울에도 깻잎을 먹으려면
장아찌를 담갔지요. 깻잎을 하나씩 똑똑 따서 따뜻한
물에다 씻어 말린 후에 차곡차곡 개요. 그걸 된장 담글 때
사이사이에 넣어두면 된장향이 깻잎에 사악 배는 거죠.

을 좋아하니까 혹여나 떨어질까 싶어서 잔뜩 해주시는 거죠.

저희 집이 육 남매인데, 제 위로 다 남자 형제라 제가 주로 엄마하고
부엌에 있었어요. 엄마가 만든 걸 그릇에 담기도 하고 옆에서 자잘한 일
을 돕기도 했죠. 엄마는 시골 분이라 그런지, 누군가에게 말로 '사랑한
다'고 표현하지 못하세요. 사랑한다는 그 마음을 전한 것은 말이 아니
라 음식이었죠. 제가 열다섯 살 이후로 엄마하고 떨어져 살았거든요. 시
골집에 가면 엄마가 따뜻한 음식을 차려주셨어요. 제가 딴 방에 있으면
"이리 건너와라" 하세요. 딴 말씀은 별로 없이 상을 차려주시면서 먹으
라고 하셨어요. 그게 "네가 와서 좋다, 사랑한다"라는 말이었던 거죠. 제
가 먹고 있는 걸 흐뭇하게 바라보고 계셨지요.

어렸을 때 엄마는 다른 건 몰라도 아침밥을 안 먹고 학교에 가면 굉장
히 속상해하셨어요. 아침부터 엄마하고 실랑이하지 않으려면 지각을 하
더라도 밥은 먹고 가야 했어요. 안 먹고 가면 기어이 학교에까지 밥을

싸오셨어요. 십 리 떨어진 곳을요. 그 거리를 왕복하려면 엄마가 언제 밥을 드시고 언제 일을 하시겠어요. 그러니까 늦어도 먹고 나서는 게 엄마를 돕는 거죠. 뜨거운 밥을 빨리 먹으려면 찬물에 마는 게 가장 좋았죠. 그럴 때 같이 먹기 제일 편한 게 깻잎이에요. 뜨거우면서 차가운 밥 위에 얹힌 향긋한 깻잎 한 장에 급한 마음이 어느새 달아나버렸지요.

저희 집 식구들은 함께 밥상에 앉으면 아주 시끄럽답니다. 맛있는 걸 먹으라고 권하면서 서로 숟가락 위에 얹어주느라고요. 그리고 항상 '맛있다'는 말을 잊지 않아요. 과묵하게 숟가락질만 하면 고생해서 만든 사람이 얼마나 맥빠지겠어요. "이거 먹어라", "아이 맛있다" 하느라 시끌시끌한 게 저희 집 식사 시간이에요.

전 제가 칭찬해요, 제 음식. 맛있다고 한다고 돈 드는 것도 아닌데, 맛있다 한마디 해주면 음식도 기분 좋아서 없던 맛도 내려 하지 않을까요. 상대방이 말 안 하면 저라도 해요. "이거 너무 맛있다" 하고요. 그렇게 함께 밥을 먹는 것이 서로에 대한 '가장 깊은 표현' 아닐까요. 밥은 사실 친하지 않은 사람하곤 잘 안 먹잖아요. 가족이나 친해지고 싶은 사람과 같이 먹는 게 밥이죠. 일 때문에 만나면 차나 마시죠. 식사를 자주 하는 사이는 상당히 친밀하다는 뜻이라고 생각해요. 쩝쩝쩝이거나 후루룩 꿀꺽 삼키고 마시는 소리를 내는 게 어색하지 않은 사이인 거죠.

시골에서 살다 보면 서로에게 전하는 마음과 인사가 한 상에 그대로 보여요. 혹시라도 손님이 오면 밥을 해서 먹여 보내는 게 시골 인심이에

저는 엄마의 사랑을 도마질 소리로도
느꼈거든요. 살면서 힘들다가도 어느 날
고향집에 돌아가면 다음 날 아침 제일 먼저
듣는 소리가 엄마의 도마질 소리였어요.
아침 선잠에 그 소리를 들으면 얼마나
행복한지 몰라요.

요. 사실 반찬이랄 것도 별거 없죠. 집에 있는 거 깨끗한 접시에 내놓는
게 특별한 마음의 표시예요. 시장이 멀다 보니 밭에서 바로 뜯어와 즉석
에서 만든 반찬이 주가 되죠. 푸성귀며 감자나 당근이 그때그때 음식이
돼서 올라왔어요. 엄마가 손님용으로 챙기던 건 바로 '비린 것'이었어
요. 내륙이다 보니 생선이 드물었잖아요. 고등어나 갈치는 일부러 읍내
에 나가 시장에서 사거나 버스 타고 먼 데 가서 사오는 것이었죠. "상에
비린 것이라도 있어야 되는데"라는 말씀이 '고등어나 갈치라도 한 마리
먹여야 하는데' 하는 애틋함의 표시였어요.

　음식은 먹을 때뿐만 아니라 만드는 중에도 위로하고 쓰다듬어주는
힘이 있어요. 저는 엄마의 사랑을 도마질 소리로도 느꼈거든요. 살면
서 힘들다가도 어느 날 고향집에 돌아가면 다음 날 아침 제일 먼저 듣
는 소리가 엄마의 도마질 소리였어요. 아침 선잠에 그 소리를 들으면 얼

마나 행복한지 몰라요. 누워서도 엄마 손이 다 보여요. 엄마는 신기하게도 칼 하나, 도마 하나로 모든 요리를 다 하시죠. 요즘에는 마늘 찧는 기구도 따로 나오고 야채 모양내는 도구도 있지만, 엄마는 어슷어슷 잘근잘근 뚝딱 잘도 만들어내시죠. 온 가족이 함께 살지 않는 사람은 대부분 알 거예요. 도마질 소리만 들어도 행복해지는 그 마음을.

엄마의 소리는 무척 빨랐어요. 무채 써시며 다다다, 다다다. 마늘을 찧으시며 콩콩콩, 콩콩콩. 엄마는 칼 하나로 이렇게 자르고 저렇게 찧으면서 모든 걸 만들어내셨어요.

우리나라 말이 가장 품격 있게 살아 있는 게 요리책이기도 하죠. '어슷어슷' '잘근잘근' '쫑쫑쫑' '보글보글' 같은 부사라든지, '끓는다' '곤다'라는 동사를 보면 잃어버린 우리말이 음식과 함께 살아 있는 걸 확인할 수 있어요.

언젠가 한 행사에 초청받아 갔는데 절 소개하시는 분이 "한국 작가 중에서 거의 유일하게 부엌을 소설 속에 갖고 있는 작가"라고 하셨어요. "누구에게 들은 말씀이냐"고 여쭤봤더니, "어느 평론가에게 들었는데, 내 생각에도 맞는 말 같다"고 하시더라고요. 시골집 엄마의 부엌에서 듣고 보고 맛봤던 기억이 소설 속에 살아나서 그런가봐요.

저희 엄마는 성당에 다니시는데 성당 분들이 말씀해주시는지 제 소설에 대해 알긴 아시더라고요. 하지만 이래라저래라 말씀은 전혀 안 하세요. 가끔 서울에 오셨을 때, 잠을 못 이루시면 제 책을 읽어드려요. 그러면 평화롭게 잠이 드세요. 지난번에는 갑자기 "어쩌면 너는 그런 걸 하나도 안 잊어버리고 기억하냐?" 하시더라고요. 엄마가 내던 냄새와 소리가 고스란히 들어 있는 게 놀라우셨나봐요. 일부러 기억하려고 하면 잊었을지도 모르죠. 하지만 엄마의 부엌이 남겨준 기억은 소설 한 장 한 장을 써나갈 때마다 새롭게 살이 돋는 것 같아요.

나중에 세월이 많이많이 흐른 세대에는 음식 대신 캡슐이 나올 거래요. 깻잎 대신 깻잎맛 캡슐이 나오는 거죠. 깻잎은 오직 역사책이나 그림으로만 존재하고요. 맛이나 영양가는 똑같다고 그 캡슐을 먹고 '깻잎 먹었다'고 할 수 있을까요. 깻잎을 한 장씩 얹어주며 나누던 위로와 소통이 없이는, 아무리 맛과 영양이 넘쳐도 깻잎이라고 할 수 없겠지요. 그게 음식의 본질이기도 하고요.

지난 1년간 뉴욕에서 지내면서 음식 때문에 불편한 적은 없었어요. 다행히 음식을 가리는 편이 아니라서. 미국 출판사 에디터나 에이전시 사람들하고 한식 먹으러 다니기도 했어요. 모두들 굉장히 좋아하더군요. 특히 비빔밥·잡채·파전·불고기·상추쌈을 잘 먹었어요. 뉴욕에서 깻잎도 많이 얻어먹었답니다. 제 소설을 읽고 깻잎장아찌를 만들어준 독자가 있었어요. 뉴욕에서 만난 한 시인 선생님도 떨어질 만하면 깻잎을 직접 담가 가져다 주셔서 냉장고에서 한 번도 깻잎이 떨어진 적이 없었네요. 참 감사했어요.

나중에 세월이 많이많이 흐른 세대에는 음식 대신 캡슐이 나올 거래요. 깻잎 대신 깻잎맛 캡슐이 나오는 거죠. 깻잎은 오직 역사책이나 그림으로만 존재하고요. 맛이나 영양가는 똑같다고 그 캡슐을 먹고 '깻잎 먹었다'고 할 수 있을까요. 깻잎을 한 장씩 얹어주며 나누던 위로와 소통이 없이는, 아무리 맛과 영양이 넘쳐도 깻잎이라고 할 수 없겠지요. 그게 음식의 본질이기도 하고요.

이승철,
간절함은 대중의 마음을 얻는 가장 큰 무기

ⓒ이준헌

그의 모든 답변은 직구로 날아와 꽂힌다. '나는 이런 사람'이라는 데에 조금의 주저가 없다. 동료 가수에 대한 평가도 솔직하고 거침없었다. 삶의 난관을 제 힘으로 넘어본 사람만이 가질 수 있는 자신감이 그를 받쳐주고 있었다. "운명적으로 음악을 하라는 하늘의 뜻이 있다고 본다", "스타는 노래를 해야 할 의무가 있다"고 말할 때는 스무 살 때 부르던 '희야'에서 건너온 긴 세월이 만져졌다. 아내 박현정 씨는 처음 보는 내게 허리를 깊숙이 굽혀 인사했다. 스타의 아내가 아니라 편안한 학교 선배의 누이를 만난 듯했다. 그가 임신한 아내를 위해 삼시 세끼를 만들어주고, 아내와 두 딸을 얘기할 때 유달리 눈빛을 빛내던 까닭을 아주 조금이나마 알 것 같았다.

이승철

1985년 그룹 부활의 보컬리스트로 음악계에 첫발을 디뎠다. '라이브의 황제'로 통하는 그는 누구나 인정하는 콘서트 시장의 최강자다. 마흔을 훌쩍 넘긴 나이에도 히트곡에 안주하지 않고 조카뻘인 아이돌 그룹과 신곡으로 경쟁한다. 최근 오디션 프로그램인 '슈퍼스타K'의 심사위원으로 후배들에게 냉철한 조언을 던져주고 있다.

제 목소리와·끼는 타고난 재능이에요. 그걸 대중에게 들려주고 사랑받을 수 있다는 것에 늘 감사합니다. 끼 있는 사람에겐 대중의 시선이 에너지의 근원이에요. 하다못해 골프를 쳐도 누가 쳐다봐야 더 잘 치니까요. 누군가 바라봐줄 때 자신감이 솟는 거죠. 전 '내 음악 세계를 대중에게 들려준다'고 생각하기보다는 '대중을 편안하게 하기 위해 음악을 만든다'고 생각해요. 그래서 제 음악은 이렇습니다, 라고 해본 적 없어요. 앨범 타이틀도 제가 안 정해요. 동네 아주머니나 주변 친구들에게 물어보고 결정해요. 타고난 재능에 감사하는 만큼, 항상 노래를 해야 되는 의무가 있다고 생각하고 무대에 섭니다. 스타라는 계급장은 스스로 다는 게 아니죠. 대중이 달아준 계급장을 제가 맘대로 뗐다 붙였다 할 수는 없잖아요.

제가 타고난 것 중에 결코 감사할 수 없는 것도 있어요. 갑각류 알레르기 아세요? 새우와 게는 물론 조개도 못 먹게 하는 고통이에요. 초등학교 때 게를 한 번 먹었는데 눈이 돌아가고 입이 비뚤어져서 구급차에 실려 갔어요. 그러면 안 먹으면 되는 거 아니냐 하실지 모르겠네요. 하지만 저희 가족이 워낙 먹는 걸 즐기고, 맛있는 거 따지는 미식가들이에요. 어머니께서 저 어렸을 때 궁중 요리도 즐겨 해주실 정도였으니까요. 이런 집안에서 그까짓 알레르기 때문에 진미(眞味)를 즐길 줄 모른다는 게 저로서는 용납이 안 되는 거죠. 무엇보다 남들과 다르게 뭔가를 못한다는 게 너무나 싫었어요. 안 할 수는 있어도 못 할 수는 없는 게 저예요. 끝까지 해보고 어떻게든 이겨내야 직성이 풀리니까요.

게 맛. 그게 오랜 세월 저의 도전 과제였어요. 심지어 해물 스파게티도 못 먹었으니까요. 그러다 이십대 때 '안녕이라고 말하지 마'를 작곡한 박광현 씨와 꽃게탕 집에 갔어요. 당시 방배동에 꽃게탕이 한창 유행

그런 간절함, 무엇이든 이겨내겠다는 간절함이 있었기에
오늘의 이승철이 있다고 생각해요. 요즘 그런 간절함을
제가 심사위원을 맡고 있는 오디션 프로그램
'슈퍼스타K'에서 봐요.

이었거든요. 자꾸 먹어보라고 권해서 마음을 다잡고 도전해봤죠. 젓가
락에 국물을 살짝 찍어서 맛을 봤는데 역시나 목구멍이 가렵고 부어오
르더군요. 옆에서 다들 맛있다고 먹는데, 저도 너무나 먹고 싶더라고요.
이래서는 안 되겠다 싶어서 다음부터는 아예 알레르기 약을 봉지 째 옆
에 갖다놓고 도전하기 시작했어요.

간장게장은 삭힌 거라 아무래도 좀 낫겠다 싶었죠. 다들 그렇게나 좋
아하는 음식인데, 나도 꼭 먹어보리라, 밥 귀신이라는데, 어디 귀신하고
싸워서 이겨보자 했지요. 마음을 단단히 먹고 소주를 맥주잔에 가득 따
라서 마신 후에 게장을 찍어 먹었어요. 취한 정신이었지만 그것도 넘기
기가 어렵더라고요. 국물 한 젓가락 찍어 먹고 약 한 봉 먹고, 또 한 젓
가락 찍어 먹고 약 한 봉 먹었어요. 그러다 몇 번째던가 간지러운 게 좀
참을 만한 거예요. 나도 되겠구나 싶어서 마구 찍어 먹기 시작했어요.
그러다 '아, 이 맛이구나' 하고 느꼈던 순간, 저만의 에베레스트에 오른
것 같았어요. 내가 해냈다는 그 느낌. 지금은 간장게장을 너무나 좋아해

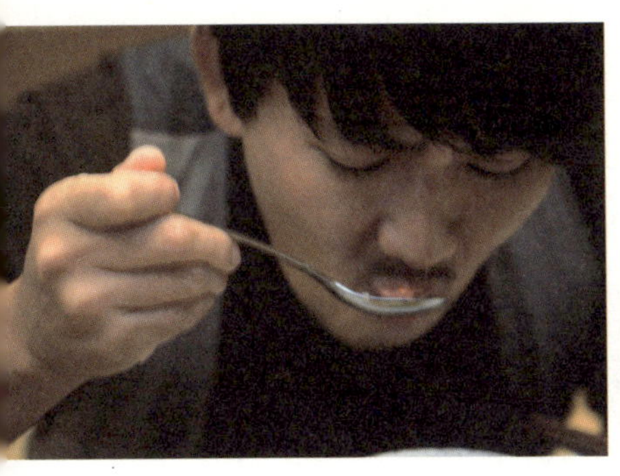

요. 여전히 살짝 간지럽긴 하지만 맛있는 음식을 먹는 즐거움에 비하면 아무것도 아니죠. 갑각류 중에서도 굽고 찌고 익힌 건 이제 아주 잘 먹어요.

　그런 간절함, 무엇이든 이겨내겠다는 간절함이 있었기에 오늘의 이승철이 있다고 생각해요. 요즘 그런 간절함을 제가 심사위원을 맡고 있는 오디션 프로그램 '슈퍼스타K'에서 봐요. 3년째 하고 있는데, 회를 거듭할수록 출연자들의 수준이 높아져요. 심사 첫해에는 잘한다 못한다를 가리는 기능적인 심판의 눈으로 냉정하게 평가했어요. 그러다 보니 독설도 나오게 됐고요. 그때는 반쯤 장난삼아 장기자랑 보여주겠다는 생각으로 참가하는 사람도 있었죠. 두 번째 시즌이 되면서 진지한 대결이 무르익더니 허각과 존박의 대결이 온 국민의 관심사가 됐죠. 세 번째 시즌 참가자들에겐 간절함이 보여요. 간절한 사람한테는 독설이 안 나가요. 가르쳐주고 싶고 도와주고 싶죠. 평가하는 심판이 아니라 손잡고 가는 조언자가 되고 싶어지더라고요.

슈퍼스타K가 사랑받는 건 각본 없는 드라마이기 때문이죠. 우리 인생의 한 토막을 그대로 보는 것 같잖아요. 제 음악도 그래요. 전 계획을 짜는 스타일이 아니거든요. 앨범 녹음하기 전에 치밀하게 계획해두고 시작하는 게 아니라, 녹음하면서 감각으로 가요. 색소폰 넣으면 재즈가 되고, 바이올린 넣으면 클래식 되는 거죠. 그 순간에 꽂히는 쪽으로 가는 거죠. '이번 앨범은 콘셉트가 클래식이니까 바이올린을 꼭 넣자'라는 식의 강박관념은 없어요. 대중이 원하는 건 음학(音學)이 아니잖아요, 음악이지.

음악은 색소폰을 넣어서 이렇게 갈 수 있고, 기타를 넣어서 저렇게 갈 수 있다는 점에서 무궁무진한 조합과 만남의 가능성을 품고 있죠. 음식도 마찬가지예요. 김치찌개 종류가 몇 가지나 나올까요? 소시지 넣으면 달라지고 햄 넣으면 또 바뀌고 고기 넣으면 다시 변신하겠죠. 창조하는 손에 따라서 어떤 것도 가능할 수 있고, 완전히 다른 느낌과 맛을 낼 수 있다는 점에서 음악과 음식은 통하는 것 같아요.

제가 미식가까지는 모르겠지만, 식도락가 정도는 되다 보니 전국 투어 시작하면 가는 곳마다 맛집 찾아다니기에 바빠요. 이름난 맛집 찾아다니면서 먹어보고, 여러 곳의 맛을 알게 되고 비교하다 보니 저절로 깨쳐지는 식도락의 경지가 있어요.

혀가 발달하게 되면 손으로도 감각이 옮겨오나봐요. 아내가 지금 네 살 된 둘째딸 임신했을 때 제가 삼시 세끼 음식을 다 해줬어요. 그때가

긴 투어 끝나고 석 달 간 미국에 함께 있을 때였죠. 아내가 건강하고 태
어날 아이가 튼튼하기를 바라는 제 마음을 요리에 그대로 담았어요. 장
어가 좋다고 해서 수시로 먹였어요. 미국에서는 민물고기를 구할 수가
없었는데, 우리나라에서 거기로 수입되는 장어가 있어 그걸 사서 만들
어줬죠. 한 번에 열 마리씩 사다 열 시간 정도 푹 과요. 그러면 묵처럼
되거든요. 그걸 냉장고에 넣어뒀다가 식사 때마다 끓여서 한 그릇씩 데
워서 줬어요. 소꼬리와 우족도 구해서 고아줬고요. 몸에 좋다는 건 다해
줬죠. 태교에 큰 도움이 됐어요. 아내가 행복해했으니까요. 저의 간절함

이 음식을 통해서 아내와 아기에게까지 전해진 거죠.

저보고 '라이브의 황제'라고 하는데, 가장 아프고 고통스러웠던 시절이 제게 황제의 왕관을 씌워준 거나 다름없어요. 90년대 초 5년간 방송 금지를 당했죠. 방송에 나갈 수도 없었고, 새 앨범이 나와도 공중파를 탈 수가 없었어요. 그때 어머니께서 딱 한마디 해주셨어요. 홀로서기를 해야 한다고요. 그래, 혼자서 어떻게든 이 시기를 뚫고 가자, 했죠. 안 하는 건 있어도 못하는 건 없는 거니까요.

매니저 도움 없이 혼자 독립해서 회사를 만들었어요. 앨범 제작은 물론 홍보도 제가 직접 했어요. 운전기사와 함께 언론사 다니면서 직접 LP판 돌렸어요. 노래가 방송을 못 타니 현장에서 들려주자고 생각하고 콘서트를 닥치는 대로 했어요. 200석 규모 소극장에서부터 세종문화회관, 잠실체조경기장까지 어디서든 팬들을 만났죠. 그때 제 공연장을 찾아왔던 많은 분이 나이 들면서 사회적으로 경제적으로 자리 잡으셨죠. 제 공연이 예매 순위 상위권에 있는 건 그때 그분들이 계속 공연장을 찾고 이승철을 찾기 때문이에요. 가장 답답하고 어두웠던 시기가 '라이브의 황제' 초석을 다지게 한 거죠.

그래서 제가 후배들에게 그래요. 자신을 믿으라고요. 작은 시도이건 큰 도전이건 결국 자신이 해내야 하는 일이니, 자기 자신을 믿어야죠. 제일 나쁜 건 자학과 자책이에요. 자신을 믿고, 하고 싶은 걸 하는 사람의 행복감은 무대 밖으로도 전해져요.

시간에 우러난 맛이 있듯, 세월이 우러난 무대라고나 할까요.
시간이 스며든 맛으로는 역시 간장게장이죠. 제게 '해냈다'는
기쁨을 안겨준 음식이기도 하고요. 간장게장을 대할 때마다
'못하는 건 없다'던 결의가 다시 솟아요.

1985년 데뷔 무렵에는 사각의 링에 올라선 파이터처럼 음악을 했다면, 지금은 갤러리에 가서 그림을 보고 있는 느낌으로 해요. 음악을 바라보고 듣고 즐기는 거죠. 예전에는 마치 청중과 접전을 치르듯 '뭔가 보여줘야 해, 압도해야 해' 하면서 노래를 한 거였고, 지금은 듣는 사람도 편안하고 부르는 저도 편안하게 하니까요. 시간에 우러난 맛이 있듯, 세월이 우러난 무대라고나 할까요.

시간이 스며든 맛으로는 역시 간장게장이죠. 제게 '해냈다'는 기쁨을 안겨준 음식이기도 하고요. 간장게장을 대할 때마다 '못하는 건 없다'던 결의가 다시 솟아요. 아무나 만들 수 없는 그 맛을 보면서, 아무나 선사할 수 없는 편안함을 대중에게 안겨 드리겠다는 생각도 하고요.

간장게장과 오랜 시간 크고 작은 전투를 치르면서 제가 발견한 최고의 궁합은 레드와인입니다. 차가운 레드와인을 곁들여 먹는 간장게장의 맛, 편안한 제 음악과 함께 즐겨보시길.

에드워드권,
내가 만족할 때까지 노력한다

©이준헌

그를 만났을 때 • • •

좀 놀아본 그는 말하다 가끔씩 놀던 가락이 나온다. 지금도 놀라면 잘 놀 것 같다. 그러다 요리 얘기만 나오면 돌변한다. 단호한 말투로 거침없이 토해내는 문장들 속에 오늘의 에드워드권을 있게 한 권영민이 있다. 어조가 높아지면서 거친 단어도 튀어나온다. 10과 8을 더한 숫자가 수시로 출몰하고, 치와와나 푸들이 속하는 동물 종류가 접두사로 자주 쓰인다. 그런데 잘 미워지지는 않는다. 그가 하고자 하는 이야기의 온도를 올리고 간을 강하게 할지언정 맛을 해치지는 않기 때문이다. 열한 살 큰아들 콜린이 벌써부터 요리책을 들여다본다고 한다. 아들이 요리사가 되겠다고 해도 자신의 레스토랑을 물려주지는 않겠다고 했다. 약해진다고. 20년쯤 후 《강한 셰프 콜린권의 자력 레시피》 같은 책이 베스트셀러에 오를지도.

에드워드권

1971년 강원도 영월에서 태어났다. 7성급 호텔로 불리는 두바이 버즈 알 아랍에서 수석주방장(head chef)으로 일한 이력, 수려한 외모와 카메라를 두려워하지 않는 태도로 요리계의 스타로 떠올랐다. 2009년 한국으로 돌아와 캐주얼 레스토랑 '에디스 카페' '랩24' '더믹스드윈'을 열었다. 저서로 《일곱 개의 별을 요리하다》《에드워드권 인더키친》이 있다.

어떤 분은 저보고 스타 요리사라고 하고, 어떤 분은 욕쟁이 요리사라고 하죠. 신문이나 방송에 자주 나오니 스타이고, 케이블 TV에서는 요리사 도전자들을 꾸짖고 혼내는 모습이 나가니 욕쟁이라고요.

사실 저는 욕하는 요리사가 아니라 욕먹는 요리사랍니다. 그것도 아주 많이 먹지요.

2년 전 두바이를 떠나 한국에 다시 들어올 때부터 욕먹을 줄 알고 왔어요. 저를 후원하는 분도 많지만, 모함하고 시기하는 분도 많아요. 한 번 만나본 적도 없고 제 요리를 먹어본 적도 없는 분들이 그래요. 동종 업계에 대해 쓴소리를 많이 해서 그런 것 같아요. 제가 똑같은 재료 사서 해보면 8,000원이면 내놓을 수 있는 음식을 강남 어디에서 2만 원이나 받아요. 나라도 거기 안 가겠다, 대놓고 지적하니까 제가 꼴 보기 싫겠죠. 돌 맞을 거란 거 알아요. 지금은 사방에서 돌이 날아와도, 시장의 거품을 빼고 고객 맞춤형 요리가 많이 만들어지고, 자라나는 세대가 나아질 수 있다면 그 돌 기꺼이 맞겠어요.

욕먹으면서도 계속하는 제일 큰 이유는 요리사를 꿈꾸는 수많은 아이들 때문이에요. 제 큰아들이 열한 살인데 벌써 요리사가 되고 싶다고 말해요. 예전보다 나아지긴 했지만, 우리나라에서는 아직도 남자가 부엌일한다고 하면 높이 보지 않잖아요. 그래서 다시 한국에 온 거예요. 요리사를 끌어올려 놓기 위해서요. 제가 죽고 나서 50년 뒤 어느 책 한 구절에 "그때 이런 놈이 있어서 우리나라에 요리라는 문화가 대중에게 뿌리 깊게 자리 잡을 수 있었다"라고 한 줄만 들어가도 굉장히 성공한 인생이라고 믿어요.

요리 공부한다고 미국으로 떠나기 전부터 항상 생각했어요. 5년 뒤

나는 어디 가 있을까, 10년 뒤에 어떻게 돼 있을까, 지금부터 뭘 준비해야 할까를요. 울프강 퍽 같은 유명한 요리사가 큰 기업을 이끌면서 아이들에게 기회와 꿈을 주는 걸 보고, 나도 저런 삶을 살고 싶다는 생각을 하게 됐죠.

제가 2년 만에 레스토랑을 대여섯 곳이나 낸다고 지나치게 공격적인 게 아니냐고 하는 분도 있어요. 하지만 이건 제가 10년 이상 머릿속으로 끊임없이 구상하면서 다듬어온 계획이에요. 덩치가 큰 호텔들에서 일했고, 새로 오픈한 호텔에서 레스토랑 네다섯 개를 거의 동시에 시작해본 적이 있으니 가능한 거죠.

식당 내는 게 쉽지는 않아요. 기본적인 방향 잡는 것부터 인테리어 디자인까지 제가 그려서 주니까요. 하지만 너무나 재미있어 밥 못 먹고 잠 못 자도 좋아요. 최근에 문 연 이태원 식당 '더믹스드원(The Mixed One)' 메뉴 짤 때는 사흘 밤을 꼬박 새웠어요. 미친 거죠. 입에서 냄새 나죠, 몸에서도 땀내 풍기죠. 하지만 완성됐을 때의 성취감! 제가 저를 쓰다듬으면서 "아, 역시 또 한 건 했다. 야, 에드, 잘했다" 하는 거죠. 속된 말로 '자뻑'인데, 뭔가를 창조하는 사람은 자뻑이 있어야 해요. 후배들한테도 꼭 얘기해줘요. 네 음식에 네가 감탄하지 못하면 남들이 감탄해주지 않는다고요. 내가 뭔가 하나 해냈구나, 라는 그 순간의 느낌 때문에 미친 듯이 일할 수 있는 거죠. 그게 없다면 에드워드권이 아니라는 생각이 들어요. 그런 게 우리 삶 속에 계속 존재하지 못하면 도태될

후배들한테도 꼭 얘기해줘요.
네 음식에 네가 감탄하지 못하면
남들이 감탄해주지 않는다고요.
내가 뭔가 하나 해냈구나, 라는
그 순간의 느낌 때문에 미친 듯이
일할 수 있는 거죠.

수밖에 없고 매너리즘에 빠질 수밖에 없는 거겠죠. 한국의 간장·고추장·된장들을 사용해서 본토 프랑스 요리보다 더 맛있는 프랑스 요리를 선보이고 싶은 게 요리사로서의 욕심이에요. 혹자는 "저놈, 이제는 퓨전하네" 하면서 욕하겠지요.

돌아보면 그동안은 제 자신에게 만족하기 위해 몸부림을 쳤던 것 같아요. 그런 몸부림의 첫 고비에 있었던 게 순댓국이에요. 예전에 제가 가출을 자주 했거든요. 무엇엔가 늘 화가 나 있었고 건드리면 터질 것 같은 시절이었죠. 고등학교 1학년 때까지만 해도 공부를 꽤 잘했어요. 신부가 되고 싶었죠. 사람이 이왕 살 거면 멋지게 살든가, 깨끗하게 살든가, 모 아니면 도다 싶어서 깨끗하게 사는 쪽을 선택한 거죠.

하지만 장손에 장남에 독자이다 보니 부모님께서 허락해주지 않으셨어요. 어릴 때부터 신부가 되겠다고 생각했는데, 꿈을 완전히 버려야 한

다고 생각하니 거대한 벽이 앞을 가로막고 선 느낌이었어요. 그러면 나 뭐하고 살지? 대학 가면 뭐할까? 의사? 공무원? 어떤 것도 제 길이 아닌 것 같았어요. 그러다 '에라 모르겠다'며 빗나가게 됐어요. 교련복 바지 접어 입고, 삼색 줄 아디다스 슬리퍼 끌며, 담배 꼬나물고 이 사이로 침 찍찍 뱉으며 다니는 불량학생이 된 거죠. 학교보다 파출소를 자주 갔어요. '잘못했습니다' 똑같은 말로 반성문 30장씩 쓰고 훈방된 적이 부지기수였죠. 고3 졸업하기 직전까지 그랬어요.

어느 날인가, 학교는 가기 싫고 또 무작정 집을 나와서 아무 버스나 잡아탔어요. 저녁 무렵에 도착해보니 전라도 순천이었어요. 버스에서

내가 가장 절박했고, 아무런 돌파구가 보이지 않고
탈출구가 없었을 때 먹었던 그 순댓국 한 그릇이
잊히지가 않았어요. 그 순간을 이겨야 한다, 넘어야 한다,
그 의지로 여기까지 온 것 같아요.

내렸는데 바로 앞에 드르륵 미닫이문을 열고 들어가는 순댓국집이 보였어요. 할 일은 없고 출출하기도 해 들어가서 한 그릇 시켰죠. 순대는 갈아 넣었는지 보이지도 않고 돼지 내장인지 정체 모를 건더기만 한두 점 떠 있었죠. 그래도 없는 돈에 주문했으니 한 그릇 홀홀 넘겼어요. 그런데 아, 집에 너무나 가고 싶은 거예요. 뜨거운 국물이 넘어가는데, 갑자기 목이 콱 막히면서 뭔가 막 올라오려고 해요. 도망치듯 일어서서 집으로 돌아왔죠. 부모님께 많이 혼나고 선생님한테 두들겨 맞고 수업 빼먹고 땡땡이치기를 반복하는 일상이 계속됐어요. 순천행 후로도 한동안 방황은 계속됐지만, 그 순댓국 생각이 머리에서 떠나지 않았어요.

특별히 맛이 있었던 것도 아닌데, 왜 그 국물에 유난히 목이 멨을까. 집으로 가고 싶다고 생각하게 했을까. 생각해보면 그때 저 자신한테 너무나 절망적이어서 그랬던 것 같아요. 내가 가장 절박했고, 아무런 돌파구가 보이지 않고 탈출구가 없었을 때 먹었던 그 순댓국 한 그릇이 잊히지가 않았어요. 그 순간을 이겨야 한다, 넘어야 한다, 그 의지로 여기

까지 온 것 같아요. 절망의 밑바닥에서 나 자신을 들여다볼 수 있게 해준 거죠. 요즘은 한두 달에 한 번 정도 순댓국집을 찾아요. 여의도에서 방송하다가 마포 가서 한 그릇씩 후딱 먹지요.

저, 돈 많이 벌고 싶어요. 진짜 많이 벌고 싶어요. 세상에 돈 싫어하는 사람이 어디 있어요. 신문이나 방송 인터뷰에서 그렇지 않은 듯 얘기하는 건 위선이에요. 돈을 많이 벌겠다고 하는 게 문제가 아니라, 그 돈을 어디에 쓰느냐가 중요한 것 아닐까요.

그래서 준비하고 있는 게 학교예요. 제가 태어난 강원도 영월에 세울 계획인데, 이름도 생각해놨어요. 에드워드권요리사관고등학교. 수업료 전액 무료로, 한 학년에 50명씩 뽑아서 먹여주고 재워주고 모두 다 지원해주려고요.

제가 태어날 때 영월 인구가 13만 명이었는데, 지금은 4만밖에 안 된대요. 학교 짓겠다고 결심하고 적당한 곳 물색하다 보니 폐교 직전인 한 학교가 눈에 들어오더라고요. 학교 옆에 개울 흐르고 밭 있고 비닐하우스 있고요. 아, 여기다 싶더라고요. 학교 측과 지금 얘기를 계속 진행 중이에요. 그 학교 나오면 대학을 굳이 갈 필요가 없을 정도로 확실하게 가르칠 거예요. 전원 외국 취업 보낼 거고요.

훌륭한 요리사냐 아니냐의 기준은 잘하고 못하고가 아니라 확률 차이죠. 최고의 셰프가 만든 요리라고 해서 모든 사람의 입에 다 맛있다고 보장할 수 없다는 겁니다. 사람마다 입맛과 간의 차이가 있어요. 그걸

어떻게 다 맞출 수 있겠어요. 전 후배들에게 열 명 중 여섯 명만 너의 음식을 좋아해도 대단한 요리사라고 말해요. 그 확률이 올라갈수록 뛰어난 요리사겠죠. 에드워드권 요리는 모든 사람이 다 만족해야 한다고 하면 저는 솔직히 자신 없어요. 최고의 요리사라는 말 듣고 싶은 것도 아니고요. 나와의 싸움에서 이긴 요리사, 그렇게 인정받는다면 좋겠어요.

앞으로 제가 쓴 책의 인세는 전액 기부할 계획이에요. 요리사가 꿈인 아이들 중에 돈이 없어서 공부 못 하는 아이들이 많아요. 그런 애들에게 학원비라도 보태줄 수 있었으면 좋겠어요. 제 요리책을 사는 대부분이 요리 공부하는 학생일 텐데, 애들이 산 책 인세로 제가 배를 불리는 건 옳지 않죠. 그래서 다시 돌려주고 싶어요. 책으로, 학교로. 자기 갈 길 몰라 방황하면서 어느 시골 역전에서 목이 멘 순댓국 먹지 않게 만들어주고 싶어요. 뜨거운 국물보다 더 뜨거운 눈물 흘리지 않게 해주고 싶어요.

학교가 어느 정도 궤도에 오르고 나면, 그 근처에 조그만 식당 차리려고요. 테이블 네다섯 개 놓고, 애들하고 같이 요리 만드는 거죠. 아침에는 같이 물 뿌리고 청소하고요. 강원도 영월 두메산골이지만, 손님이 오지 않을까요? 그곳까지 찾아와주시는 고마운 분들께는 에드워드권표 순댓국 한 그릇 꼭 대접하겠습니다.

김대우,
가슴 뛰는 삶을 산다

그의 영화에 나오는 여주인공이 다들 비슷해 보인다고 하자 "그런 줄 몰랐는데 그런 말을 하더라"라고 했다. 혹시 부인이 그와 비슷한? "아뇨, 아내는 '뽀빠이'에 나오는 올리브와 비슷해요." 그렇다면 그는 사색하는 뽀빠이일지도 모른다. 시금치 먹고 양팔의 알통이 솟는 뽀빠이가 아니라, 신문을 읽고 철학적 근육이 돋는 뽀빠이. 마주 앉은 그에게서 느꼈던 경건함에 가까운 진지함이 잊히지 않는다. 로댕의 '생각하는 사람'이 길고 긴 생각을 드디어 끝내고 탁자에 앉아 입을 열기 시작한다면 그와 같지 않을지. '생각하는 사람'이 생각을 시작하기 이전에 좌충우돌한 모습을 떠올리기 어렵듯, 그가 우왕좌왕하던 시절은 도저히 상상하기 어렵다. 이미 그는 된 것이 아닐까. '스시바에 앉았을 때 보기 좋은 중년의 남자'가.

김대우

충무로 최고의 스타 작가로 '정사' '반칙왕' '스캔들' 등의 시나리오를 썼다. 2006년 감독 데뷔작인 '음란서생'으로 제26회 한국영화평론가협회상 각본상, 제26회 한국영화평론가협회상 신인감독상, 제42회 백상예술대상 영화 신인감독상을 잇따라 수상했다. 두 번째 감독 작품인 '방자전'(2010)은 TV영화로도 만들어졌다.

제가 감독한 영화 '음란서생', '방자전'으로만 저를 아시는 분들은 짐작 못하시겠지만, 저는 이십대 때만 해도 제대로 된 사람이 못 됐어요. 우왕좌왕의 시간이었죠. 좌충우돌도 아니고, 우왕좌왕. 좌충우돌은 그나마 의지가 있는 경우고, 우왕좌왕은 그야말로 바보같이 보내는 거죠. 대학 전공을 이탈리아어로 정하게 된 것도 그랬어요. 원래는 스페인어과를 가려고 했는데, 원서를 내기 이틀 전쯤에 영화 '대부'를 본 거예요. 충동적으로 지원학과를 이탈리아어과로 바꾼거죠. 커트라인이 달랐을 텐데 그런 건 관심도 없었고, 무작정 '거기 가겠다'는 생각만으로 원서를 고쳐서 냈어요. 행인지 불행인지 붙긴 붙었죠.

학교를 졸업하고 이탈리아로 일종의 도피성 유학을 갔어요. 계획도 실력도 자본도 준비도 없었죠. 중부 이탈리아에서 허송세월을 하다가 역시 매우 충동적인 이유로 프랑스로 갔어요. 그때도 역시 계획도 실력도 자본도 준비도 없었죠. 어찌어찌 졸업장을 하나 타긴 했는데, 지금도 프랑스 얘기가 나오면 뜨끔하는 엉터리 세월을 그곳에서 보냈어요.

가난한 유학생이다 보니 항상 아르바이트를 했죠. 그런데 사람이 제대로 못 돼나서 아르바이트조차 진득하니 못 했어요. 한두 달 일하다 그만둬버렸죠. 인내심이 없었으니까요. 조금만 몸이 힘들거나 일이 어려우면 바로 나왔어요.

주로 일했던 게 일식당이었어요. 스물여덟 살쯤이었는데, 어떤 스시집에서 일하다가 또 일하기가 싫은 거예요. 일이 너무 많고 엄했어요. 지금은 일본에 프리타라는 신조어도 나왔지만, 그때만 해도 일본 사람들에게는 아르바이트란 개념 자체가 없었어요. 한번 취직하면 거기서 평생을 보내는 거죠. 장어구이 집에 취직하면, 쌀 씻는 것만도 2년을 해요. 장어 만지려면 7년 걸리고, 장어 구우려면 10년은 걸렸죠. 그런 곳에서 한두 달 일하고 그만두겠다고 말한다는 건 도무지 인간으로 취급해주기가 힘든 수준이었죠. 애초에 왜 취직을 했는지 납득을 못 했으니까요. 하지만 저는 허접한 사람이었으니까, 그 사람들이 그렇게 생각하거나 말거나 그만두려고 했어요.

아무리 사소한 일이라도 후임자한테 인수인계를 해야 됐는데, 그런 것도 일절 없이 어느 날 출근해서 "오늘까지만 일하겠다"고 했어요. 다들 어이없어 했죠. 원래도 저를 굉장히 싫어했어요. 언제든 그만둘 생각으로 일했으니까요. 그러니 그만두던 날 분위기가 어땠겠어요. 공교롭게 그날이 제 생일날이었는데, 하도 싸늘하게 대하기에 농담으로 "나 오늘 생일인데 너무 설움 주지 마" 그랬어요. 다들 들은 척도 안 하더라고요.

밤늦게 영업이 다 끝나고 나서려는데 사장이 "팁통을 열어라" 그러시는 거예요. 전부 놀랐어요. 팁을 모아두는 그 통은 매월 말에야 열어서 나눠 갖는 거였거든요. 그런데도 사장은 팁통을 열더니 정확하게 사람 수대로 나눈 몫만큼 저한테 줬어요. 주위 직원들 반응이야 설명드릴 필요 없겠죠. 어색하게 돈을 받아들고 고맙다는 말도 없이 나왔죠. 30미터쯤 갔을까, 사장이 나오더니 절 불러요. 잠깐 와보라고 하는데 속으로 '참고 참았던 화가 폭발했구나' 했어요. 어쨌든 다시 들어갔죠. 몇 대 맞는 것쯤 겁 안 나던 나이였으니까요.

하나씩 올릴 때마다 "농어!" "장어!" "도미!" 하는 식으로 엄숙하고 힘찬 목소리로 이름을 부르면서요. 허투루 만든 게 아니고 사장이 최선을 다해 만들었다는 뜻인 거죠. 아, 그런데 세상에 그렇게 맛있는 음식이 있다는 걸 그때 알았어요.

사장이 들어온 저를 보고 스시 카운터에 앉으라더니 "너 우리 집 초밥 먹어본 적 없지?" 묻더라고요. 사실 전 그때까지 초밥을 한 번도 먹어본 적이 없었어요. 가게에 남는 거야 물론 있었지만 괜한 자존심에 먹기가 싫더라고요. 사장이 "오늘 네 생일이니까 초밥을 만들어주겠다"고 했어요. 그러면서 한 점씩 만들어서 카운터에 올렸어요. 그냥 올리는 게 아니고 하나씩 올릴 때마다 "농어!" "장어!" "도미!" 하는 식으로 엄숙하고 힘찬 목소리로 이름을 부르면서요. 허투루 만든 게 아니고 사장이 최선을 다해 만들었다는 뜻인 거죠. 아, 그런데 세상에 그렇게 맛있는 음식이 있다는 걸 그때 알았어요. 진짜 상상도 못할 맛이었어요. '어떻게 이런 음식이 있지' 하면서 정신없이 입으로 집어넣었어요.

다 먹고 나니 그제야 미안한 마음이 들었어요. "죄송합니다" 했더니 사장이 그랬어요. "나는 못난 집에서 자랐고 많이 배우지도 못했지만,

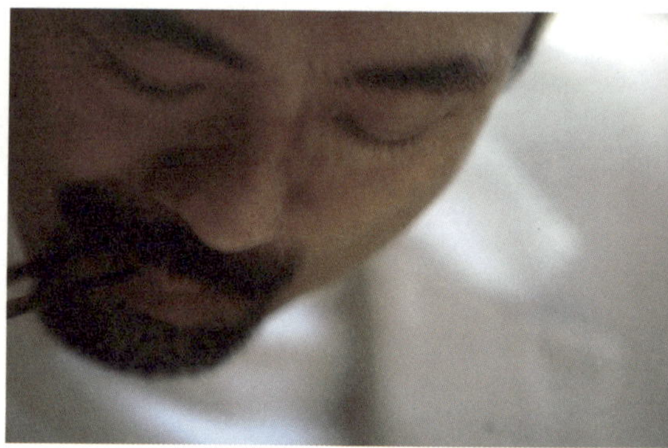

사람 볼 줄은 안다. 너는 언젠가는 꼭 세상에서 제일 비싼 초밥을 먹을
사람이다. 나쁜 마음먹지 말고 열심히 살아라."

프랑스 떠난 지가 20년이 넘었네요. 그 후로 그 집에는 다시 못 가봤
어요. 그 사장 이름도 기억 안 나고, 그 집 있던 자리도 가물가물해요.
거기 다닐 때 애정이 없었으니까 기억에서 다 지워졌나봐요. 하지만 그
날 그 말은 생생히 기억해요. 살면서 그 말을 굉장히 자주 떠올려요. 그
분이 돈이나 부를 얘기한 건 아닐 거예요. 똑바로 올바르게 훌륭하게
살라는 거였죠. 그래서 그런지 이상하게 아직도 비싼 초밥을 못 사먹
겠어요. 아직은 제가 부족한 것 같고, 더 잘돼서 당당하게 비싼 초밥 먹
고 싶고요.

영화가 제 첫 직업이었는데 계속하고 있어요. 좋은 날도 있고 나쁜 날
도 있지만, 인내심을 갖고 충실하게 살려고 해요. 그분 말처럼 언젠가

당당하게 스시바에 앉을 사람이 되려고 노력하는 거죠.

영화 일 하다 보면 온갖 일이 다 생겨요. 그렇지만 이십대 때와는 달리 쉽게 포기하거나 도망가지 않아요. 술도 잘 못 먹고 노는 걸 좋아하는 편도 아니고, 스트레스 받거나 중압감이 덮치면 일단 정면으로 버텨요. 도망가지 않고 참는 거죠. 스트레스라는 게 풀려고 한다고 풀어지는 게 아니더라고요. 그 일이 해결돼야 풀어지는 거죠. 그렇게 버티는 데에는 인생은 유한하다는 생각이 역설적이지만 힘이 돼요. 어떤 고통, 어떤 실패, 어떤 환희, 어떤 성공도 유한한 거죠. 죽으면 내가 사라지는 거라고 알고 있었는데, 아주 최근에야 깨달았어요. 내가 죽는 순간에 세상 모든 사물이 사라지는 거라는 걸요. 어느 날 걷다가 그 생각이 문득 들었어요. 그 후론 고통에 대한 분노나 찬사에 대한 우쭐함이 덜해졌어요. 모든 건 유한하니까 잘 견뎌낼 수 있을 것이다 하는 거죠. 삶은 살아지는 거니까요.

영화를 감독하는 것과 음식을 만드는 건 재료에 대한 찬미라는 점에서 비슷한 것 같아요. 재료가 "날 이렇게 만들어줘서 고마워요"라고 요리사에게 말해준다면 최고인 거잖아요. 예를 들어 한쪽에는 부추가 있고 다른 쪽에는 갈치속젓이 있어요. 부추는 갈치속젓을 한 번도 생각해본 적이 없고 갈치속젓도 부추에게는 관심이 없었죠. 그런데 요리사가 "너희 둘이 한번 만나봐" 해서 둘이 만났는데 "아, 이러려고 제가 부추로 태어났나봐요", "이러려고 제가 젓갈이 됐나봐요" 하고 부추와 속젓이

시나리오나 배우나 자본이 감독에게 "이런 영화로
만들어줘서 고맙다"고 하면 최고겠고요. 그게 감독의
궁극이 아닐까요. 중매가 잘된 것이기도 하겠고요.
"이러려고 배우가 됐나봐요"라고 누군가 제게 말해준다면
정말 감미로울 것 같아요.

새로운 세계를 발견하게 된다면, 요리사로서도 얼마나 행복하겠어요.
감독이라는 직업도 그런 거겠죠. 시나리오나 배우나 자본이 감독에게
"이런 영화로 만들어줘서 고맙다"고 하면 최고겠고요. 그게 감독의 궁극
이 아닐까요. 중매가 잘된 것이기도 하겠고요. "이러려고 배우가 됐나봐
요"라고 누군가 제게 말해준다면 정말 감미로울 것 같아요.

　그런 말을 듣기 위해서라도 좀 더 열심히 하고 좀 더 발전해야겠죠.
세상에서 태어나 처음 초밥의 경이로운 맛을 본 후로, 그 사장의 말을
들은 이후로 늘 열심히 해보겠다는 다짐은 잊지 않고 있어요. 그건 초
밥의 가격이 비싸다 아니다라는 차원과는 다른 거죠. 스시바에 중년의
제가 앉았을 때 거기 있는 스시맨 모두가 제가 온 걸 좋아하고, 제게 스
시 만들어주는 걸 즐거워하는 사람을 말하는 게 아닐까 싶어요. 돈이나
지위가 거기에 아무런 영향을 안 끼친다고는 말할 수 없겠지만, 그것만
갖고는 부족하죠. 제가 스시바에 앉았을 때 '저 자식 또 왔네' 할 수도

있는 거잖아요. 한 시간만 앉아 있으면, 그 사람이 어떻게 사는지, 자기보다 약한 사람을 만나면 어떤 행동을 하는지, 돈을 벌 때 어떤 방식으로 버는지 느껴지니까요. 다른 사람이 알고 있다는 걸 아마 본인만 모르겠죠.

스시바에 앉았을 때 주위가 훤해지고 공기가 훈훈해지고 스시 만들어주는 사람이 진심으로 맛있게 먹기를 바라면서 만들어주는 중년의 남자가 되고 싶어요. 20년 전 프랑스 어느 골목 스시집 사장의 말처럼, 스시바에 앉았을 때 보기 좋은 사람, 그런 사람이 되기 위해서 노력해왔고, 앞으로도 그렇게 살려고 합니다. 오래전 스시집 사장이 제게 했던 말도 그런 거라고 생각해요.

윤대녕,
살아 있음 자체가
아름답다

그 를 만 났 을 때 • • •

까다롭고 예민해 보이는 그에게 먹는다는 것은 무엇
일까 궁금했다. 광화문의 제주도 음식전문점에서 만
났는데, 의외로 잘 웃었다. 그는 맛 자체보다 맛을 둘
러싼 감성과 감각을 채집해내는 놀라운 촉수를 가지
고 있었다. 익숙한 고등어 한 마리에서도 우주의 기운
과 생명의 신호를 감지할 수 있는 사람. 제주 바다의
기억을 미처 정리하지 못하고 서울 음식점에 부랴부
랴 당도한 고등어는 그와 구면인지도 몰랐다. 어느 해
그가 바닷가에서 몸으로 느꼈던 고등어 떼 소리에 그
녀석의 신호도 섞여 있었을지 누가 알겠는가. 바다와
맺은 인연이란 길고 깊은 것이니. 나이 쉰에 대해 깊
이 생각한다고 했다. 특히 작가로서의 쉰에 대해서. 연
애보다 더 본질적인 삶의 이야기를 쓰겠다고 했다. 아
쉬우면서도, 기대가 솟았다.

윤대녕

1962년 충남 예산에서 태어
났다. 1990년 〈문학사상〉에서
〈어머니의 숲〉으로 신인상을
받으며 작품 활동을 시작했다.
소설집 《은어낚시통신》《많은
별들이 한곳으로 흘러갔다》
등을 냈으며 최근작으로 산문
집 《이 모든 극적인 순간들》
이 있다. 이상문학상(1996), 현
대문학상(1998), 이효석문학상
(2003) 등을 받았다.

○

　대학을 졸업하고 첫 직장이던 출판사가 광화문
근처에 있었어요. 그 후에는 기업체 홍보실에 좀 다
녔는데 광화문에 자주 갔죠. 하루도 쉴 틈 없이 바
쁘고 고달프던 시절이었어요. 그 무렵 자주 들르던

곳이 지금은 사라진 피맛골이에요. 좁은 골목길 허름한 식당의 아주머니들이 밖에 내놓고 굽던 것이 고등어였어요. 점심식사 시간이면 골목 사이로 연기가 쉴 새 없이 피어올랐죠. 사무실에서 쏟아져 나온 직장인들이 그 골목에서 먹고, 일하고, 먹고, 일하는 걸 보면서 삶의 피로감과 활기, 회복력을 배웠어요. 그래서 제 에세이집《어머니의 수저》에서 고등어를 두고 '너의 그 푸르른 힘을 빌려 간신히 그 시절을 지나왔다'고 쓰기도 했죠.

고등어의 맛을 제대로 알 게 된 건, 제주도로 거처를 옮긴 뒤였어요. 지친 몸과 마음을 추스르고 회복해야겠다 싶어서 내려갔죠. 경주로 갈까, 속초로 갈까도 생각해봤어요. 경주에 가서는《삼국유사》현대화 작업을 긴 호흡으로 해보고 싶었고요. 속초는 설악산과 바다가 있으니까 좋겠더라고요. 그러다가 아예 자발적 유배의 형식을 택하자 싶어 결정한 게 제주도였어요.

2003년부터 2년쯤 거기서 지내는 동안 매일 바다에 나가서 살다시피 했어요. 바다에 빠지게 된 건 낚시를 시작하면서부터였죠. 군대에서 만난 친구가 바다낚시를 즐겨했는데, 그 친구를 따라다니면서 좋아하게 됐어요.

제주도에서는 대부분 바다에 나가서 살았어요. 좋더라고요. 이렇게 아름다운 데가 있을까, 거의 매일 그런 생각을 하면서 살았어요. 집도 바다 바로 앞에 있었고요. 거기서 방금 잡은 신선한 걸 먹어보기 전까

고등어가 그토록 맛있는 생선인지 몰랐어요. 갓 잡은 걸
소금에 구워 먹으니 다른 반찬은 눈에 안 들어오더라고요.
뽀얗고 폭신한 살이 씹을 사이도 없이 넘어가죠.
기름이 많으니 고소하기까지 하고요. 회를 떠놓으면
윤기가 돌아서 반질반질하죠.

지, 고등어가 그토록 맛있는 생선인지 몰랐어요. 갓 잡은 걸 소금에 구
워 먹으니 다른 반찬은 눈에 안 들어오더라고요. 뽀얗고 폭신한 살이
씹을 사이도 없이 넘어가죠. 기름이 많으니 고소하기까지 하고요. 회를
떠놓으면 윤기가 돌아서 반질반질하죠. 정약전(丁若銓·1758~1816)은
《자산어보》에서 고등어 맛을 '달콤하고 탁하다'고 했는데 제주도에서
먹은 고등어는 달차근하니 향기롭게까지 느껴졌어요. 제주도 동문시장
에 가면 그날 아침 잡아온 녀석들이 줄지어 누워 있었죠. 제주도에서는
고등어를 회로도 즐기지만, 염장한 다음에 초절임해서 먹기도 해요. 제
대로 싱싱한 고등어는 조림으로 만들어도 때깔부터가 달라요.
　제 손안에서 펄펄 뛰는 그놈을 만져본 후에야 고등어가 가진 특이성
과 생명성, 존재감을 알게 됐어요. 처음 만져봤을 때는 가슴이 다 뛰더
라고요. 서울에선 시장에서나 식당에서나 죽은 것만 봤으니까 그것이
얼마나 아름다운 생명체인지 몰랐죠. 뱃가죽은 흰데 등은 푸르고, 그 대

비가 놀랄 만큼 선명해요. 마치 몸통이 바다 자체를 내포한 기호로 보이죠. 눈동자도 맑고요. 바라보고 있으면 '아, 이건 바다구나' 하는 생각이 들어요. 그 이후에 고등어가 가진 특별함을 다시 보게 된 거죠.

살아 있는 고등어는 살아 있음 자체가 아름다운 것이라는 사실을 깨닫게 해줘요. 살아서 펄떡이는 고등어는 좌판에 누워 있는 고등어하고는 전혀 다른 느낌을 주거든요. 산 것과 죽은 것의 차이를 그만큼 뚜렷하게 보여주는 생명체도 없을 거예요.

낚시는 운칠기삼(運七技三), 운이 일곱이고 기술이 삼이라고 하죠. 오래하다 보면 바다를 좀 읽을 줄 알게 돼요. 풍향, 조류의 흐름, 햇빛의 각도, 물때의 변화를 몸으로 익히게 되는 거죠. 그러다 보면 잡을 확률도 높아지고 큰 것도 잡게 되고요.

여름밤 제주도 바다에 앉아 있으면 고등어 떼가 몰려오는 게 몸으로 느껴져요. 고등어 떼가 바다를 밀고 오는 소리가 환청처럼 느껴진다고나 할까요. 그 느낌은 마치 보이지 않는 곳에서 보내는 우주의 신호 같죠. 고등어는 떼를 지어 몰려다니기 때문에 한번 잡히기 시작하면 계속 잡혀요. 낚시에서 조류의 흐름이 좋은 곳을 포인트라고 하는데, 다소 위험하지만 물 속 바다 지형이 잘 형성된 포인트가 있죠. 그런데 고등어는 특별히 그런 지점도 따로 없어요. 몰려오는 느낌이 들 때 건지면 돼요. 물고기가 물었을 때의 느낌이 어종마다 다 다르거든요. 딱 물었을 때 아, 이것은 무슨 물고기다, 라는 느낌이 와요. 낚시꾼은 다 알아요. 고

기마다 성질이 달라요. 입질이라고 할까. 물고 늘어지는 게 다른데, 고등어는 산만하죠. 게다가 정신없이 사방으로 튀고요. 유선형 물고기들이 대개 그래요. 게다가 탐식성이 강해서 미끼를 던지자마자 물고 늘어지니 잡기 쉽죠. 한번 나서면 한 자루씩, 수십 마리씩 잡았어요.

그놈들이 물었다 싶을 때 내 몸에 전해오는 전율과 생명력을 느끼고 있자면, 우주와 교신하는 느낌이 들어요. 바다가 주는 순환의 리듬을 고기를 통해서 느끼는 거죠. 고등어와 달리, 감성돔 같은 납작한 애들은 점잖다고나 할까, 미끼를 물고 나서는 밑으로 먹이를 끌어서 숨어들어가려고 해요. 굉장히 귀족적이죠. 잡기도 어렵고요. 무리지어 다니는 고등어는 개체 하나하나보다는 전체성으로서의 강렬한 생명성을 보여줘요. 개체성으로서의 존재감 없이 스스로를 내주는 성질 때문에 사람의 본성과도 잘 맞는 게 아닌가 싶어요.

고등어는 제게 본질적인 삶의 의미를 가르쳐주기도 했어요. 제주도 시절에 아내가 가끔 그랬어요. 반찬 떨어졌으니 고등어 잡아오라고요. 바다에 나가서 두 시간 정도 있으면 양껏 잡아오니까, 고등어 반찬으로 다 같이 배불리 먹었죠. 온 식구가 둘러앉아서 먹던 달콤한 흰 살의 맛이란! 고등어를 잡아서 집에 가지고 오면 손질부터 설거지까지 제가 도맡아 했어요. 아내는 생선을 맨손으로 만지거나 손질하는 걸 잘 못하거든요. 회 떠주고 구워주고 치워주면서 식구들을 먹이고 나면 원시적인 남성성, 가장으로서의 뿌듯함을 맛보죠. 먹을 걸 잡아오고 먹고 먹여주

며 단순하게 살았던 그 시절이 그립다고 아내는 지금도 가끔 말해요.

고등어를 잡는 것은 고기를 잡는 게 아니라, 바다를 느끼고 생명을 느끼는 것이죠. 바다의 순환과 맞물린 우주의 리듬을 느끼는 거고요.

바다 옆에 있으면 자꾸만 참회를 하게 돼요. 그래서 글쓰기가 힘들어요. 창문으로 수평선을 바라보고 있으면 막막해지면서 하는 일이 무의미하게 느껴지기도 하고요. 집중과 명상이 잘 안 돼요. 바다가 생명의 기운을 끊임없이 흡수하는 거대한 여성성이고 모성이라서 그런 게 아닐까 싶어요. 제 소설에 여성이나 연애하는 얘기가 많이 나온다고 하시

이 시기에 무엇을 써야 할까 생각이 많죠. 이 시간이 가져다준 의미에 대해 삶과 사람에 대해 이야기를 해보고 싶어요. 소설가로서 제 작품도 시간의 변화를 탈 수밖에 없는 것 같아요. 나이에 대한 감각도 바뀌고, 문화에 대한 가치관도 변하고요.

는 분이 있는데, 제가 여성성을 중요하게 생각해서 그렇지 않나 싶어요. 예전에 일하던 기업체가 여성 의류업체였거든요. 늘 모델이나 제복을 입은 여성을 보다 보니 어느 정도 여성에 대한 이미지가 고정돼 있었던 것 같아요. 실제로 연애는 거의 하지 않았어요. 시골 출신인데다 내성적이고, 집안 내력이 공부하는 분위기라 성격도 도시적인 발랄함과는 거리가 멀었고요. 그런데도 여성성이 두드러졌던 건 권위적인 시대를 바꾸는 유일한 힘이 여성성이라고 봤기 때문이에요. 시대의 생명성을 회복할 수 있는 힘을 여성성에서 봤던 거죠. 그래서 소설에도 자주 등장했고요.

　제가 학교에서 강의한 지 4년 됐는데, 그동안 적응하느라고 제 문학의 일정 부분이 단절돼 있는 것 같기도 해요. 이제 쉰을 맞게 됐으니 이전의 사유 패턴으로 돌아가야겠다는 생각이에요. 이 시기에 무엇을 써야 할까 생각이 많죠. 이 시간이 가져다준 의미에 대해 삶과 사람에 대해 이야기를 해보고 싶어요. 소설가로서 제 작품도 시간의 변화를 탈 수밖에 없는 것 같아요. 나이에 대한 감각도 바뀌고, 문화에 대한 가치관도 변하고요. 앞으로 연애 얘기는 안 쓸 것 같아요. 무언가 삶에 대한 은유적이고 깊이 있는 얘기를 하고 싶어요.

제주도를 떠난 지 벌써 7년 가까이 됐네요. 요즘도 저는 여름밤이면 까만 밤바다를 지나 희디흰 배로 물결을 밀고 오는 고등어 떼의 꿈을 꿉니다. 다시 돌아올 여름에는 푸른 등을 번득이는 녀석의 향기로운 전율을 맞이하러 제주도행 비행기를 타야겠네요.

제 손안에서 펄펄 뛰는 그놈을 만져본 후에야 고
등어가 가진 특이성과 생명성, 존재감을 알게 됐어
요. 처음 만져봤을 때는 가슴이 다 뛰더라고요. 서
울에선 시장에서나 식당에서나 죽은 것만 봤으니
까 그것이 얼마나 아름다운 생명체인지 몰랐죠. 뱃
가죽은 흰데 등은 푸르고, 그 대비가 놀랄 만큼 선
명해요. 마치 몸통이 바다 자체를 내포한 기호로
보이죠. 바라보고 있으면 '아, 이건 바다구나' 하는
생각이 들었어요.

패티김,
자신에게
가장 엄격한 잣대를 댄다

살사를 배우겠다더니 배웠고, 행글라이딩을 하겠다
더니 했다. 지난해 여름 강남의 냉면집에서 만났을 때
"꼭 배우고 올 거다. 기대하라"고 했던 것들을 그는 정
말로 다 했다. 일흔이 넘어 스텝을 밟고 바람을 따라
하늘을 날았다. 일흔도, 여든도 세상이 세는 숫자일
뿐, 그의 사전에는 없다. 은백색 커트 머리는 말한다.
패티김이니까, 일흔이니까 가능한 거라고. 스스로 생
각하는 '패티김'은 욕심 많고, 도전심 강하고, 굉장히
꼼꼼하고, 조금 구두쇠다. 얼마 전 노래방에 가서 자
신의 대표곡 '초우'를 불렀더니 54점을 받았다고 했
다. '좀 더 열심히 하라'는 친절한 충고와 함께. "호호,
노래방 기계는 소리 크고 박자 딱딱 맞아야 점수를 잘
주니까. 난 그렇게 부르지 않지. 호호."

패티김

1938년생. 고교 졸업 이듬해
인 1959년 미8군 무대에서 가
수를 시작했다. 쉽게 부를 수
있는 이름을 찾다 가수 패티 페
이지의 이름을 따 본명(김혜자)
대신 패티라는 이름을 붙였다.
광복 후 일본 정부가 초청한 최
초의 한국 가수로 NHK TV에
출연했고(1960), 대중가수 최
초로 세종문화회관 무대에 섰
으며(1978), 한국 가수 최초로
미국 카네기홀에서 공연했다
(1989). 도전과 승부욕을 삶의
추동력으로 꼽는다.

○

　제가 데뷔한 게 1959년이니까 벌써 50년이 넘었
지요. 그 긴 세월 무대에 서면서, 얼마나 아픈 채찍
질이 필요했는지 사람들은 아마 상상도 할 수 없을
거예요. 50년은 패티김을 위해 견딘 혜자의 세월이
기도 해요. 제 본명이 혜자거든요.

정상의 자리를 위해 혜자가 절제하고 인내해야 했던 대표적인 것이 음식이에요. 미식가만 음식을 많이 생각하는 게 아니에요. 저처럼 음식을 맘껏 못 먹는 사람이 사실 머릿속으로 음식을 더 많이 생각하게 되죠. 음악에 나를 바친 이후론 하루하루 끼니가 나와의 전쟁이었어요. 세상에 맛있는 게 얼마나 많아요. 초콜릿과 아이스크림을 좋아하지만, 그거에 탐닉하면 패티김은 없는 거니까, 혜자는 참아야만 했어요. 가끔 유혹을 못 이겨서 입에 넣었다가도 뇌에서 바로 중지 명령이 내려와요. 보통 여성분도 이해하시겠지만, 저는 특히 더 심했죠. 저는 패티김이니까요.

1960년대 후반에는 지금 세종문회회관 자리에 시민회관이라는 게 있었어요. 지금이야 상상하기 힘들겠지만 그때는 하루에 네 번 공연했어요. 원시인 같았죠. 적으면 세 번 했고요. 노래를 정말로 하루 종일 한 거죠. 그래도 목소리가 나오긴 했어요. '패티김 쇼'라곤 해도 혼자 두 시간 하는 게 아니라 초청 가수들이 나왔으니까요. 거뜬히 했어요. 지금이야 볼거리가 너무 많아서 고르기가 힘들지만, 그때야 따로 오락거리가 없었잖아요. 텔레비전은 잘사는 집에 있었고, 전화 있는 집도 별로 없었고요. 사람들이 공연장으로 몰렸죠. 매회 터져나갈 것 같았어요. 쇼를 했다 하면 만원사례.

청중이 넘쳐날수록 제 배 속은 텅텅 비었죠. 배가 부르면 거북하니까 공연 세 시간 전에는 식사를 해야 했어요. 2회 공연 때가 되면 배에서 '허기 교향곡'이 얼마나 요란하게 연주되던지. 베토벤의 '꽈과과광!'보다 더 웅장하게 '꾸꼬르르륵!' 울려요. 박자도 척척 맞지요. 무대에 서서도 허기에 시달릴 때가 잦았어요. 아이고, 배고파, 꼬르륵, 어머나, 어쩌나, 꼬르륵. 어쩌나 요란스러운지 그 소리가 청중한테 들릴까봐 걱정이 될 때도 있었어요. 그럴 땐 슬쩍 마이크를 올려 입 근처에서 멀리로 보냈죠. 겉으로 보기엔 우아하게 들어 올리는 것 같았지만 사실은 허기를 감추려는 거였어요. 그럴 때마다 생각했어요. '혜자, 너 참 불쌍하다, 미안하다. 패티김을 위해서 네가 희생하는구나.'

하지만 그 보답은 충분히 얻어요. 아직도 30년 전 불렀던 키로 노래할 수 있다는 것은 철저하게 관리하고 자제했기 때문이겠고요. 일흔이 넘었지만 여전히 현역으로 공연을 하며, 수많은 청중이 감동받고 감격하고 웃고 우는 걸 보면서 견디게 되고 감사하게 되죠. 지난번 공연 때 어느 팬이 "선생님 공연을 보고 다시 내 삶을 뒤돌아보게 됐다"라며 꽃다발을 선물해줬어요. "나도 패티김 선생님처럼 철저히 관리해서 멋진 노후를 맞고 싶다"고 편지를 보내준 팬도 있었고요. 그러면 모든 고생 다 잊어요. 나를 보면서 배우려고 하고 힘을 얻는 여성 팬을 위해서는 참아야 된다는 의지가 생기는 거죠. 패티김을 위한 혜자의 끝없는 도전이기도 하고.

원래 제가 어릴 때부터 지는 거 싫어하고 욕심 많고 도전하길 좋아했어요. 우리 집이 팔 남매인데, 제가 여섯째예요. 오빠들한테 늘 안 지려고 하다가 울기도 많이 울었죠. 한번은 바로 위 오빠하고 송편 따먹기

일흔이 넘었지만 여전히 현역으로 공연을 하며,
수많은 청중이 감동받고 감격하고 웃고 우는 걸 보면서
견디게 되고 감사하게 되죠. 지난번 공연 때 어느 팬이
"선생님 공연을 보고 다시 내 삶을 뒤돌아보게 됐다"라며
꽃다발을 선물해줬어요.

하다 대성통곡을 한 적이 있어요. 열세 살인가 열네 살 때였죠. 팔 남매나 되다 보니 음식 갖고 싸움이라도 붙을까봐 어머니께서 뭐든 공평하게 주셨어요. 어느 날 송편을 하셨는데 나무그릇에 똑같은 갯수로 차례대로 나눠주셨죠. 열댓 개쯤 됐어요. 그런데 부엌에 보니까 떡이 더 있더라고요. 하나둘씩 주섬주섬 챙겨다가 몰래 서랍에 넣어뒀어요. 먹으려고 해서가 아니라 보물찾기 하는 것 같잖아요. 오빠가 어떻게 눈치를 챘는지 송편 따먹기를 하자고 했어요. 사실 그때부터 오빠는 이미 속셈이 있었던 거죠. 그런데 어린 나는 호승심이 발동해서 곧바로 "하자!" 해버린 거예요.

　카드놀이를 해서 이기는 사람이 상대편 송편을 하나씩 뺏어 먹는 거였죠. 어떻게 했는지 모르겠는데 번번이 제가 졌어요. 오빠가 얼마나 짓궂은지 이길 때마다 실실 웃으면서 "죄송합니다, 감사합니다" 하며 내 송편을 입에 쏙 넣는 거예요. 어찌나 분하고 원통했는지 몰라요. 송편이

제가 맘을 풀어놓고 즐기는 음식이 딱 하나 냉면,
그중에서도 평양냉면이에요. 아버지는 함경도 출신,
어머니는 개성 출신이라 어릴 때부터 즐겨 먹었어요.
겨울에 동치미 국물에 말아서 한 그릇 뚝딱이었죠.

하나씩 없어질 때마다 내 가슴이 무너지는 거예요. 감히 오빠 떡을 뺏어 먹겠다고 생각한 것부터가 어리석었죠. 상황이 걷잡을 수 없게 되니까 심장이 마구 뛰고 열이 나기 시작했어요. 오빠가 친절하게 "그만할까?"라고 묻더라고요. "아니, 더해!"

결국 서너 개만 남고 말았어요. 참다 참다 제가 터져버린 거예요. 우왕! 펑펑 울면서 어머니에게 달려갔죠. 오빠가 어머니한테 야단맞고 그날 카드놀이는 끝났어요. 오빠한테 송편은 돌려받았죠. 지지 않으려는 거, 안 될 것 같아도 달려드는 거, 그게 어릴 때부터 저였어요. 지금도 그렇고요.

먹는 거에 철저하고 엄격하지만, 제가 맘을 풀어놓고 즐기는 음식이 딱 하나 냉면, 그중에서도 평양냉면이에요. 아버지는 함경도 출신, 어머니는 개성 출신이라 어릴 때부터 즐겨 먹었어요. 겨울에 동치미 국물에 말아서 한 그릇 뚝딱이었죠. 팔 남매가 모여 앉아서 냉면 먹고 다 같이 노래했어요. 다들 노래를 잘했거든요. 목청 좋은 가족으로 동네에서 유

명했지요.

　어릴 때 즐겨 먹던 냉면을 특히 가슴에 남겨준 건 둘째 오빠예요. 둘째 오빠는 날리던 신문기자였죠. 35년 전쯤으로 기억해요. 그땐 제 노래 '이별'이 무섭게 뜰 때였어요. 여기서도 이별, 저기서도 이별이 들렸죠. 눈코 뜰 새 없이 바빴어요. 한 달에 28일 일했죠. 그 무렵에 미국 공연을 가게 됐는데, 둘째 오빠가 같이 밥 먹자고 불렀어요. 뭐 먹고 싶으냐고 해서 냉면을 댔죠. 막내하고 같이 서울 근교 냉면집으로 갔어요. 판문점 근처였던가. 혜자는 꽁꽁 숨고 패티김으로 완벽하게 서기 위해 버티다가, 오랜만에 오빠하고 마주 앉으니 마음이 저절로 풀어지더라고요. 상 위에 놓인 냉면이 유달리 더 당겼어요. 수수하고 슴슴하면서 밍밍한 국물을 정신없이 마셨죠. 허겁지겁 먹으니까 오빠가 놀렸어요. "야, 인마, 그렇게 맛있냐. 남들이 놀리겠다." 말은 무뚝뚝하게 했지만 속으로는 제가 안쓰러워 보였나봐요.

　열심히 젓가락질을 하는데 비행기 시각이 다가와요. 게다가 배도 불렀고요. 딱 세 젓가락이 남았는데, 아무리 기를 쓰고 먹으려고 해도 배가 불러서 안 되겠더라고요. 아깝다 싶었지만 가게를 나섰죠. 문제는 비행기를 타고부터였어요. 오빠랑 같이 있을 때 그걸 끝까지 다 먹을걸 하는 생각이 계속 나는 거예요. 미국 가는 열세 시간 내내 '맞아, 다 먹을걸 왜 남겼나, 왜 남겼나'. 자다가 벌떡 일어나서도 냉면 세 젓가락이 생각나지 뭐예요. 오빠 얼굴하고. 잠이 깨도 냉면이 아깝고, 속상했어요.

아마 그 냉면이 내가 패티김이 되기 위해 참아온 모든 것에 대한 상징처럼 느껴졌나봐요.

그 후로도 먹으러 갔다 하면 냉면집이에요. 외국 가기 전에 먹고 도착해서 먹고. 냉면 그릇을 앞에 놓고서는 저는 편안한 혜자가 돼요. 그 면발이 제게는 어디선가 나를 기다리고 있는 위안 같다고나 할까. 다른 건 먹으면 혹시나 살찔까봐 걱정되고 스트레스 받는데 냉면은 안 그래요. 항상 내 속을 편안하게 채워주죠.

한 분야에서 일등이 된다는 게 얼마나 힘들어요. 그런데 몇 십 년 정상을 유지하는 건 올라갈 때보다 백배는 더 힘들어요. 내려가기 시작하면 주체할 수 없이 곤두박질치는 거죠. 10년 걸려 올라간 거 한 달이면 끝이에요. 그래서 제가 40년 넘게 필사적으로 노력하는 거예요. 거저 얻어지는 건 하나도 없으니까요.

요즘에는 특히 음식을 더 철저히 가려 먹어요. 나이 드니까 살도 쉽게 찌고 잘 안 빠지고, 그러니까 당연히 더 긴장하고 더 노력하죠. 물론 힘들어요. 하지만 패티김을 위해 앞으로도 계속 참고, 노력할 거예요. 팬들의 사랑이 있는 한 고생도 끝나지 않지만 보람도 무한한 거죠. 이젠 딸 둘 다 시집갔으니 내가 할 일은 나를 위해서 노력하는 거죠. 제게는 언제나 냉면이 있으니 든든하고요.

배병우,
인생의 본질을 찍는다

어느 음식을 얘기하고 싶으시냐 했더니 곧바로 "민어찜!". "어느 식당이 좋을까요" 했더니 "나보다 잘하는 집 없어." 국내 최고의 민어찜이 만들어지는 것으로 추정되는 경기도 파주 그의 스튜디오. 슬리퍼를 신고 마중 나온 그는 "진짜 민어찜 맛을 보여주겠다"면서 국방색 앞치마를 걸쳤다. 여수 사나이의 손에서 쪄진 민어는 양념장을 두르고 위풍당당하게 접시에 누웠다. 여행 갔을 때 사온 이탈리아 와인을 한 병 따고, 고등어 샌드위치까지 뚝딱 만들어냈다. 카메라 대신 요술방망이를 든 것 같은 사진작가는 상 너머에서 '맛수첩'을 펴 보였다. 좋아하는 음식점 이름이며 위치, 한 줄 평가가 촘촘했다. 여기는 이래서 맛있고 저기는 저래서……. 맛있는 설명이 오후를 넘겨가며 이어지고, 벽에 걸린 사진 속 알함브라의 달이 흐뭇하게 귀를 기울이고 있었다.

배병우

1950년 전남 여수에서 태어났다. 홍익대 응용미술학과를 거쳐 대학원 공예도안과를 졸업했다. 소나무 작가로 유명하다. 2005년 가수 엘튼 존이 그의 소나무 사진(에디션 넘버3)을 1만 5,000파운드(당시 2,700만 원)에 사들여 세상을 놀라게 했다. 이듬해 뉴욕 크리스티 경매에서는 같은 소나무 사진(에디션 넘버2)이 4만 8,000달러(당시 4,800만 원)에 팔렸다.

○

나는 여수에서 태어난 어촌 촌놈이야. 40년 동안 사진에 미쳐서 빛과 바람 속을 떠돌았지. 소나무 작가로 알려졌지만 난 본능적으로 바다가 좋아. 소나무가 아버지라면 바다는 어머니지. 내게 바다는 고향 같아. 바라만 보고 있어도 마음이 편해지거든. 소나무에 꽂힌 건 1984년인데, 그 후로 매일 아침 일어나 소나무 찍으러 다녔어. 하루도 어김없이.

난 생활이 단순해. 아침에 사진 찍고 낮에는 자거나 책 읽고 해질 때쯤 사진 찍고 밤에는 술 마시고. 낮에는 안 찍거든. 낮의 광선은 재미없어. 아침에 일찍 일어나는 습관은 아버지한테 배운 것이기도 해. 어업 조합의 경매책임자였던 아버지는 날마다 새벽 세 시면 일어나셨지. 경매 시간에 늦지 않으려고 동도 트기 전에 새벽 어시장에 가셨어. 생선 못 팔면 배곯을 자식이 일곱이나 됐으니까. 아버지께서 매일 아침 그날 잡은 생선 중 제일 좋은 놈을 집으로 보내줬어. 그놈을 두고 밥상머리에서 칠 남매가 전쟁을 벌였지.

집이 바닷가였어. 봄이 지나면 낚싯대 들고 바다로 나가서 실컷 잡아먹었어. 얼마 전 뉴스에서 보니까 지난 50년 동안 플랑크톤이 40퍼센트나 사라졌다고 하더군. 나 어렸을 때는 바다에 반짝반짝하는 식물성 플랑크톤이 별처럼 빛났어. 지금은 볼 수가 없지. 먹이사슬이 깨졌으니까. 예전에는 생선이 다 쌌어. 요즘은 갈치 큰 놈이 한 마리에 10만 원 가까이 하기도 하잖아. 나 어렸을 땐 갈치 한 상자에 10만 원도 안 했어. 어자원이 고갈되니까 생긴 문제지. 가난했던 시절이지만, 바닷가에 살면 굶어죽지 않았어. 갯벌에는 꼬막이 있고 모래에는 조개가 있고. 조그만 새우들은 잡아서 후루룩 한입거리였지. 찔피라고 청정수에서만 자

여수 바닷물로 씻어서 반 건조시킨 거지.
한 마리씩 꺼내서 찜으로 자주 먹어.
내가 요리를 좀 하거든. 찜통에다가
무만 넣고 쪄. 간장하고 마늘 넣고
기본 소스를 만들어서 살짝 뿌려 먹지.

라는 해초도 무시로 뜯어 먹었지.

그렇게 바다를 먹고 자란 내가 지금도 꼭 챙겨 먹는 녀석이 '민어'야. 늦봄에 여수에서 민어를 사다가 냉동고에 50마리쯤 넣어놔. 여수 바닷물로 씻어서 반건조시킨 거지. 한 마리씩 꺼내서 찜으로 자주 먹어. 내가 요리를 좀 하거든. 찜통에다가 무만 넣고 쪄. 간장하고 마늘 넣고 기본 소스를 만들어서 살짝 뿌려 먹지.

민어찜은 어머니가 자주 해주신 거야. 요리를 잘하셨어. 칠 남매 옷을 다 만들어 입히셨을 정도로 손으로 하는 건 뭐든지 뛰어나셨지. 그걸 나도 물려받은 것 같기도 해. 어렸을 때부터 시키지 않아도 밥해 먹고, 이스트 사다가 빵도 해 먹었어. 있는 것 갖고 뭔가를 만들어내는 게 좋았어.

지금은 사진이 업(業)이 됐지만, 여수고등학교 다닐 때는 호남에서 일이 등 다투던 유도 선수였어. 할아버지와 아버지도 유도 선수셨고. 지금의 내 이미지 하고는 잘 연결이 안 될 거야. 운동할 때는 군살 하나 없는 몸이었어. 잘하던 유도를 그만둔 건 역시 미래가 불투명해서였어. 오래 해봤자 나이트클럽 '어깨'나 경찰이었으니까. 고 3때 2단까지 하고 말았어. 대학교 입학시험 보러 가니 교수가 "체육대학 가야지, 그런 몸으로 미술대학 왜 왔냐"고 하시더라고.

미대 들어갔다가 사진으로 방향을 튼 건 아는 형 때문이었어. 그 형은 삼수해서 서울대 미대 가고 나도 삼수해서 홍익대 미대 갔는데, 형이 사진에 빠졌거든. 나보고 사진하면 잘할 것 같대. 그래서 대학교 1학년 때부터 풍경 사진을 시작해서 그걸 지금까지 하고 있는 거야. 돌아다니니까 좋더라고. 그때부터 지금까지 사진기를 들고 돌아다니는 방랑자가 내 모습인 거지.

고등학교 졸업하고 1969년에 서울 올라와 자취했는데 그게 내 요리의 시작이야. 그러고 보니 내 요리 인생도 40년이 넘었네. 난 70년대부터 장바구니 들고 장도 직접 봤어. 세상을 떠난 지 10년도 넘었지만, 예전에 아내에게 밥 하는 거 가르쳐준 것도 나였어. 생년월일이 같았던 아내는 대학 동기로 만나서 친구처럼 아껴주며 살았어. 공부만 파던 모범생이다 보니 요리는 잘 몰랐지.

내 세대에는 부엌에 들어가는 남자 별로 없었어. 당연히 아줌마들이 나를 이상하게 쳐다봤지. 홍익대 미대를 다니며 신촌 근처 셋방을 옮겨다녔는데, 지금 현대백화점 자리 신촌시장을 자주 갔어. 그때는 돼지고기 100원어치 사서 김치찌개 끓여 먹곤 했지. 건더기는 그냥 두고 물을

계속 부어서 먹는 거야.

화가나 사진가 중에는 직접 해 먹는 사람이 많아. 뭔가를 만들어서 변화시키는 거에 익숙한 거지. 흙이 온도의 변화에 따라 도자기가 되듯 생선은 온도의 변화에 따라 요리가 되는 거고. 종이에 그림을 그리면 영혼이 깃들게 되고, 재료에 물을 부으면 맛이 우러나게 되는 거지.

얼마 전에 유명하다는 민어찜 음식점에 갔는데 고춧가루하고 설탕,

온갖 양념을 잔뜩 뿌려서 주더라고. 요즘 사람들이 달고 짠 거에 익숙하니까 그 입맛에 맞춘 거겠지. 하지만 민어 맛은 그게 아냐. 양념? 레시피? 그런 거 필요 없어. 민어 맛을 살리려면 바닷물에 씻어서 말렸다가 그냥 찌면 돼. 그러면 거기서 맛의 본질이 나오지. 순수한 담백함이야. 막걸리하고 먹어도 좋고, 밥하고 먹어도 좋고. 이건 농어하고 또 달라. 농어는 그냥 담백하기만 한데 민어는 풍미가 깃들어 있어. 그게 바로 맛이 주는 경지지.

내가 스페인 알함브라 궁전을 찍으려고 2년 반 동안 열다섯 번을 갔어. 한번 가면 2주씩 있었는데, 거기서 날 행복하게 했던 맛도 아주 단순한 거였어. 날새우에 소금만 팍 뿌려서 구워 먹거나, 뽈뽀라고 하는 문어를 뜨거운 물에 탁 넣어서 바로 꺼내 잘라요. 거기에 식초 마늘을 뿌린 다음에 고춧가루를 마지막으로 뿌려. 그럼 그게 요리의 전부야. 그런데도 그지없는 맛을 내. 왜? 단순하니까. 치장 없는 단순함이 원래 품고 있던 맛의 기본과 근본을 여지없이 드러나게 하는 거지.

소나무를 찍게 된 건 이 땅의 상징이 무얼까 고민하다가 도달한 결론이었어. 우리나라 하면 다들 구슬픈 한(恨)의 정서만 생각하는데, 그걸 꼭 극복하고 싶었거든. 역동성을 보여주려고 의도적으로 힘을 준 거야. 소나무 찾아 1년 동안 10만 킬로미터를 답사했지. 그러다 찾은 게 경주 소나무였어. 소나무 한 그루를 사방팔방에서 돌아가며 찍고, 계절과 시간을 달리해서 찍는 것도 본질적인 것을 찾아내기 위한 거야. 사진은 렌 사진 기술이 바뀌는 건 사진 찍는 데 크게 중요하지 않아.
요리사 머릿속에 맛의 미감이 있듯이, 사진가 머릿속에
색채의 미감이 있는데, 그게 무엇이냐 어느 정도이냐가
작품을 결정하는 거지.

즈로 사물의 본질을 포착하고, 요리는 혀끝으로 맛의 본질을 잡아내지.

결국 무언가를 창조한다는 건 본질을 드러내는 것이 아닌가 싶어. 그리고 본질은 하나야. 하나를 추구하다 보면 경지에 이를 수 있어. 내가 인정받게 된 것도 수십 년간 같은 주제를 찍으면서 이룩한 경지 때문이지. 음식도 마찬가지야. 정말 잘하는 집은 냉면이면 냉면, 삼계탕이면 삼계탕만 하지 않나. 본질에는 분칠이 필요 없어. 재료만 좋으면 기교나 군더더기 없이도 본연의 맛이 나오는 거지. 생선구이에 무슨 기술이 필요하겠어. 시간 맞춰 구워서 소금 뿌리면 끝이지. 하지만 그 간단한 구이가 주는 맛의 경지란 얼마나 오묘한가.

난 지금도 필름 카메라로 찍어. 필름이 나오는 한 계속 필름으로 찍을 거고. 사진 기술이 바뀌는 건 사진 찍는 데 크게 중요하지 않아. 요리사 머릿속에 맛의 미감이 있듯이, 사진가 머릿속에 색채의 미감이 있는데, 그게 무엇이냐 어느 정도이냐가 작품을 결정하는 거지.

감(感)이 들어 있는 대가는 선 하나를 그어도 달라요. 1856년 추사 김

정희가 죽기 사흘 전에 봉은사 '판전(板殿)' 현판 글씨를 썼지. 꾸밈없이 고졸한 서예의 절정이라고들 해요. 그 글씨 따라갈 수 있을 것 같아요? 절대로 못 따라가. 수많은 세월이 쌓여서 이룬 경지가 있는 거지. 경지 는 본질과 닿게 돼 있고. 맛의 본질은 단순함이고.

　나중에 고향에 내려가서 음식점을 하고 싶어. 건물도 내가 사서. 내

건물에서 내 맘껏 하는 거지. 여수 재료를 여수 레시피로 요리해서 내놓는 거야. 가게는 열고 싶을 때만 열고. 불친절하다고? 그럼 날짜를 정해 주면 되지. 맛있으면 와서 안 먹고 배기나. 맛있는 거 먹으면 행복하잖아. 나는 내가 만든 요리 먹어도 행복해. 만들면서 즐겁고 먹으면서 행복하고. 그것이 또한 인생의 본질이 아닐까.

김수영,
여전히 환하게 빛나는
그대의 시여

그를 만났을 때 · · ·

3년 전 김수영 시인 작고 40주기 때 처음 만났다. 경기도 광주에 살던 시인의 아내는 시인의 육필 원고와 노트가 들어 있는 커다란 반닫이를 열어 보였다. 어떤 노트는 손만 대도 가장자리가 떨어져 내릴 정도로 바랬다. 시인이 손으로 깨끗하게 베낀 T.S.엘리어트와 W.H.오든의 작품도 있었다. 계절이 바뀔 즈음이면 안부 전화를 걸었다. 전화기 너머에서 이제는 150호가 넘은 〈창작과비평〉의 첫 호가 나왔고, 50년 전 글쟁이들이 북어를 북북 찢어 고추장에 찍어 먹으며 술잔을 기울였다. 시(詩)로는 밥이 안 돼 길러 팔던 닭 1,200마리가 꼬꼬댁 꼬꼬 울어댔고, 부부 싸움 끝에 시인이 "너 없인 안 되겠다"며 아내의 손을 잡았다. 모두 보이고 들렸다. 여전히 시를 사랑하고 시인을 사랑하는 그 아내의 기억 속에서.

김현경

김수영의 아내 김 씨는 1927년 서울에서 태어났다. 한국 시단(詩壇)의 높고 큰 별 김수영(金洙暎·1921~1968)을 고등학생 때 만났다. 1968년 6월16일 귀가하던 남편이 버스에 치여 병원에 실려갔다고 옆집 사람이 달려와 전했다. 맨발로 뛰어간 김 씨 앞에서 시인은 세상을 떠났다. 장례식 때, 김 씨는 시인의 관(棺)에 마르틴 하이데거의 책을 함께 묻었다.

○

　진실했지, 진짜 진실했어. 고고했고. 손에서 책을 놓질 않았어요. 타고난 문인(文人)이었지. 유세 부리며 떵떵거리는 남자와 살았던 여자들, 돈이나 물려받고 요새 식으로 명품 백 선물 받았을지 모르겠지만, 나는 세상 무엇으로도 살 수 없는 걸 받았어. 45년 지난 지금도 환하게 빛나는 선물이야. 그 찬란한 시(詩)들. 지금 읽어봐도 예전 감동이 그대로 전해져요. 역시 훌륭한 양반이야. 누구하고도 비교가 안 돼. 자랑스러운 나의 남편, 김수영(金洙永) 시인이었기에 쓸 수 있던 시들이지.

시인 김수영에 대해서는 교과서에서 배우고 신문에도 많이 나왔으니 많이들 알고 있겠지. 하지만 그 마음속 깊은 곳에 물결치던 뜨거운 파도는 아마 잘들 모를 거야. 내가 여학교 2학년 열다섯 살 때 처음 만났지. 김 시인은 나보다 여섯 살 위였는데, 친척 아저씨 친구였으니까 나한텐 그냥 아저씨였어. 난 일본 소설이며 세계문학 전집을 이미 다 읽은 문학소녀였어요. 조숙했지. 김 시인은 그런 내게 가끔 수필집 같은 걸 읽어보라고 선물로 주곤 했어요.

우리 아버지는 사업하셨어. 군납업자였는데, 군인 옷을 제작해서 납품하는 일이었지. 꽤 잘됐어. 김 시인 집안이 원래는 부자였어. 아버님, 그러니까 내게는 시아버지 되는 분은 부잣집 아들로 자라서 생전에 자기 힘으로 단 한 푼도 벌어본 역사가 없는 분이셨지. 돈이 어디 저절로 불어나나. 집안이 점점 몰락하면서 관철동에서 종로6가 쪽으로 이사를 했어. 거기서 광목이나 무명 같은 옷감을 파신 거야. 잘 안됐지. 결국 집이 파산 지경이 된 데다 징용도 피해야 해서 김 시인은 만주로 이민을 가야 했어.

1943년 3월이었어. 봄기운이 퍼지기 전이라 제법 추웠어. 학교 파하고 교문을 나서는데 괴괴한 사람이 나를 붙잡아. 두루마리 막대기 하나 짚고, 다 떨어진 군화에다가 벙거지 쓴 누더기 차림이었지. 깜짝 놀라 보니까 그 사람이야. 거지 차림인 데다 수염도 안 깎고, 누가 봐도 유랑인이야. 하는 말이, 배가 고프다는 거야. 식당이라는 게 제대로 있을 때가 아니었지. 마침 학교 앞에 무 뎀뿌라를 파는 데가 있었어. 그게 뭐냐면, 무를 길고 네모나게 썰어서 밀가루를 입혀 튀긴 거야. 진짜 뎀뿌라가 귀한 때니까 대신 그렇게라도 비슷하게 만들어 먹었지.

그걸 사줬더니 날 한번 쳐다보지도 않고 정신없이 먹대. 그러더니 만주 가야 되는데 돈이 하나도 없다면서 있으면 달라고 하더라고. 마침 내게 5원이 있었어. 할머니께서 비상금으로 가지고 다니라고 주신 거였지. 까만 악어 지갑에 지폐로 넣어 다녔어. 배급 쌀 한 가마 정도 살 돈이었지. 달라기에 지갑째 줬는데, 나중에 그러대. 지갑도 팔아서 노비에 보태 썼다고.

일제가 물러가고 광복된 다음에 다시 만났지. 만주에 있던 김 시인 가족이 다시 서울로 돌아온 거야. 2년 만에 다시 본 거였지. 나는 이화여대에 다니고 있었고, 김 시인은 가끔 만났어. 그렇다고 애인은 아니었고. 난 만나는 남자가 있었거든. 명동에서 그 남자하고 팔짱을 끼고 데이트하는데 저 멀리서 김 시인이 걸어오더라고. 가까이 오면 인사를 하려고 했는데 중간에 다른 골목으로 싹 가버렸어. 왜 저러나 했는데 이튿날 새벽같이 우리 집에 찾아와서 한다는 소리가 "어느 말뼈다구 같은 놈인지 모르지만 팔짱 끼고 그게 뭐냐. 그렇게 둔한지 몰랐다" 그러는 거야. 질투를 한 거지.

그러면서 차츰차츰 친해진 거야. 데이트를 시작했는데, 김 시인이 치질에 걸렸어. 고생이 이루 말할 수 없을 정도였지. 돈이 없으니까 치료도 제대로 받기 어려웠어. 내 용돈을 치료비로 썼지. 그걸로도 모자라서 우리 집 다락에 있던 피륙을 한 필 두 필 몰래 빼다 팔아서 보탰어. 그러다 우리 아버지한테 들켰잖아. 난리가 났지. 절대로 만나면 안 된다고 강제로 떼놓는 바람에 몇 달 동안 못 만난 거야. 그동안에 김 시인은 몸이 어지간히 회복돼서 서울대학교 부속 간호학교에 영어 교사로 취직했어. 우리 집에 몇 번 찾아왔지만, 아버지가 문전박대했지.

어느 날 외출하려고 집을 나서는데 익숙한 손이 내 팔뚝을 붙잡아. 첫마디가, 아, 아직도 생생해. "마이 소울 이즈 다크(My soul is dark, 내 영혼은 어둠에 빠졌소)." 그 소리 들으니까 눈물이 콱 쏟아지대. 그날부터 집에 안 들어갔어. 결국 시어머니가 방을 하나 얻어주셨지. 그게 1949년. 살림을 시작한 거지. 아버지 몰래 내 물건을 하나씩 살살 옮겨 왔어. 오늘은 옷가지, 내일은 책, 하는 식으로. 어머니가 명주 이불 해주시고 시어머니가 금반지 해주시고. 그래서 우리는 부부가 됐어. 시 한 편에 300원 하던 시절이었지. 내가 양계(養鷄)하고 바느질감 얻어서 한 달 생활비 2,600원을 벌었어.

김 시인 좌우명이 '상주사심(常住死心)'이었어. 하루하루를 죽는다는

각오로 열심히 살라는 얘기지. 사고로 돌아가시기 전에 메모지에 그 말을 써놓으셨더라고. 생각할수록 참 의미가 있는 말인 것 같아. 실제로 늘 그렇게 열심히, 치열하게 고민하면서 사셨어. 시에 그대로 보이잖아. 그런 정신이 하루아침에 나온 게 아니야. 일상이 그랬어. 일상의 시작이 그랬고.

보통 아침 일곱 시 즈음에 일어나셨어. 일어나자마자 세수하고 그 다음에 한 게 미음 먹는 거였어. 좁쌀미음. 일단 그거부터 자시고 나서 일과를 시작했어. 어쩌다 한 번 그런 게 아니고 매일. 돌아가시던 날까지 그랬지. 일어나서 빈속에 좁쌀미음을 한 그릇 꼭 드시고 나서, 책을 읽든지 산책을 하든지 하셨지. 아침은 아홉 시 즈음 해서 먹었고.

좁쌀미음은 원래 친정아버지께서 자주 잡수셔서 알게 됐어. 해장국 대신에 드실 때도 있었고 몸살 났을 때도 좋다고 찾으시더라고. 김 시인이 술을 즐기는 편이 아니었는데, 어쩌다 폭음을 하고 오면 일어나자마

98

김 시인 좌우명이 '상주사심(常住死心)'이었어. 하루하루를
죽는다는 각오로 열심히 살라는 얘기지. 사고로 돌아가시기
전에 메모지에 그 말을 써놓으셨더라고. 생각할수록
참 의미가 있는 말인 것 같아. 실제로 늘 그렇게 열심히,
치열하게 고민하면서 사셨어.

자 냉수 들이켜잖아. 어느 날 내가 좁쌀미음을 쒀드렸더니 한 그릇 다
비우고 "깨끗하다" 하는 거야. 속이 편해진다는 거였지. 흔한 해장국보
다 훨씬 좋다고 하더라고. 그래서 술 마시고 온 다음 날에만 끓이다가
나중에는 매일 했어. "속이 씻기는 거 같다"면서 날마다 청하더라고.

값도 싸. 메조를 썼는데, 한 되만 사도 몇 달은 해드릴 수가 있었으니
까. 일단 조를 20분 정도 불려. 쌀을 한 숟갈 넣고 같이 끓여. 약한 불로
하다가 졸아들 기미가 있으면 조금씩 저어주고. 물을 열 배 정도 넣어야
해. 그걸 조리에다 밭쳐요. 조리에 남은 건더기 말고, 되직한 국물만 그
릇에 담아. 간은 소금으로 맞췄어. 쟁반에다 미음하고 소금하고 수저만
놓고 갖다 드렸지. 가끔은 나박김치 같은 걸 곁들였고. 아침 이부자리에
서 자시는 거야. 일생을 그렇게 했어.

그거 끓인다고 나야 당연히 새벽부터 일어났지. 요즘처럼 가스레인지
가 어디 있어. 숯불에다 해야 되니 일어나서 피워야지. 나중에는 석유풍

조를 20분 정도 불려. 쌀을 한 숟갈 넣고 같이 끓여.
약한 불로 하다가 졸아들 기미가 있으면 조금씩 저어주고.
물을 열 배 정도 넣어야 해. 그걸 조리에다 밭쳐요.
조리에 남은 건더기 말고, 되직한 국물만 그릇에 담아.
간은 소금으로 맞췄어.

로가 생겼지만. 그래도 귀찮다는 생각은 안 들더라고. 쭉 자시고 "좋다"
하는 한마디가 좋아서. 나중에는 안 해드리면 내가 되레 께름칙했어. 한
번 남기신 적도 없어.

그게 별맛은 없어. 그냥 구수하지. 그런데 맛이 없는 듯하면서 느껴지
는 담백함이 특별해. 좁쌀의 쌉싸래한 맛이 걸쭉해지면서 감칠맛이 있
어. 텁텁한 속에 후련하게 들어가는 거지. 지금 생각해보면 좁쌀미음을
드신 게 마치 육체를 깨끗하게 하기 위해 얼굴을 씻듯, 마음을 씻는, 김
시인의 정결한 의식이 아니었나 싶어. 잠들었던 정신을 서서히 편안하
게 깨워주는 음식이었던 거지. 청명한 정신의 보약이었고.

요즘도 김 시인의 작품을 꺼내 읽을 때마다 새로운 감동을 받아. 시는
그림 같고, 산문은 조각 같아. 정말 어떻게 이럴 수 있을까, 역시 최고다,
싶지. 지금이라도 달려가서 안기고 싶어.

황주리,
추억을
진하게 우려내 그린다

"하하, 이런 거 처음 해봐요. 살다가 짜장면 먹는 사진을 다 찍게 될 줄이야. 정말 상상도 못 해봤어." 배달시킨 짜장면을 무릎에 올려놓고 화가는 소녀처럼 깔깔거렸다. "재밌다, 너무 재밌다"라며 웃었다. 신문지도 깔아볼까, 단무지도 얹어볼까, 골똘히 궁리했다. 붓 대신 나무젓가락을 집어 들고, 자신의 작품 '그리고 삶은 계속된다' 앞에 앉아 춘장을 비볐다. 그림 속에서는 누군가가 가만히 포옹하거나 조용히 흐느끼고 있었다. 잠시 스쳐 간, 어쩌면 기억도 못할 찰나의 흔적이었다. 그는 다시 돌아올 수 없는 인생의 아름다운 순간을 잡아두고 싶었다고 했다. 연방 사진기 플래시가 터지고, 점점 짜장면은 불어가고, 우리가 마주 웃던 불꽃같은 한순간은 그렇게 지나가고 있었다.

황주리

1957년 서울에서 태어나 이화여대 서양화과, 홍익대 대학원 미학과, 뉴욕대 대학원을 졸업했다. 석남미술상(1986)과 선미술상(2000)을 수상했다. 캔버스는 물론 안경, 돌, 오래된 목기 등에 사라지는 순간을 그림으로 남겨왔다. 글 쓰는 것도 좋아해 산문집 《날씨가 너무 좋아요》《아름다운 이별은 없다》등을 냈다.

제 고향은 서울 종로구 내수동 181번지랍니다. 지금은 도심 한가운데 오피스텔들이 빽빽하게 들어선 자리지요. 거기 사는 동안 출판업을 하시던 아버지가 만드신 베스트셀러가 여럿 나왔어요. 저희 어머니는 국문과를 졸업한 문학도셨고요. 그래서인지 어릴 때부터 일기 쓰고 글 쓰는 게 익숙했죠. 글은 일단 터지면 그림보다는 줄줄 나오다 보니 조금 더 쉽게 쓰는 것 같아요. 그림은 다섯 살 때부터 그렸어요. 어쩌면 글재주를 더 타고났는지도 모르겠어요. 에세이집도 몇 권 냈고, 인터넷에 소설도 발표했어요. 제 소설 중 가장 애착이 가는 작품 중 하나가《짜장면에 대한 명상》이랍니다.

짜장면은 우리 세대에게 각별한 음식이죠. 지금이야 흔하디 흔하지만 우리 어릴 때만 해도 입학식이나 졸업식처럼 특별한 날에 먹었으니까요. 저를 사로잡은 춘장의 강렬한 마력을 절감한 건 뉴욕 유학 시절이었어요. 뉴욕에 간 게 1987년, 서른이 좀 넘었을 때네요. 이 나라에서 그 나이의 젊은 화가로서 해볼 만한 일은 할 만큼 한 상황이었어요. 어느 정도 꼭짓점에 올라갔다고나 할까. 한 단계 더 뛰어오르려면 새로운 자극이 필요할 무렵이었죠. 그래서 유학이라는 절차를 거쳐서 밖으로 나갔어요. 공부도 하고 방랑자처럼 여행도 많이 다녔죠. 거기서 10년을 넘게 보냈네요.

유학은 저를 자유인으로 만들어줬어요. 워낙 집에서 사랑받고 자라다 보니 어딘지 모르게 답답하고 매인 듯했으니까요. 우리 세대가 다 그러긴 했죠. 특히 전 해가 지면 집에 들어가야 했고, 여행을 가도 길게 못 갔고, 크리스마스 날에는 오후 다섯 시에 제가 귀가할지 안 할지를 놓고 부모님께서 가위바위보 내기를 하실 정도였으니까요. 다섯 시에 들어갔냐고요? 들어갔죠.

제가 도착했을 무렵의 뉴욕은 지금과 많이 달랐어요. 겨울이면 오후 네 시만 돼도 캄캄했죠. 뉴욕의 첫인상을 색으로 말한다면 흑과 백이에요. 공항에 도착했는데, 흰 사람 혹은 검은 사람이 여기저기에서 튀어나왔어요. 흑 아니면 백이 가득한 도시에서 나만의 색을 찾아내려고 애쓰던 시간이 저의 뉴욕 시절인지도 모르겠어요.

지금 생각하면 왜 거기에 그렇게 오래 있었나 몰라요. 지금 유학을 간다고 하면 뉴욕은 안 갈 거 같아요. 그때는 세계 미술의 주류는 뉴욕이라는 세속적인 생각 때문에 간 거였죠. 하지만 미국이라는 장소와 문화의 정체성에 대해 별로 매력을 느끼지 못한 지 오래됐어요. 내가 무엇 때문에 그렇게 미국에 경도하고 그 바닥 미술에 입맛을 맞추려고 노력했을까. 그때는 거기가 최고인 줄 알았죠. 이런 생각도 나중에야 들었어요.

계속 있다 보니 전시도 하고 일도 바빠졌고 작품도 팔리기 시작했어요. 양쪽을 자주 왔다 갔다 하면서 나중에는 어디에 주소를 두고 있는 게 별로 중요하지 않다는 생각이 들더라고요.

뉴욕에 도착하고 얼마 안 됐을 무렵에 아버지께서 찾아오셨어요. 그때는 설치미술이 하늘을 찌르던 대세였어요. 어떤 전시장은 문을 딱 열면 쓰레기가 잔뜩 쌓여 있고, 사방이 흰 페인트로 도배된 또 다른 전시장에는 공 하나 바닥에 덜렁 버티고 있었고요. 전시장을 망연자실 바라보던 아버지께서 "집에 가자, 여기서는 배울 게 아무것도 없겠다. 잘못

하면 애 버리겠다"고 하실 정도였으니까요. 아버지로서는 충분히 하실 만한 얘기였어요. 미술이라는 건 아름다움과 감동을 주는 거라고 생각하는 게 어른들께는 자연스러운 거죠.

물론 뉴욕에서 사고가 입체화되고 다면화되기도 했어요. 미국에서 배울 수 있는 건 사고의 세련됨이죠. 인테리어만 봐도 1부터 100까지 가능한 모든 게 다 있어요. 일부러 꾸미지 않으면서, 없는 상태에서 더한 듯하면서 덜어내는 세련됨이 놀라워요. 군더더기랄지 쓸데없는 편견이랄지 머릿속에 든 촌스러운 생각을 싹 한번 비우고 오기 좋아요.

제가 살던 곳이 지금은 없어져 버린 월드트레이드센터 근처였어요. 반경 1킬로미터도 안 되는 거리의 아파트 25층이었죠. 지금이야 집세가 비싸서 엄두도 못 내겠지만 80년대 후반이었고, 월세를 올리는 한도가 법으로 제한돼 있어서 가능했죠. 거기 전망이 얼마나 좋았던지. 창문만 열면 자유의 여신상이 인사하고, 허드슨강이 노래했으니까. 그 풍경이 아스라한 그리움으로 자리 잡게 되기까지 물론 시간이 좀 걸렸죠.

뉴욕이라는 낯선 땅에 떨어진 외로움이라는 건 참으로 검고도 짙더라고요. 하지만 쓸쓸한 창 너머로 바라보던 강줄기가 어느새 친구처럼 느껴지게 된 걸 보면 고독은 수상하고 끈덕진 친구이기도 해요. 나도 모르게 내 속에 자리를 잡더니 제일 친한 친구가 돼버렸으니까요.

고독이란 친구하고 마음을 열고 지내게 되면서 유독 생각나던 게 짜장면이었어요. 이유는 모르겠는데 마치 길고 까만 끈끈이처럼 착 달라

얼마나 맛있던지 한 젓가락 넘어갈 때마다 가슴이 춘장색으로 물드는 환상에 빠졌지요. 그렇게 신비로운 색이 또 있을까요. 고독과 외로움을 스윽 스윽 비벼서 목이 메도록 넘길 때의 행복함.

붙어서는 떨어지지 않았죠. 먹고 싶다, 아, 먹고 싶다, 아아, 먹고 싶다!

한국 타운, 거긴 정말 없는 게 없었는데 딱 하나 없던 게 한국식 짜장면이었어요. 중국집이 있긴 했지만 거기 짜장면은 우리가 먹는 그 짜장면이 아니었죠. 국물이 홍건한 게 이걸 무슨 맛으로 먹나 싶은 면이 나오더라고요. 그건 자장면이 될 수 있을지는 몰라도 짜장면은 아닌 거였죠.

먹고 싶어서 눈앞이 까매질 정도가 됐는데, 1990년대 초에 드디어 하나 생겼어요. 36가에 이름은 '송빈원'. 아마 기억이 맞을 거예요. 거기가 문을 연 이후로 일주일에 한 번씩 꼭꼭 갔어요. 한 그릇에 5달러 50센트 정도 했을 거예요. 얼마나 맛있던지 한 젓가락 넘어갈 때마다 가슴이 춘장색으로 물드는 환상에 빠졌지요. 그렇게 신비로운 색이 또 있을까요. 고독과 외로움을 스윽 스윽 비벼서 목이 메도록 넘길 때의 행복함. 뉴욕의 밤하늘 같기도 하고, 고흐 그림의 밤하늘 같기도 한 그 색깔은 단순한 검정이 아니에요. 초콜릿 색깔에 검정을 살짝 섞은 느낌이랄까.

짜장면이 무슨 대단한 거라고, 그게 그렇게 먹고 싶었는지. 하여간 제일로 먹고 싶었고 최고로 맛있었어요. 그 순간에는 내 친구 고독 씨마저 다정하고 달콤하게 느껴졌어요. 얼마나 보고 싶어하고 그리워했으면 그 기억 갖고 소설까지 썼겠어요. 신자들이 기도 드리러 매주 교회에 가듯, 매주 짜장면을 먹으러 중국집에 갔지요.

좋아하면, 인연의 끈이 길게 이어지나봐요. 90년대 초에 부모님 모시고 나이아가라 폭포에 놀러 갔어요. 그런데 거기에도 짜장면을 파는 중국집이 있는 거예요. 아무리 관광지라지만 거기서 짜장면을 만나게 될 줄 누가 알았겠어요. 게다가 그 짜장면집 주인이 예전에 서울 우리 아버지 회사 앞에서 중국집 하던 그분이었어요. 그분이 어머니를 알아보는 바람에 얼싸안고 인사를 했죠. 그 먼 거리와 그 긴 시간을 건너서, 짜장면을 사이에 두고 다시 만난 거였죠.

제 그림은 색감이 아주 화려하거나 흑백이거나 둘 중 하나예요. 검정이라는 색은 흰색과 함께 가장 중요한 색이지요. 세상에 존재하는 모든 색이 제게는 선물이지만, 검은색 흰색 물감만 있어도 행복하게 그릴 것 같아요.

음식도 그렇지만 그림은 어디서 손을 떼야 하느냐를 아는 게 중요해요. 딱 멈춰야 하는 지점을 알아야 하죠. 소금을 뿌리다 그만 넣어야 하는 순간을 알아야 하는 것처럼 그림에도 간이 있거든요. 간이 없는 게 저는 삶에서 가장 뜨거운 불꽃같은 순간을 자주 그려요.
제가 화폭에 붙들어놓은 찰나의 순간에서 사람들은 손을
잡고 포옹을 하고 함께 날아오르지요. 살아온 날들이
아스라이 우리를 스쳐 사라진다고 해도 추억을 진하게
우려낸 제 그림은 오래 남을 거예요.

특징인 화가도 있겠지만, 저는 간이 확실하게 있어서 이미지가 뚜렷한 화가예요. 화가가 더 칠할까 말까를 결정하는 시점이 요리사가 더 끓일까 말까를 판단하는 지점과 일치하지 않을까 싶어요. 그렇게 해서 한 점의 명화가 탄생하고 한 그릇의 음식이 오르는 거겠죠.

제게 있어서 그림은 다시 볼 수 없는 그리운 사람과 돌아갈 수 없는 시간을 불러내는 마법이에요. 먼지처럼 흩어져버리는 기억을 나만의 색깔로 다시 살려낸 소박한 밥상이기도 하지요.

저는 삶에서 가장 뜨거운 불꽃같은 순간을 자주 그려요. 제가 화폭에 붙들어놓은 찰나의 순간에서 사람들은 손을 잡고 포옹을 하고 함께 날아오르지요. 살아온 날들이 아스라이 우리를 스쳐 사라진다고 해도 추억을 진하게 우려낸 제 그림은 오래 남을 거예요.

제 추억의 농축액은 짜장의 색깔일지도 모르겠어요. 그리움을 섞어서 고독을 비볐을 때 제대로 윤기가 반짝이는 물감이지요. 세상 누구도 흉내 내지 못할 그 물감을 입고 저의 그림은 추억으로 젖어갑니다.

강수진,
어제보다 오늘 좀 더
발전했으면

걸치고 있는 샤넬 재킷이 '입어줘서 고마워요'라고 말하는 듯한 사람이 몇 명이나 될까. "남편 유머가 생각나 자다가도 일어나서 웃는다"는 행복한 발레리나. 남편 툰치 소크맨은 정말로 유머가 넘친다. 처음으로 강수진을 봤을 때 떠오른 생각이 "Oh, my god! I'm gonna get her!"였다고. 2년이 넘도록 기다려 아름다운 발레리나의 마음을 얻는 데 성공했다. 결혼 후 가장 심한 부부 싸움은 지난해 찍은 자동차 CF 때문이었다. 차를 몰아야 하는 줄 알고 남편이 운전 선생님으로 나섰는데, 여느 부부나 마찬가지로 아내는 서툴었고 남편은 화를 냈다. 장장 한 시간이나 서로 말을 안 했는데, 그것이 결혼 23년을 통틀어 가장 긴 냉전(冷戰)이었다.

강수진

1967년 서울 출생. 현 슈투트가르트 발레단 수석 무용수. 그녀의 토슈즈가 지나간 자리마다 '최초'의 역사가 태어났다. 1985년 동양인 최초로 로잔 국제 발레 콩쿠르 1위에 올랐다. 이듬해 슈투트가르트 발레단에 최연소(19세)로 입단했다. 1999년 '발레의 오스카상'인 브누아 드 라 당스(Benois de la Dance) 최고 여성 무용수상을 받았다. 2007년 독일 바덴뷔르템베르크 주 정부가 '무용 장인(匠人)'으로 인정하는 '카머탠처린'을 받았다. 이 또한 동양인으로서는 처음이었다.

○

저는 보통 발레리나가 아니랍니다. '대식가' 발레리나니까요. 저처럼 잘 먹는 발레리나 없을 거예요. 특히 한국에 올 때마다 먹는 양념갈비가 좋아요. 원래는 고기를 싫어해요. 특히 빨간 고기요. 빨간 고기의 맛을 즐겨볼 수 있을까 해서 여러 번 시도해

봤는데 못 먹겠더라고요. 어쩐지 비린 것 같고 금속성 쇠 맛도 나는 것 같고요. 하지만 양념갈비는 고기 맛보다 양념 맛으로 즐길 수 있잖아요. 무겁고 둔탁한 육질 사이로 달큰한 양념이 배어들면서, 빨간 고기 맛에 움찔했던 혀를 다독여주는 것 같아요.

양념갈비는 제게 구원이었어요. 음식과 화해하도록 도와줬으니까요. 발레를 잘하려면 잘 먹어야 해요. 발레는 육체노동이거든요. 먹지 않으면 뛰지 못해요. 제가 마흔이 넘도록 발레를 할 수 있는 것도 잘 먹어서 그런 거예요. 저를 위해서, 제 발레를 위해서 먹어야 해요. 그러려면 고기가 필요한데, 어색한 미감을 양념으로 달래주는 양념갈비가 고기를 즐기게 해준 거죠.

무용하는 후배 중에 극단적으로 다이어트를 하는 경우가 간혹 있는데, 미래를 위해서는 좋지 않아요. 오래갈 수가 없어요. 발레를 위한 몸을 유지하려면, 먹고 싶은 대로 먹고 그만큼 연습을 많이 하는 게 좋아요. 비단 발레리나가 아니더라도, 이렇게 맛있는 걸 안 먹고 산다는 건 슬프지 않나요. 먹는 걸 싫어하는 사람은 삶을 즐길 줄 모르는 사람이 아닐까요.

제가 발레를 위해선 잘 먹어야 한다는 걸 깨닫게 된 건 스물세 살 무렵이었어요. 그 전까지는 저도 음식과 전투를 벌였죠. 열여덟 살 이후로 세상의 다이어트란 다이어트는 모두 다 해봤어요. 그때는 물만 먹어도 살이 찌는 느낌이었으니까요. 중학교 3학년을 마치고 유학 가서 먼저 양념갈비는 고기 맛보다 양념 맛으로 즐길 수 있잖아요.
무겁고 둔탁한 육질 사이로 달큰한 양념이 배어들면서,
빨간 고기 맛에 움찔했던 혀를 다독여주는 것 같아요.

배운 게 빨래 하는 법이 아니라, 음식 먹는 법이었어요. 그전에는 한국에서 김치와 콩나물국만 먹었는데, 유럽에서 빵을 먹어야 하고 치즈도 먹어야 하니까 속이 받아주질 않았어요. 우유도 못 먹겠더라고요. 지방질 때문이었던 것 같아요. 제가 느끼한 맛에 거부감이 심하거든요. 2년간 음식과 투쟁했어요. 선생님한테 매일 혼났죠. "너 그러면 한국으로 보낸다"고 겁을 줘서 울면서 먹었어요. 살기 위해서, 배우기 위해서요. 억지로 꾸역꾸역 넘기다 보니 차츰 맛을 알게 되더라고요.

맛을 알게 되고, 고기를 먹게 해준 양념갈비는 저를 다시 태어나게 해줬어요. 한국에서밖에 못 먹는 음식이라서 더 정이 가기도 해요. 독일에도 한식당이 있지만 이 맛이 나질 않아요. 먹고 싶어도 고국에 와서만 먹을 수 있고, 먹을수록 고국을 떠올리게 하니까 가슴 어딘가에 늘 들어 있는 음식인 거죠. 양념이 들어간 이 맛이 어릴 때부터 제 피에 있었던 거 같아요.

외국에서 살수록 한식이 입에 맞아요. 점점 더 그리워지고요. 스트레스 받을 때도 한국의 맛으로 풀어요. 고마운 즉효약, 고춧가루죠. 화가

치밀어 오르거나 정신적으로 못 견디는 일 있으면 매운 걸 먹어요. 어떤 음식이든 고춧가루를 시뻘겋게 잔뜩 뿌려서 먹는 거죠. 속이 얼얼할 정도로 심하게 매운 음식을 먹으면 머리가 멍하잖아요. 멍한 채로 딴생각 없이 땀을 쫙 흘리면 복잡한 머리가 정리되는 것 같아요. 그러다 위가 상한 적도 있지만 그래도 고춧가루가 최고의 스트레스 해소제예요.

요즘에는 제가 먹고 싶은 음식을 끼니마다 먹을 수 있어요. 전속 요리사가 있어서죠. 이 세상의 어떤 음식도 만들어낼 수 있는 제 남편 툰치 소크맨이요. 20년도 전에 처음 만났죠. 저와 같은 슈투트가르트 발레단 무용수였어요. 남편은 저를 처음 봤을 때부터 좋았대요. 그런데 전 남편 첫인상이 무서웠어요. 동료 무용수 중에 제일 나중에 인사한 사람이었어요. 남편은 1996년에 은퇴했어요. 남자 무용수로는 정년을 채운 거예요. 남자들은 허리가 안 좋아져서 은퇴하는 경우가 많죠. 게다가 저희 발레단은 최고 난이도 작품을 많이 해서 특히 힘들었어요. 같이 파트너로 무대에 선 적도 있어요. 딱 한 번. 연습할 때 눈이 마주치면 자꾸만 웃음이 나서 못하겠더라고요. 그 후로 같이 서지 말자고 했어요.

연애하던 처음에도 좋았지만 지금이 더 좋아요. 모든 점이 다. 가면 갈수록 좋아요. 신기하죠? 저희도 신기해요. 우리 둘이서도 서로 행복하다, 행운이다, 라고 해요. 같은 직업이라서 그런 건 아닌 것 같아요. 같은 일을 하기 때문에 더 힘들 수도 있거든요. 원래 부부가 갈수록 서로 할 얘기가 없어지잖아요. 발레 얘기만 하면 저도 질려서 못해요. 그런데 남편은 발레가 아니라 살아가는 여러 방면에 대해서 이야기를 해 줘요. 굉장히 지식이 풍부한 사람이거든요. 그리고 정말 웃겨요. 아침부터 저녁까지 매일 웃겨줘요. 어떨 때는 너무 웃겨서 자다가도 일어나서 웃어요. 같이 매일 웃으면서 사니까 얼마나 행복한지 몰라요. 이렇게 사는 부부 드물죠. 참 복이라고 생각해요.

남편은 원래부터 요리를 잘했는데 갈수록 늘어요. 열네 살 때부터 기숙사에 살다 보니 혼자서 요리하다 저절로 늘었대요. "일상이 내 요리의 원천"이라고 늘 말해요. 이 사람 온갖 한국 음식을 다 먹어봤어요. 한번 먹어보면 어떤 음식이든 그 맛을 기억하고 만들어내요. 김치도 담가요. 된장국도 끓이고요. 제가 뭔가 먹고 싶다고 하면 곧바로 식탁에 그 메뉴가 올라와요. 양념갈비도 하고요. 맛은 한국 거하고 다르지만요. 재료가 다르다 보니 한국에서 먹는 맛과는 다르지만, 부족한 맛을 채우는 남편만의 정성이 있어 행복하게 먹게 돼요.

저는 재주가 발레 하나뿐인데 신랑은 재주가 정말 많아요. 신랑은 저보고 특이하대요. 저도 신랑을 특이하게 생각하고 존경해요. 제가 조금이라도 살이 빠져 보이면 막 먹여요. "먹어야 해!"가 저를 위한 그의 구호죠. 요리가 다 되면 제가 먹는 거 먼저 보면서 챙겨주다가, 제가 절반쯤 먹고 나면 그제야 먹기 시작해요. 이런 신랑을 어디서 만나요. 이렇게 저를 사랑해주잖아요. 그러니까 저도 사랑해주고요. 가면 갈수록 더 좋아질 수밖에 없죠.

남편이 요리하는 걸 지켜보면서 배운 게 있어요. 예술도 맛도 절정으로 갈수록 단순해진다는 걸요. 요리를 정말 잘하는 사람은 소금과 후추만 갖고도 맛을 살릴 줄 알게 되는 거죠. 발레도 비슷해요. 심플한 게 어려워요. 현란하고 복잡한 기교로 잠시 관객을 속일 수 있겠지만 언젠간 바닥이 드러나죠. 단순한 동작으로 자신을 드러낼 줄 아는 게 진정한 경지죠. 사람을 만날 때도 그렇잖아요. 복잡하고 계산하는 사람은 한마디를 해도 불편하고. 이 세상에 태어나 언젠가 떠날 때까지 모든 게 단순하고 간단하면 더 행복하고 잘 살 수 있을 것 같은데 그게 참 어렵죠.

저도 제가 발레를 이렇게 오래 할 줄 몰랐어요. 그런데 우리 신랑처럼, 발레도 가면 갈수록 더 좋아요. 제가 지금도 발레 할 수 있는 게 쉽지 않은 거란 거 알지만 다른 생각은 안 해요. 제가 하고 싶을 때까지 제 몸이 따라 와줄 때까지 매진할 뿐이죠. 예전이나 지금이나 누구 때문에 무용한 적은 없어요. 하고 싶어서 했고, 지금도 제 발전을 위해서 계속하는 거죠. 무슨 일이든 그게 중요한 것 같아요. 자신이 그 일의 동력원이 돼야 남김없이 불태워볼 수 있는 거죠.

어렸을 때는 잘 모르고 했어요. 좋아한 거였지만 뭘 알고 한 건 아니었죠. 그때는 다 안다고 생각했지만 지금 생각하면 부끄럽죠. 이십대로 다시 돌아갈 수 있다고 해도 안 할래요. 저는 나이 드는 게 좋아요. 그만큼 더 배우고 모든 걸 느끼면서 재미있게 살 수 있는 것 같아요. 딱 하나, 몸만 안 아팠으면 좋겠어요. 그것 빼곤 젊을 때보다 지금이 더 좋아요. 세상에 완벽한 건 없으니까 이것도 공평한 거겠죠. 예전에는 마라톤처럼 열여섯 시간씩 연습해도 다음 날 벌떡 일어날 수 있었는데 지금은 그렇게 못해요. 대신 정신력이 강해졌어요. 그러니까 나이 들어도 발레에 쏟아붓는 에너지는 유지가 되는 거죠.

전 예전부터 꿈이 단순하고 소박했어요. 내가 할 수 있는 걸 하자, 나

인정받고 성공한다는 게 꼭 거대한 목표를 향해 달려가야
이뤄지는 건 아닌 것 같아요. 지금은 나 자신에 대해
진실하자는 게 유일한 목표이고 꿈이에요. 어제보다 오늘이
조금이라도 발전했으면 꿈을 이룬 거라고 생각해요.

강수진과 남편 툰치 소크맨

를 발전시킬 수 있는 걸 하자는 거였죠. 사람들의 인정은 작은 꿈을 놓치지 않고 추구하다 얻어진 부산물이죠. 인정받고 성공한다는 게 꼭 거대한 목표를 향해 달려가야 이뤄지는 건 아닌 것 같아요. 지금은 나 자신에 대해 진실하자는 게 유일한 목표이고 꿈이에요. 어제보다 오늘 조금이라도 발전했으면 꿈을 이룬 거라고 생각해요. 사람이기 때문에 퇴보할 수도 있죠. 그럴 때는 울면서 다시 시작하는 거죠. 그게 후회 없이 사는 길인 것 같아요.

박찬일,
복잡하지도 화려하지도 않게,
그러나 집중해서

그의 책을 읽고 반해서 전화를 걸었다. 처음 만나던 날, 음식 기사를 제대로 다루지 않는 언론의 소홀함에 대해 한참 꾸중을 들었다. 블랙커피를 연거푸 마셨다. 그 뒤로도 만날 때마다 뭔가에 대해 혼이 난 것 같다. 그래도 어쩐지 즐거웠다. 사심(私心) 없는 비판이 오히려 고맙고 미더웠다. 그에 따르면, 사나이 나이 마흔은 짜장면 곱배기가 버거워질 때 온다. "짜장면 보통만 먹고 포기해야 했을 때 나이가 들었다고 느꼈다"고 말할 때, 원래 진지한 그의 얼굴이 심각해지기까지 했다. 까칠한 요리사로 유명하지만, 가만히 웃을 땐 더없이 따뜻하다. 쉽게 타협하지 않는 깐깐함이 한 그릇의 서정(抒情)으로 바뀌는 놀라움은 그의 주방만이 보여주는 매혹이다. 그래서 오늘도, 혼날 줄 알면서 라꼼마의 문을 두드린다.

박찬일

1965년생으로 중앙대학교 문예창작과에서 소설을 전공했다. 잡지기자로 일하다 이탈리아로 떠나 1998년부터 3년간 요리와 와인을 공부했다. 남다른 손맛은 물론 뛰어난 글맛으로 '글 쓰는 요리사'로 사랑받고 있다. 《지중해 태양의 요리사》 《보통날의 파스타》 등을 냈다. 그의 요리를 맛보고 싶다면 홍대 앞 이태리 요릿집 '라꼼마'로.

○

　영화 '시네마 천국'을 대학 다닐 때 봤어요. 친구가 "죽이는 영화 있다"고 하기에 따라갔죠. 눈은 호강하겠다 싶었거든요. 이탈리아 영화라고 하니 지중해 푸른 바다가 펼쳐지겠고, 잘 그을린 피부에 비키니 입은 미녀가 나올 것 같고, 와인이며 요리도 잔뜩 나오겠다 싶었죠. 당시 호암아트홀에서 조조로 봤는데, 영화관에 딱 우리 둘이 있는 거예요. 영화가 점점 펼쳐지는데 세상에 무슨 이런 별천지가 있나 했어요. 이런 게 이탈리아 정서구나, 감탄이 절로 나오더라고요. 마침 제 여동생이 이탈리아어과를 다녀서, 이탈리아 사람들 성정이 우리하고 비슷하다는 말도 들어서 그런지 정겨운 느낌이었어요. 그러다 서서히 이탈리아 짝사랑에 빠진 거죠.

이탈리아에 가겠다고 결심한 건 13년 전이었어요. 잡지사에서 기자로 일하다가 다시 시작한 거죠. 국내에 파스타가 슬슬 들어오기 시작할 무렵이었어요. 이탈리아 요리 몇 가지 배워서 조그맣게 식당이나 하자 싶었죠. 몇 달 배우고 오려고 했는데, 가보니까 어마어마한 거예요. 미트소스하고 크림소스 파스타가 전부인 줄 알았던 신출내기 앞에 신세계가 펼쳐진 거죠. 끝을 봐야겠다는 생각이 들더라고요. '멋진 요리사가 되고 말겠다'는 거창한 결심을 했다기보다는 안 배우면 후회할 것 같아서 열심히 했어요.

이탈리아에 대한 애정도 있었지만, 파스타라는 '국수'가 저를 강하게 끌어당긴 것 같아요. 제가 어렸을 때만 해도 동네마다 국수 공장이 있었어요. 공장이라고 하지만 요즘 볼 수 있는 거대한 건물이 아니라, 기계를 들여놓은 가게 수준이었죠. 거기서 서리해 먹는 국수 맛이 끝내줬어요. 갓 뽑은 국수를 어린애 키보다 약간 높은 시렁에 걸어놓고 말렸어요. 축 늘어져 있는 국수를 주인 몰래 잘라 먹는 거죠. 막 널어서 축축할 때 말고, 거의 말라서 짭짤하면서 꼬독할 때가 제일 맛있었죠.

서리 국수도 맛있지만 역시 저희 어머니 국수가 최고였죠. 살기 어려워서 자주 먹던 게 국수였어요. 미군 원조 물자로 나온 밀가루가 쌌으니까 그걸로 줄기차게 만들어 먹었던 거죠. 예전에 탤런트 최진실 씨가 수제비가 지긋지긋하다고 했던 것도 밀가루로 변주가 가능한 수제비를 질리도록 먹어본 기억 때문일 거예요. 전 밀가루가 없었으면 대한민국은 없었다고 생각해요. 밀가루가 돈 없고 배고픈 사람들의 DNA를 구성해준 셈이니까요.

저를 요리로 끌어들인 게 국수였다면, 제 요리의 영혼을 주신 분은 어머니세요. 경상도 출신이신 어머니는 손맛이 남다르셨어요. 그 솜씨로 시장통에서 밥집 같은 걸 하셨어요. 화려한 음식은 못 해주셨지만 맛있는 음식을 만들어주셨죠. 재료가 너무나 척박한 상태에서, 재료 하나에 집중해서 그 맛을 최대한 살리는 묘미를 아셨던 거죠. 통째로 넣고 우린 멸치 육수 하나만 가지고도 세상 어디에도 없는 맛을 내셨어요. 잘사는 친구나 친척집에 가면 상다리가 부러져라 온갖 음식을 다 내놨죠. 그런데 먹어보면 맛은 별로예요. 재료는 좋은데 너무 많은 걸 한꺼번에 넣어서 그래요.

이탈리아 요리가 저랑 잘 맞는 것도 하나에 집중하기 때문이에요. 주재료가 두세 가지를 넘지 않아요. 조리법도 단순해요. 재료의 본래 맛

이탈리아 요리가 저랑 잘 맞는 것도
하나에 집중하기 때문이에요. 주재료가
두세 가지를 넘지 않아요. 조리법도 단순해요.
재료의 본래 맛을 잘 보여주도록 구성돼
있어요. 복잡하고 화려하지 않아요.

을 잘 보여주도록 구성돼 있어요. 복잡하고 화려하지 않아요. 그림 그
려놓은 듯한 이탈리아 요리를 자주 보셨다고요? 그건 프랑스 요리를
모방한 거예요. 겉으로 보기에는 그런 게 뭔가 있어 보이죠. 이탈리아
전통요리를 보면 깜짝 놀라요. 요리가 그릇에 턱하니 무뚝뚝하게 담겨
있어요. 모르는 사람은 보고 당황할 정도죠. 이탈리아 만두인 라비올리
를 시키면, 소스는 하나도 없이 라비올리만 덜렁 올라와 있어요. 올리브
오일 조금 뿌려져 있고요. 맛을 내는 양념과 소스는 만두 안에 다 있다
는 거죠.

　손맛이라는 게 코와 혀로 유전되는 거잖아요. 어머니 음식을 먹어본
저는 그걸 흉내 내고 있는 거죠. 어머니가 성격이 급한 편이셔서, 요리
를 빠른 속도로 해내셨어요. 제가 이탈리아에서 요리 배우는 동안 칭
찬받았던 게 빨리빨리 잘한다는 거였어요. 이탈리아 사람들 성격이 정
말 급하거든요. 우리보다 더 급해요. 말하기 전에 벌써 얼굴부터 벌게지

고 손이 먼저 나가요. 그런 사람들이 모인 주방에서 어머니의 아들인 제 '빨리 빨리'가 딱 들어맞았던 거죠.

일상의 보배로운 양식이었던 국수였지만, 어느 여름밤 먹었던 '특별한' 국수는 가슴 한구석에 칼날처럼 박혀 있어요. 그 기억 근처에만 가도 통증이 살아나는 것 같아요.

저희 집이 왕년에는 좀 살았대요. 그러다 몰락해서 고달픈 도시 빈민이 됐어요. 혹시 "이 새끼, 까불면 고택골로 간다"는 말 들어보셨나요? 고택골이 지금의 은평구 신사동이었는데 거기가 공동묘지였거든요. 고

국수라면 질리도록 먹었는데, 그 맛은 또 차원이 달랐어요.
위에 깨소금이 뿌려져 있고 김 가루도 어설프게 묻어 있었죠.
흔하디 흔한 멸치 육수였는데, 이상하게, 정말 이상하게,
엄청나게 맛있었어요.

택골로 간다는 건 쉽게 말해 죽는다는 뜻이었죠. 이문구의 소설 《장한 몽(長恨夢)》 무대가 고택골이에요. 60년대 서울이 급속하게 팽창하면서 인구가 늘다 보니 갈수록 사람 살 곳이 부족해졌죠. 서울시에서 급기야 주거 지역을 확보하려고 고택골에 있던 무연고자 묘지를 다 파냈어요. 그때 묘지 캐러 나선 하청업자 얘기가 《장한몽》 줄거리죠. 열심히 캐다 머리 나오면 잘라서 팔아먹고 금니도 챙기는 하류인생의 얘기예요. 그 곳, 고택골이 제가 국민학교 때 살던 곳입니다. 애들하고 놀다 보면 땅바닥에서 뼈다귀 한둘쯤 나오기가 예사였죠. 그걸 갖고 아무렇지 않게 자치기 하고 놀았어요.

국민학교 3학년 즈음이었어요. 밤 열한 시쯤 됐을까. 자고 있는데 어머니가 깨우는 거예요. 방 한구석에는 양동이 두 개와 나일론 보자기로 싼 짐이 몇 개 있었어요. 살짝 보니 보자기 안에는 솥단지가 있고, 양동이에는 쌀이며 고추장, 숟가락 등속이 들었더라고요. 여름이라 엄청나게 더웠어요. 부모님과 누나와 저, 온 식구가 그 시간에 집을 나섰어요.

짐을 다 들고요. 서로 아무 말은 안 했지만, 분위기가 굉장히 무거웠어요. 터덜터덜 걸어가는데, 길 아래 포장마차가 있었어요. 부모님을 따라 들어갔는데 우동을 시켜주시더라고요. 그런데 그게 그렇게 꿀맛인 거예요. 국수라면 질리도록 먹었는데, 그 맛은 또 차원이 달랐어요. 위에 깨소금이 뿌려져 있고 김 가루도 어설프게 묻어 있었죠. 흔하디 흔한 멸치 육수였는데, 이상하게, 정말 이상하게, 엄청나게 맛있었어요. 그래서 한 그릇 더 시켜달라고 했어요. 자정 가까운 시간에, 그 어두운 분위기에서 저 혼자 정신없이 우동을 입에 집어넣고 있었던 거죠.

그게 고택골에서의 최후의 만찬이었다는 걸 나중에야 알았어요. 우리 가족이 야반도주를 한 거예요. 집세를 못 내서 몰래 도망친 거였죠. 살던 동네를 죄인처럼 떠나면서 먹었던 우동이었는데, 지금 생각해도 이 세상에 그렇게 맛있는 우동이 없었던 것 같아요. 물론 강력한 미원의 맛이기도 했겠지만, 어린 마음에도 제 힘으로 어찌할 수 없는 서글프고 잔혹한 삶의 악력을 온몸으로 느꼈던 것 같아요. 그래서 더 폭식한 게 아닌가 싶어요. 심리적으로 불안할 때 음식이 전투적으로 먹힌 거죠.

우동을 두 그릇이나 먹고 배가 빵빵해져서 어딘가로 갔어요. 도착한 곳이 지금의 상암동 난지도 쓰레기 하치장이었어요. 그 앞에 사람들이 모여 살던 집단 거주지가 있었거든요. 도시 빈민 중 최악의 빈민이 살던 곳이죠. 아버지는 "며칠만 있는다"고 했지만 결국 거기서 반년을 살았어요. 황석영의 소설《낯익은 세상》에 나오는 무대가 거기예요. 그 소설처

럼 쓰레기를 파내서 먹는 사람들, 저는 많이 봤어요. 쓰레기차가 하루에
도 서너 번씩 지나가고, 후각을 유린하는 악취가, 잔인한 악취가 천지간
에 들러붙어 있었지요.

　시간의 공장에서 뽑혀 나온 길고 긴 국수 면발이 어머니의 국수를 감
고 돌아 고택골 우동을 싸안고 저를 이끌어 이탈리아 요리사로 만든 게
아닌가 싶네요. 야반도주하던 날 밤의 우동을 식구들은 여전히 기억해
요. 괴로운 기억이니 굳이 떠올려서 이야기할 것은 아니지만, 적어도 그
맛은 지울 수 없이 또렷하게 남아 있지요.

이원복,
과거의 나도
어딘가에 살아 있다

오디오 백과사전을 틀어놓더라도 그보다 재미있고 흥미진진할까. 음식 얘기가 시작되자마자 그는 독일 프랑스 영국을 돌고 스페인 이탈리아를 거쳐 일본 중국 한국에 이르는 세계 각국 미식사를 주르르 쏟아냈다. 개띠라서 '동료의식 때문에' 개 빼고 다 잘 먹는다는 그는 와인 책 낸 얘기를 꺼내다 탄산수 국물 맹물 맥주 소주 막걸리 이야기로 금세 옮겨갔다. 그는 웃음도 만화 같다. 제일 먼저 눈이 웃고 깔깔깔 입이 웃다가 동그랗게 이마로까지 미소가 번졌다. 사진을 찍으려고 학교 근처 식당으로 갔다. 돈가스를 큰 걸로 주문해 반으로 시원하게 잘랐다. 그러더니 포크에 꾹 찍어서 양손에 쥐고 예의 개구쟁이 같은 웃음을 멈추지 않았다. 지금도 그때 사진을 보면 그날 식당에 넘치던 웃음소리가 들리는 듯하다.

이원복

1946년 대전 출생. 서울대 건축학과를 거쳐 독일 뮌스터대학의 디자인학부를 졸업했다. 졸업 때 총장상을 받았다. "아시아에서 유학 왔으니 어서 돌아가서 취직하라고 교수들이 점수를 잘 줬다"며 겸손해한다. 현 덕성여대 산업미술학과 교수. 10년간의 유럽 체류 경험을 담아 1987년 펴낸《먼 나라 이웃나라》로 교양 만화의 시대를 열었다. 교수보다 만화가로 불릴 때 행복하다.

   저를 아시는 분들은 《먼 나라 이웃나라》를 먼저 떠올리시죠. 그 책에는 9년 반 독일 유학 시절에 여행하고 보고 배운 모든 게 담겨 있어요.

   독일로 유학을 떠난 게 1975년이었어요. 독일을 선택한 건 등록금이 전혀 들지 않는다는 이유가 컸어요. 우리 돈으로 치면 한 학기에 사회보장료 2만 원 정도만 내면 됐으니까요. 우리 집이 독일하고 인연이 깊기도 했고요. 칠 남매 중 네 명이 전부 독일에서 공부해 학위를 땄으니까요. 그 당시만 해도 유학은 생존을 위한 선택이었어요. 돈 없고 '빽' 없는 사람들이 믿을 건 가방끈밖에 없었으니까요. 해외 유학이 살아남기 위한 선택이었던 거죠.

유학 중에는 여러 전단에 만화를 그려주고 그 원고료로 생활비를 댔어요. 어릴 때 저는 아이들과 어울려 놀기보다 혼자서 책 읽고 낙서하길 좋아했어요. 낙서장 가득 그림을 그리고 놀다가 저절로 만화 그리기가 늘었어요. 유학생치고는 풍요롭게 살았어요. 고등학교 2학년 때 어린이 신문에 만화를 그리기 시작해서 독일 갔을 무렵엔 벌써 10년차 만화가였거든요. 원고료를 꼬박꼬박 모아서 여행 다니는 데 썼어요. 그 경험이 《먼 나라 이웃나라》에 녹아 있는 거고요.

먹는 것까지 신경 쓸 여유는 없었어요. 식사는 학생식당에서 주로 해결했죠. 한 끼에 1마르크 20페니히쯤 됐어요. 우리나라 돈으로 1,000원이 안 됐죠. 그 가격이니 제대로 나왔겠어요? 감자튀김에 구운 소시지 몇 조각이 보통이었죠. 어쩌다 고기가 메뉴에 올라와 있더라도 삶아서 썰어놓은 거였으니, 당연히 맛은 별로였어요. 그래도 시장이 반찬이라 끼니는 넘겼어요. 식당마저도 못 갈 형편일 때는 직접 해 먹었어요. 스파게티도 해 먹고, 햄도 썰어서 구워 먹고. 맥주도 엄청나게 많이 마셨어요. 9년 반 동안 마신 거 합하면 몇 트럭 될 거예요. 물보다 싼 게 맥주었으니까. 독일 사람들은 정말로 물 대신 맥주를 마셔요. 물에 석회가 많다 보니 그렇기도 하고요. 첫인사가 "오랜만이야"가 아니고, "맥주 한 잔해야지"예요.

그 시절, 성공하면 실컷 먹어보리라고 다짐하게 만든 음식이 있었어요. 바로 돈가스였죠. 정확하게 말하면 '슈니첼(Schnitzel)'이라는 독일식 돈가스인데, 우리나라 돈가스하고 모양은 같지만, 맛과 재료가 조금 달라요. 빵가루를 입히긴 했는데 우리나라처럼 바삭바삭하지는 않거든요.

우리가 먹는 돈가스는 일본식이죠. 불교 국가였던 일본은 19세기 중반까지도 육식을 법으로 금했어요. 1868년 메이지유신 이후에 육식이 개방되면서 갑자기 사람들이 육식을 많이 찾게 됐죠. 당연히 고기가 부족해지니 적은 양으로 많은 사람이 먹을 수 있는 요리를 내놓게 된 게 돈가스였죠. 우리나라에서 탕 요리가 발달한 것과 비슷한 맥락이죠. 우리도 부족한 고기를 여러 사람이 나눠 먹으려고 물을 부어서 양을 늘린 거 아니겠어요. 그러다 보니 곰탕, 설렁탕을 많이 먹게 된 것이고요.

돈가스라는 이름은 돈(豚), 즉 돼지고기에, 고기 토막이라는 뜻의 커틀릿(cutlet)의 일본식 발음 '까스레또'가 축약된 '가스'가 붙어서 생긴 말이라고 해요. 포르투갈 사람들이 일본에 전해준 것 중에 식용유가 있잖아요. 튀긴 요리를 처음 먹어본 일본 사람들이 엄청나게 열광했죠. 도쿠가와 이에야스(德川家康, 1543~1616)가 튀김 요리를 자주 먹다가 콜레스테롤 과다로 죽었다는 말이 나올 정도였으니까요. 돈가스를 튀길

커다란 흰 접시에 손바닥 두 개를 겹쳐놓은 크기의
고기가 나오더라고요. 하늘에서 떨어진 비행접시가
그만했을까 싶게 커 보였어요. 그때 제 눈엔 압도적인
크기였죠. 게다가 그게 고기라고 하더라고요.
그 위에 처음 보는 소스까지 얹혀 있었고요.

때도 빵가루를 얇게 입혀서 식감을 살리도록 튀기죠.

우리나라에 들어온 건 1970년대 이후일 거예요. 제가 독일 가기 전까지만 해도 일본식 돈가스를 못 봤으니까요. 그때 우리나라에는 고기 요리가 드물었어요. 서울에 갈빗집도 몇 곳 없었고요. 집에서 잘 먹어봤자 콩나물무침하고 꽁치자반 정도죠. 어쩌다 드물게 고기반찬 나오면 "우와, 고기 나왔다" 하면서 탄성이 상 위로 철철 넘칠 정도였죠. 그런데 독일에 가니 온 천지에 고기더라고요. 처음 슈니첼, 즉 독일식 돈가스를 먹어본 건 기숙사 바로 옆에 있던 '니만'이라는 레스토랑이었어요. 숙박도 하고 맥주도 팔던 전형적인 독일 식당이었죠. 슈니첼은 전형적인 독일 음식인데, 세 종류가 있어요. 튀긴 고기에 소스 없이 레몬즙을 뿌려서 먹는 비너 슈니첼, 버섯 크림소스에 먹는 예거 슈니첼, 카레 소스를 곁들인 지고이너 슈니첼이죠. 그 당시 예거 슈니첼이 17마르크 정도 했어요. 우리 돈으로 1만 원이 넘었죠. 학생 식당 한 끼가 1,000원이 안

되던 때이니, 저로선 쉽게 엄두를 못 낼 가격이었죠.

누구였더라, 아는 분을 따라 우연히 니만에 가게 됐어요. 그분이 시켜준 요리를 기다리는데, 커다란 흰 접시에 손바닥 두 개를 겹쳐놓은 크기의 고기가 나오더라고요. 하늘에서 떨어진 비행접시가 그만했을까 싶게 커 보였어요. 그때 제 눈엔 압도적인 크기였죠. 게다가 그게 고기라고 하더라고요. 그 위에 처음 보는 소스까지 얹혀 있었고요. 따뜻한 밥에 김치 먹으면 제일인 줄 알던 혀가 난생처음 색다른 소스 요리를 먹어보니 얼마나 놀랐겠어요. 어떤 맛이라고 느끼기도 전에 허겁지겁 씹어 넘겼어요. 이런 맛이 있구나, 신기하기만 했죠. 배가 불러올 즈음에야 생각이 들었어요. 아, 이게 풍요의 맛이구나!

독일도 사실 1800년대 중반까지만 해도 못 살던 나라죠. '잘 먹었다'는 건 '많이 먹었다'는 것이었으니까요. 좋은 레스토랑이라고 하면 아직도 양이 많은 레스토랑을 말하는 경우가 많아요. 게르만권이 유럽에서

136

음식 문화가 비교적 뒤처진 편이에요. 맛이야 소스 중심으로 발달한 프랑스가 훨씬 앞섰죠. 독일은 돼지고기와 감자를 주로 먹었는데, 영국 사람이 독일사람 놀릴 때 '소시지와 감자'라고 하죠. 독일이 부흥하면 '소시지와 감자가 몰려온다'고 하고, 월드컵에서 독일 팀에게 지면 '소시지 군단에게 패배'라고 한탄하는 게 그런 데서 온 거죠.

그리고 독일 식당은 전반적으로 짜요. 소금이 부의 상징이었던 예전의 습관이 남아 있는 거죠. 군인, 즉 영어로 솔저(soldier)라고 하는 것도 소금, 즉 솔트(salt)에서 나온 거잖아요. 중세에는 월급을 소금으로 줬으니, 소금을 받는 게 군인, 그중에서도 용병이었죠. 부잣집일수록 소금 살 여력이 있으니 짜게 먹었어요.

그때 먹어본 슈니첼 크기가 우리나라 돈가스의 세 배는 됐을 거예요. 키 180센티미터에 몸무게 90킬로그램 넘는 보통 독일 사람이 배불리 먹을 양이니 얼마나 컸겠어요. 저처럼 작은 체구는 반만 먹어도 더 안 들어가요. 배가 불러서 들어가지도 않는 슈니첼을 앞에 두고 다짐했어요. '언젠가 돈을 많이 벌면 이걸 매일 먹겠다'고요. 그게 꿈이었어요. 그때까지 못 먹어본 고기의 맛, 풍요와 여유의 맛을 마음껏 즐겨보리라는 게.

졸업을 하고 귀국해서 직장을 얻고, 책을 내면서 생활도 안정적이 됐죠. 독일에 다시 가서 벼르던 돈가스를 신나게 먹어봤어요. 물론 기억 속의 그 맛은 아니었어요. 이미 제 혀가 다른 차원의 풍요와 호사에 익숙해져 버린 거죠. 슈니첼보다 더 두툼하고 맛있는 돈가스를 이제는 서

음식이라는 것, 맛이라는 것은 결국 우리 존재나 추억의
확인이 아닐까요. 추억 속으로 돌아가 과거의 자신과
만나는 한 그릇의 타임머신이라고 할 수 있겠죠.

울에서도 얼마든지 먹을 수 있죠. 하지만 그때의 슈니첼만큼 강렬한 음식은 어디에서도 찾을 수 없을 거예요.

음식이라는 것, 맛이라는 것은 결국 우리 존재나 추억의 확인이 아닐까요. 추억 속으로 돌아가 과거의 자신과 만나는 한 그릇의 타임머신이라고 할 수 있겠죠. 음악도 비슷하잖아요. 가수 이선희의 'J에게'를 들으면 저는 어김없이 1984년 9월로 돌아가요. 지금 재직하는 학교에 부임하던 때 막 유행하던 노래였거든요. 마찬가지로 돈가스를 먹는 순간에는 독일 기숙사 옆 레스토랑 니만이 떠오르면서 유학 시절 사소한 나날이 무작정 그리워져요.

이제 《먼 나라 이웃나라》 중국편이 나왔고, 앞으로는 스페인을 비롯한 남미의 역사를 꼭 들여다보고 싶어요. 러시아와 아프리카도 관심이 많고요. 역사를 안다는 건 점과 점을 이어 선을 그리는 것과 같아요. 추억과 추억이 이어져서 한 사람이 완성되는 것과 같은 이치죠. 요즘 제 입에는 우리나라 돈가스가 훨씬 맛있어요. 바삭바삭한 게 그만이죠. 하지만 누군가 제게 음식 하나를 꼽으라고 한다면 역시 슈니첼이에요.

하성란,
좌충우돌하다 보면
언젠가 완성된다

가까이서 갖다 대도 멀리서 끌어당겨도, 카메라 렌즈
에 비친 그에게선 투명한 빛의 고리가 만져질 듯했다.
여름 햇살이 내리쬐는 홍대 앞 거리, 저만치서 다가오
는 그를 보며 환영처럼 느껴지는 투명함의 정체를 생
각했다. 어쩌면 그것은 먼 그때로부터 왔는지도 모른
다. 먼 그때, 동그란 눈으로 노오란 콩국물을 들여다보
던 아이가 나란히 걸어오고 있었다. 먼 그때, 아빠의
손을 잡고 뿔뿔 땀을 흘리며 골목을 걷던, 혹여나 놓
칠까 저도 모르게 잡은 손에 힘이 들어가던, 목을 따
라 내려가는 간질거림에 큰 눈이 더 크게 떠지던, 작
은 아이가 있던 먼 그때. 빨간 다라이, 뜨거운 한낮, 간
지러운 콩국을 알게 되며, 살아 있다는 것 사랑한다는
것 사랑받는다는 것의 신비에 머리가 젖어가던 아이.
그런 아이가 있던, 머언 그때.

하성란

1967년 서울에서 태어나 서울
예대 문예창작과를 졸업했다.
1996년 서울신문 신춘문예에
단편소설 〈풀〉이 당선되어 작
품 활동을 시작했다. 일상과 사
물을 세밀하게 묘사하는 스타
일로 '정밀 묘사의 여왕'으로
불린다. 동인문학상(1999), 한
국일보문학상(2000), 이수문학
상(2004), 오영수문학상(2008)
을 받았다. 대학 동문인 부군과
함께 출판기획사에서 일하면
서 창작 활동도 병행하고 있다.

○

　스물아홉에 갓난아기를 안고 있다가 신춘문예 당
선 전화를 받았어요. 꼭 될 거라고 기대한 건 아니었
는데, 막상 되고 나니 웬일인지 마음이 깜깜했죠. 이
후로 동인문학상 현대문학상 등 큰 상을 몇 번 받긴

했지만 여전히 제가 부족하다는 생각이 들곤 해요.

제 문학에는 아버지가 전부인지도 몰라요. 출판사를 다니시면서 제게 책을 많이 읽게 하신 분도 아버지였고, 삶의 갈등이나 꿈과 좌절도 아버지를 보면서 깨달았어요. 소설을 쓰게 된 것도 결국 아버지 때문이 아니었나 해요.

전 아들 없는 집안에 큰 딸이에요. 아래로 여동생이 둘 있는데, 맏딸이라 아버지한테 남달랐죠. 제게도 아버지가 그랬고요. 대단하시죠, 우리 아버지. 거제도 섬 출신인데 어부가 되기 싫어서 열일곱에 야반도주했거든요. 할아버지를 피해서 도망친 거였죠. 혼자 서울에 와서 고학으로 고등학교를 졸업했고, 대학교는 마치지 못하셨지만 열심히 하셨어요. 지금으로 치면 외교통상부에 말단 직원으로 잠시 계셨는데, 그 뒤로는 고정적인 직업을 가지신 적이 없으세요.

생각해보면 참 행복한 분이시죠. 하고 싶은 대로 하면서 살아오셨으니. 탐미적인 분이시기도 해요. 예쁜 거, 편안한 거, 맛있는 거 좋아하시죠. 외모도 남자치고는 예쁘장하신 편이고요. 팔십이 다 되셨는데 여전하세요. 어쩌다 집에 가면 제일 큰방에 편안하게 누워계신 분, 그게 우리 아버지세요.

아버지는 늘 양복을 입으셨어요. 예전에 어떤 친척집에 가서 양복 한 벌 걸려 있지 않은 옷장을 보고 깜짝 놀란 적이 있어요. 우리 아버지는 시시때때로 입을 양복이 옷장에 스무 벌 이상 도열해 있었거든요. 요즘

허리가 안 좋으신데 며칠 전엔가 병원에 가야 된다고 염색을 하시더래요. 어머니께서 복장이 터져서 "병원에 누가 본다고 그러느냐"고 한마디 하셨는데도 하시던 염색을 마저 깔끔하게 하시고 양복 차려입고 나서셨대요. 막내 동생이 얼마 전에 결혼했는데 결혼식 날도 신랑 버금가는 양복으로 근사하게 맞춰 입고 식장에 나오셨어요.

원래는 아버지 남자 형제가 있었는데 다 죽고 아버지 혼자만 남았어요. 할아버지가 "제일 빠지는 놈이 살아남았다"고 하셨대요. 할아버지와 아버지 두 분은 평생 불화였어요. 전 두 분의 관계를 보면서 인물의 갈등을 배웠을지도 모르겠어요. 정말로 미워했어요. 걷다가 마주 보고 지나가야 할 때가 있어도 한사코 외면하고 지나갈 정도였어요. 아이를 낳아 키우면서 그 관계가 어느 정도 이해가 되더라고요. 어느 날 내 속에서 나온 타인이 있는데 자기와는 너무나 다르고, 자기를 좋아하지도 않으면 반목할 수밖에 없는 것 같아요. 완전한 남이면 안 보면 그만이지만 자식은 그래도 봐야 되잖아요.

아버지는 지방으로 많이 떠도셨어요. 집에 안 계시고 늘 다른 곳에 계셨죠. 아버지가 가족들에게 미운 짓을 하긴 했지만 그래도 전 밉지가 않았어요. 아버지가 날 정말 사랑한다는 믿음이 있었으니까요. 아버지의 총애를 한 몸에 받았거든요. 제가 일찍 엄마 젖을 뗐어요. 둘째가 생기는 바람에 젖이 안 나왔거든요. 그러니 미음이나 카스텔라를 먹어야 하는데, 혹시라도 딱딱할까봐 아버지가 입에 넣고 씹어서 주셨대요. 어미

새처럼요.

저를 업고 바닷가를 걸으면서 가수 배호의 노래를 부르셨던 것도 자주 생각나요. 노래를 특별히 잘하시진 않았지만, 낭만을 아셨죠. 세 자매 중에서 제가 제일 자주 그렇게 아버지 등에 업혀서 배호의 노래를 들었지요. 그 사랑을 지금도 느껴요. 아버지가 물질적으로 든든한 배경이 돼주진 않았지만 힘든 일이 있을 때는 든든한 지원군이라는 믿음이 있지요.

아버지 때문에 좋아하게 된 게 콩국이에요. 초등학교 때라 단맛에 한

창 끌릴 때였는데, 아버지 때문에 구수한 콩국에 반하게 됐어요. 예전에 아버지께서 출판사 지방 영업소에 계시다가 그 일을 그만두고, 지방에 계시면서 다른 일을 찾아서 하셨어요. 방학 때면 아버지가 계신 곳으로 내려갔지요, 기차를 타고.

5학년 때였나, 여름방학이었어요. 부산의 어느 동네를 아버지 손을 잡고 걸어 다녔죠. 해가 굉장히 뜨거웠던 무렵이었어요. 무엇 때문이었는지 모르지만, 양복을 입은 아버지 손을 잡고 그 동네를 한참 돌아다녔어요. 땀도 나고 목도 말랐어요. 어느 골목에 들어서니 커다랗고 빨간 고무통이 줄줄이 늘어서 있고 그 안에 큰 얼음이 둥둥 떠 있었어요. 거기 들어 있던 게 노오란 콩국이었어요. 채 썬 오이도 가끔 떠 있었고요. 할머니들이 플라스틱 국자로 퍼서 한 그릇씩 팔았어요. 아버지가 제 마음을 아셨는지 한 그릇 사주셔서 그 자리에서 서서 먹었지요. 따로 숟가락이 있는 것도 아니었고 주욱 마시는데 뭔가 목구멍을 타고 넘어가는

콩국은 밥과 밥 사이에 덥고 지치고 갈증 나고
염분이 필요할 때 놀라운 활력을 주는 거죠.
기운이 빠져서 설탕이 아니라 염분이 딱 필요할 때
구원이 되는 맛. 가끔 채 썬 오이가 우무와 같이
넘어가며 목을 막 훑기도 하면서.

거예요. 짭조름한 국물에 섞인 그 뭔지 모를 것이 꿀꺽꿀꺽 내려가면서
목구멍을 간질이는데, 겁이 나기도 했어요. 혹시 목구멍이 막히는 게 아
닐까 해서요. 투명한 무언가가 물고기처럼 숨어 있다가 목을 간질이며
넘어간다는 생각이 들었어요. 그게 우무였다는 걸 아주 나중에야 알게
됐어요. 아이 목에도 걸리지 않을 정도니까 아주 가느다란 거였죠. 원래
우무는 맛이 없는데 콩국에 빠져서는 맛을 내니 신기하죠. 더운 여름날,
주위에는 아무것도 없고 간질간질 투명한 물고기의 희롱이 남기고 가
는 청량한 쾌감. 아빠를 따라다니면서 여름 내내 간식거리로 즐겼어요.
　콩국수는 간식거리가 아니고 한 끼 식사죠. 하지만 콩국은 밥과 밥 사
이에 덥고 지치고 갈증 나고 염분이 필요할 때 놀라운 활력을 주죠. 기
운이 빠져서 설탕이 아니라 염분이 딱 필요할 때 반가운 맛. 가끔 채 썬
오이가 우무와 같이 넘어가며 목을 막 훑기도 하면서. 그게 어린 마음에
도 '바로 이 음식이다'라는 생각이 들게 한 거예요. 제가 정말로 좋아하

는 아버지, 집에 있으면 만나지 못할 아버지를 만나서 즐기는 맛이기도 했으니까요.

그 음식을 서울에 와서는 먹을 수가 없었어요. 얼마 전 경주에 원조 콩국집이라는 게 있다는 얘기를 듣고 일부러 찾아갔죠. 정말로 우무를 넣은 콩국이 있는 거예요. 얼마나 반갑던지. 기억 속의 맛과는 조금 달랐어요. 할머니들이 파는 건 얼음이 녹으면서 콩국이 좀 묽어지죠. 맛이 늘 똑같지가 않았어요. 어느 날은 조금 묽었다가, 어느 날은 짠 듯했다가. 콩국집에서 파는 건 준비된 진한 국물을 그때그때 퍼서 주기 때문에 진한 맛이 그대로라서 오히려 낯설게 느껴지더라고요.

우무콩국의 기억은 제 소설에도 살아 있어요. 2009년에 발표한 단편 〈여름의 맛〉에도 콩국 얘기를 넣었거든요. 어느 기자가 '여름의 맛'을 주제로 취재에 나서고, 굉장히 유명한 맛 칼럼니스트인 김 선생을 찾아가게 돼요. 그런데 그 사람은 암에 걸려 죽음과 싸우고 있었어요. 기자가 인터뷰를 청하니까 우무콩국의 맛을 찾아서 먹여주면 응하겠다고 해요. 그 사람은 어머니가 젊어서 죽었는데, 아버지와 손을 잡고 어머니를 묻고 내려오는 길에 먹었던 게 그 콩국이었던 거죠. 그날 그의 뒤로는 죽음이 있었고, 앞에는 여전히 콩국으로 상징되는 삶의 활기가 있는 상황을 살려서 넣은 장면이었어요. 그에게 콩국의 맛은 '한번 살아볼까'라는 희망을 줄 수도 있는 맛이었던 거죠.

제 아버지는 아버지라는 이름을 부여받기에는 적당하지 않은 사람이

어느새 마흔 중반이 됐는데 여전히 실수하고 아직도 설익은 소설을 쓰고 있는 게 아닌가 두려워요. 하지만 계속 쓰면서 좌충우돌하다 보면 언젠가 괜찮은 소설이 나올 수도 있지 않을까, 그런 희망이 있어요.

었는지도 몰라요. 아, 이 남자도 정말 힘들었겠다, 그런 생각이 나중에야 들었지요. 아버지는 콩국을 사줄 수 있는 사람인 거죠, 밥이 아니라.

아버지는 '나중에 네가 몇 등을 하면 선물을 주겠다'는 지키지 못할 약속을 하곤 했어요. 어머니는 허튼 약속은 하지 않았어요. 싫은 게 있으면 싫다고 얘기해야 하는 사람이었고요. 아버지가 우리를 떠나 지방을 떠돌았을 때, 대문 밖의 위협과 공포로부터 우리를 지킨 건 어머니였어요. 그때는 도둑이 많았거든요. 원체 키가 큰 분이신데 나중에는 목소리가 점점 더 커졌어요. 우리에게 밥을 해주고 육체를 살찌우게 한 건 어머니였고, 정신의 여유를 주고 환기를 시켜준 건 아버지였던 것 같아요.

어느새 마흔 중반이 됐는데, 여전히 실수하고 아직도 설익은 소설을 쓰고 있는 게 아닌가 두려워요. 하지만 계속 쓰면서 좌충우돌하다 보면 언젠가 괜찮은 소설이 나올 수도 있지 않을까, 그런 희망이 있어요. 여름 콩국의 활기와 생명력이 투명하게 이야기를 감싸는 그런 소설을요.

단편 〈여름의 맛〉에도 콩국 얘기를 넣었거든요. 굉장히 유명한 맛 칼럼니스트가 등장해요. 그는 어머니가 젊어서 죽었는데, 아버지와 손을 잡고 어머니를 묻고 내려오는 길에 먹었던 게 그 콩국이었던 거죠. 그날 그의 뒤로는 죽음이 있었고, 앞에는 여전히 콩국으로 상징되는 삶의 활기가 있는 상황을 살려서 넣은 장면이었어요. 그에게 콩국의 맛은 한번 살아볼까라는 희망을 줄 수도 있는 맛이었던 거죠.

이지나,
영혼을 살찌우는 무대를
꿈꾼다

©이준헌

그는 거침없고 거리낌이 없다. 뜻하는 길로 끝내 가지
못하면 그 자리에서 활활 타고야 말 열정의 전차이며,
저 높은 고지를 결국 넘지 못하면 몸을 던져 길을 내
고야 말 투지의 전사다. 작품을 '내 새끼'로 표현하는
그는 자식을 대하듯 "내 공연을 위해서라면 무엇이든
할 수 있다"고 말한다. 배우에게도 마찬가지. 내일 배
신당해 쓰라리더라도 오늘 아낌없이 애정을 퍼준다.
공연을 올릴 때마다 새 애인과 사랑에 빠지는 것 같다
는 그가 목하 열애 중인 상대는 '에비타'. 그의 트위터
에는 에비타 사랑이 날마다 절절하게 올라온다. 상처
와 고통을 줬던 창작뮤지컬 '서편제'를 다시 올린다고
하는데, 더 많은 관객이 그의 구애에 가슴을 열고 다
가간다면 세상의 온도가 10도쯤 더 올라갈 것이다.

이지나

1964년 대구에서 태어났다. 중
앙대 연극영화학과를 졸업하
고 영국 런던 미들섹스대에서
공연연출학 석사과정을 마쳤
다. 2000년 '록키호러쇼'로 연
출을 시작, '헤드윅' '광화문 연
가' '아가씨와 건달들' 등 여러
흥행작이 그의 손에서 나왔다.
현재 자체 진단하는 흥행 성적
은 '6타석 3홈런 1실격 중'.

O

　버럭 화를 잘 낸다고 '버럭 지나', 오기로 일어선
다고 '분노는 나의 힘'. 제 별명이에요. 최근에 제가
연출한 '아가씨와 건달들'이 흥행에 크게 성공했죠.
앞서 올렸던 '서편제'가 준 고통과 분노 때문에 가
능했던 건지도 몰라요. 서편제를 하면서 '이러다 내

가 죽겠구나' 싶더라고요. 작품성은 매우 좋았지만, 흥행이 안 됐으니까요. 비평도 중요하지만 가장 피를 말리는 건 흥행이에요. 누군가가 돈을 대서 작품을 무대에 올리고 저를 연출로 고용할 때는 흥행시키라고 한 거니까요.

영화는 관객이 안 들면 금방 끌어내리잖아요. 그런데 뮤지컬은 공연 기간을 3개월로 잡았으면 아무리 파리가 날려도 3개월 내내 해야 되거든요. 매일매일 피가 바싹바싹 마르는 거죠. 빈 객석을 보면서 막을 올려야 하는 스트레스는 관 속에 몇 번 들어갔다 나온 고통보다 더하지 않을까 싶어요.

'아가씨와 건달들' 같은 번역 작품은 창작에 비하면 아무것도 아니죠. 준비하면서도 마냥 즐거워요. 배우들 연기 봐주고 각색하고 가사 적으면 돼요. 작품이 들어오면 이건 대충해도 뜨겠구나 싶은 게 눈에 보여요. 하지만 그런 것만 하고 살 순 없는 거잖아요. 안 될 거 알면서도 누군가 해야 되기 때문에 고르는 게 창작 뮤지컬이에요. 창작자는 무(無)에서 유(有)를 창조해야 자기 자식을 낳은 거에요. 외국 애들이 다 만들어놓은 틀 각색해서 한국 배우들 캐스팅해 올리는 건 돈은 벌고 흥행 연출이라는 명성은 줄지 모르지만 자아를 채워주기에는 부족해요. 서편제…… 잘 안 됐죠. 그래도 제 영혼을 살찌게 하고 저를 자랑스럽게 만들었어요. 다시 기회가 온다면 또 고통을 당하더라도 할 거예요. 안 될 콘텐츠를 잘 만들어서 되게 했을 때의 쾌감은 이루 말할 수가 없는 거

니까요.

서편제가 잘 안 된 건 대세나 시기 탓도 있겠죠. 매운 음식이 대세인 시절에 평양냉면 전문점 내면 잘 되겠어요? 홍초불닭 먹으면서 머리에 땀내고 싶어하는 관객들한테 슴슴한 육수 들이밀면 안 통하는 거죠.

제가 연출에 빠져든 건 늦깎이 유학 시절이었어요. 대학교 때 원 없이 노느라고 졸업이 늦었어요. 연극배우도 하고 영화사에도 다니다가 1995년 서른 살 때 영국에 갔죠. 학교에서 가깝다는 이유만으로 숙소를 잡고 보니 그리스인과 터키인이 모여 사는 동네였어요. 그리스 사람들이 해산물을 얼마나 좋아해요. 동네에 생선가게가 곳곳에 있었어요. 낙지, 홍합, 문어처럼 시내에서는 쉽게 구하기 어려운 재료도 있었죠. 학기 초에 학생 열 명쯤이 모여서 매주 파티를 했어요. 각국 유학생이 다 있었어요. 그리스, 홍콩, 미국, 콜롬비아…… 돌아가면서 자기네 나라 음식을 만드는 파티를 했죠. 인도 애는 카레를 하고, 태국 애는 똠양

팬을 약간 달군 다음에 당근 양파를 먼저 넣고
살짝 볶아요. 낙지는 맨 마지막에 살짝 넣고요. 재료 안에
물이 차오른 촉촉한 느낌을 최대한 살리기 위한
저의 비법이죠. 그래야 매운 양념과 어우러져 탱탱하고
아작아작한 해요.

궁을 내놨어요. 저도 질 수 없었죠. 한국 요리로 애들을 놀라게 해주려고 고민을 했어요. 물어보니까 잡채나 불고기는 알더라고요. 프랑스나 영국식 순한 음식에 대비되는 강렬한 걸 선보이자 싶어서 고민하다 번뜩 떠올린 게 낙지볶음이었어요. 참기름·고추장·고춧가루·간장·생강·마늘·설탕 등등 양념은 차이나타운에서 죄다 사놓고 동네 생선가게에서 낙지 구해다 화끈하게 만들었죠.

팬을 약간 달군 다음에 당근 양파를 먼저 넣고 살짝 볶아요. 낙지는 맨 마지막에 넣고요. 재료 안에 물이 차오른 촉촉한 느낌을 최대한 살리기 위한 저의 비법이죠. 그래야 매운 양념과 어우러져 탱탱하고 아작아작해요. 뻘겋고 끈적끈적한 소스에 미끈미끈 통통한 낙지가 들어가 있으니 신기했나봐요. 놀러왔던 학교 친구들이 '코리안 커리(curry)'라면서 너도나도 달래요. 인기 폭발이었죠. 신이 나서 허구한 날 파티를 열었어요.

무엇보다 나눔이라는 데에 요리의 진짜 의미가
있지 않나 싶어요. 공연과 마찬가지죠. 보여주는 거잖아요.
결과로 나온 작품, 그 음식에 대해서 평을 들어야 되고요.
나의 배우인 재료를 이용해서 소수의 관객에게
보여주는 작은 공연인 거죠.

그러다 파티에 점점 경쟁이 붙은 거예요. 일본 친구는 아예 스시 전문 요리사를 불러서 즉석에서 스시를 대접하고, 이탈리아 친구는 듣도 보도 못한 가정식 파스타로 점수를 땄고요. 저도 더욱 색다른 걸 보여주겠다고 두 팔 걷어붙이고 나서서 돈도 엄청나게 들였어요. 연어를 통째 구해다가 칼집을 내서 소고기 다져놓고 색색 가지 재료로 오색 궁중요리 흉내까지 냈죠. 한국에 살 때는 만들어보지도 않았던 연포탕에 오징어순대까지 준비했어요. 유학생 생활비에 온갖 재료 준비하려니 등골이 휘어질 것 같았죠. 공부도 작파하고 요리에 매달렸는데 보람은 있었어요. 덕분에 친구를 쉽게 사귄 거죠. 제 요리 무대의 첫 주연이었던 낙지는 경쟁이 불붙으면서 명함도 못 내밀었어요. 하지만 초연 때 주연이 못 내 기억에 남듯이 낙지는 제게 애틋한 친구예요.

제가 요리를 좋아하는 이유는 명상이 되기 때문이에요. 잡생각을 제일 쉽게 없애주는 게 요리거든요. 그 순간에는 오직 거기에 집중하게 돼요. 무엇보다 나눔이라는 데에 요리의 진짜 의미가 있지 않나 싶어요. 공연과 마찬가지죠. 보여주는 거잖아요. 결과로 나온 작품, 그 음식에 대해서 평을 들어야 되고요. 나의 배우인 재료를 이용해서 소수의 관객에게 보여주는 작은 공연인 거죠.

맛있는 음식을 입에 넣고 즐기는 순간은 모든 인간이 느낄 수 있는 행복감의 결정체 아닐까요. 오감이 함께 즐겁기도 하고요. 음식의 모양, 냄새는 물론이고 그 음식의 역사적인 배경, 만든 사람이 얼마나 심혈을 기울였느냐, 왜 유명해졌느냐에 대한 숨겨진 이야기까지도 나누고 즐길 수 있죠. 혀가 즐겁고 머리가 즐거우니 한 접시를 나누면서도 문화를 향유하게 되는 거죠. 그런 면에서 요리는 많은 이야기를 품은 예술의 한 장르라고 생각해요.

음식에서 제일 조심해야 할 게 과하게 익히는 거예요. 차라리 덜 익은 게 맛있어요. 덜 구우면 물이 약간 배어 있어서 보드랍잖아요. 그런데 과하게 익히면 뻣뻣해지죠. 연출자도 요리사와 같아요. 재료, 즉 배우나 대본이 무엇이냐가 매우 중요하고, 재료가 지나치게 익지 않도록 잘 조절해야 하죠. 사람이 지나치게 성공해서 어느 수준을 넘어가 버리면 음식과 마찬가지로 질겨져요. 원재료 안에 있던 수분기가 없어지면 음식과 마찬가지로 사람도 매력이 없더라고요. 배우에게는 순수함과 인간적인 매력과 풋풋한 연기가 원래의 수분이겠죠. 그걸 잘 지키도록 요리사인 연출자가 도와주는 거고요.

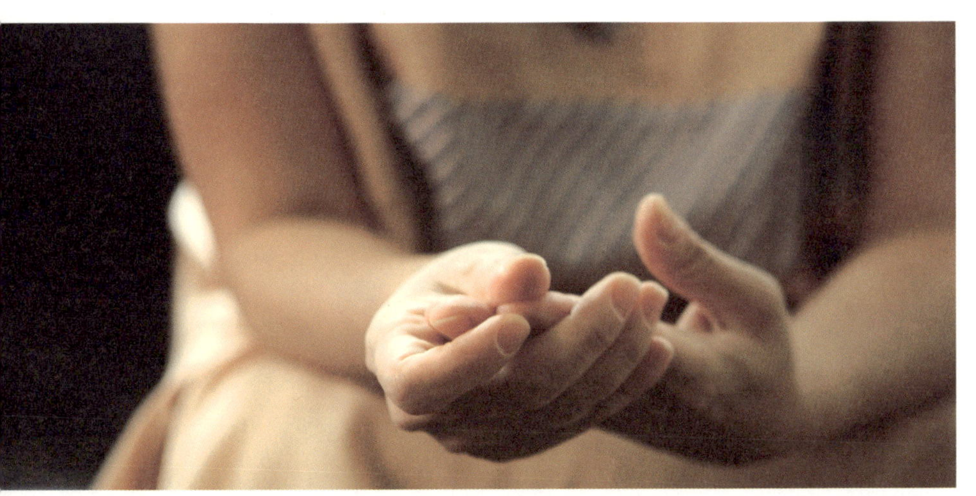

물론 제가 도와줘서 크게 된 배우들이 제게 배신감을 느끼게 할 때도 있죠. 하지만 괜찮아요. 잘되기를 원했으니까 제가 키워준 거 아니었겠어요. 잘난 만큼 잘난 척하려고 열심히 사는 거 아닐까요? 개구리 올챙이 시절 모른다는 말이 있는데 저는 그 말이 싫더라고요. 왜 알아야 해요? 지금은 이미 개구리가 됐는데. 적어도 쇼 비즈니스계에서는 올챙이 얘기를 하는 개구리는 다 가식이에요. 겸허하고 겸손은 없어요. 겸손한 척해야 사람들이 좋은 사람으로 볼 것이다는 생각에 그렇게 연기를 할 뿐이죠.

전 3년 안에 연출가로서의 제 수명은 끝날 거라고 생각해요. 그렇게 느낀 건 작년부터죠. 3년 후에도 공연계 일은 하고 있겠지만, 현역으로 뛰긴 힘들 것 같아요. 잘하는 연출 후배들 많아요. 나 없으면 안 된다고 생각하면 안 되죠. 제가 물러나야 다른 사람한테도 기회가 생기는 거고요.

연출 말고도 세상에 재밌는 일이 얼마나 많아요. 뭔가 새로운 일에 또 빠져들어서 신나게 살 것 같아요. 지중해에 가서 국수집을 하면 어떨까 싶어요. 주 메뉴는 멸치국수가 좋겠어요. 육수로 승부를 내고, 오이를 살짝 얹어주고. 가끔 색다른 거 원하는 사람한테는 낙지볶음도 만들어 주는 거죠. 사람들의 마음을 확 잡아당기는 건 제가 도통하잖아요? 지중해 '지나 국수집'을 찾아오는 손님들이 저의 관객이 되고 저는 작은 그릇에 매번 색다른 무대를 올리는 거죠. 바다의 향과 저의 손맛이 살아 있는 아작아작한 무대를 기대하세요.

배한성,
인생의 서랍에
늘 새로운 것을 준비하며

그의 딸 배우리를 파리에서 취재 중에 알게 됐다. 그
녀를 보면서 성우 배한성이 좋아졌다. 이런 딸, 낯선
땅에서 홀로 암을 이겨내고도 반짝반짝 웃을 수 있고,
허상과 환상이 가득한 패션계에서 또렷한 눈을 뜰 줄
아는 딸이라면, 그녀의 아버지는 분명 멋진 사람일 것
이기에. 딸은 아버지를 "정 많고 눈물 많고 섬세하다"
고 했다. 광화문 커피점에서 인절미 얘기를 하다 눈물
많은 그 아버지는 눈자위가 붉어진 채로 한참 말을 잇
지 못했다. 남대문 시장에서 책걸상 날라주고 냉면을
얻어먹은 날이 있었고, 그마저 없어 약숫물로 배를 채
운 날도 있었다. 그래도 살면서 가장 배고팠던 날은
그날, 인절미 먹던 날이었다고 했다. 이야기 끝에 그가
손수건을 꺼내들었다. 예고에도 없던 소나기가 유리
창을 두드리기 시작했다.

배한성

1943년 서울에서 태어나 서라
벌예술대학 방송학과 2학년 재
학 중이던 1966년 TBC 동양
방송 2기 성우로 데뷔했다. TV
외화시리즈 '맥가이버'와 애니
메이션 '형사 가제트'의 목소리
로 온 국민의 귀를 사로잡았다.
최근 삼국지를 현대적으로 패
러디한 MBC FM '배한성 배칠
수의 고전 열전'으로 라디오 드
라마의 부흥을 이끌고 있다.

맥가이버와 가제트 형사의 목소리로 여러분께 기
억되기까지, 삶의 여울과 마디를 지나 참 많은 분의
도움을 받았어요. 대학교 때 큰 가르침을 주신 이원
경 선생님도 계시죠. 선생님께서는 진짜 성우가 되

성우가 되고, 많은 사람이 하는 얘길 듣고서야 뒤늦게 깨달았어요. 제 목소리가 아버지가 남겨주신 커다란 유산이라는 사실을요. 부모라는 존재는 곁에 없어도 무언가 유산을 물려주는 거란 걸 나중에야 알았지요.

려면 한의원 약장의 서랍처럼 수천 개 감정의 서랍을 제 속에 만들어둬야 한다고 하셨지요. 서랍마다 목소리를 입힐 캐릭터에 맞는 색색 가지 목소리를 넣어둬야 한다는 말씀이셨어요. 이제까지 많은 약장을 만들고 때에 따라 열어봤지만, 여전히 약장 수가 부족한 것 같네요. 열어도, 열어도 새로운 것이 나오는 제 인생의 서랍, 그 안 깊숙이 들어 있는 것이 인절미 세 쪽입니다.

어렸을 때 고생해보신 분들 많겠지만, 가난에 대한 기억이라면 저도 사무칩니다. 아버지께서 월북하시고서 긴 동굴 같은 시절이 시작됐지요. 제가 네 살 때 아버지가 북으로 가셨어요. 그 후로 한 번도 뵙지 못했어요. 원망도 했죠. 북한의 남침용 땅굴이 발견됐다고 세상이 떠들썩할 때 저는 혼자 그랬어요. 왜 우리 아버지는 땅굴을 파고서라도 내려와서 자식들을 돌봐주지 않느냐고요. 그렇게라도 와서 미안하다고 한마디 해야 되는 거 아니냐고요. 아버지라고 불러본 기억도 제대로 없어요. 그래서 늘 부재하는 이름으로만 여겼죠. 성우가 되고, 많은 사람이 하는 애길 듣고서야 뒤늦게 깨달았어요. 제 목소리가 아버지가 남겨주신 커다란 유산이라는 사실을요. 부모라는 존재는 곁에 없을 때에도 무언가 유산을 물려주는 거란 걸 나중에야 알았지요.

제 어머니는 생활 능력이 전혀 없는 분이었어요. 노동을 해서 돈을 번다는 게 무언지를 모르는 분이셨죠. 부모가 자식을 먹이고 입히고 학교 보내는 게 당연히 여겨졌건만, 어머니는 돈이 떨어지고 살 길이 막막해졌는데도 특별히 방도를 찾지 못하셨죠. 저희 외가가 상당히 부자였는데 어머니가 외동딸이셨거든요. 요즘으로 치면 공주처럼 자라셨어요. 악착같이 번다는 개념이 어머니에게는 없었던 거죠. 외할아버지는 어머니 세 살 때 돌아가시고 외할머니는 어머니 여섯 살 무렵에 개가하셨어요. 그러니 따로 기댈 친척도 찾기 어려웠죠. 그런 어머니 밑에서 제가 2남 중 장남이었어요. 제가 어떤 세월을 헤쳐와야 했는지 짐작이 되실지 모르겠네요.

그래도 저희 어머니, 물질적인 유산은 못 주셨지만, 감성과 꿈을 주셨어요. 영화를 자주 보셨거든요. 어머니 얘기로만 듣던 영화는 마냥 신비하고 두근거리는 세계였죠. 영화라는 게 어떤 걸까, 호기심을 키우다가 그들의 세상을 소리로 재창조하는 일을 하게 됐으니까요. 아버지는 목소리를, 어머니는 꿈을 주셨기에 오늘의 제가 있는 거죠.

가난했지만 세상을 원망하거나 분노를 품지는 않았어요. 그때는 다들 가난이 일상이었으니까요. 옆집도 아버지가 안 계시고, 그 옆집도 궁

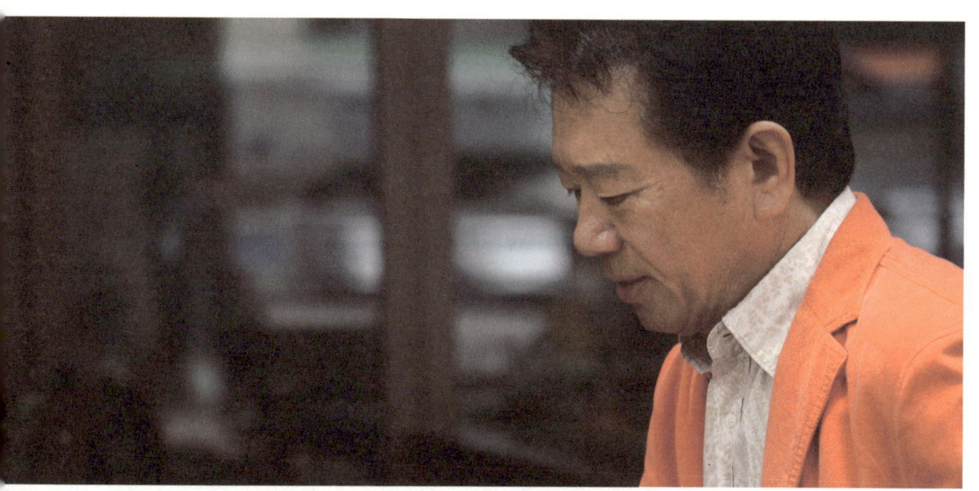

핍하고, 앞집도 힘들게 살았어요. 가난이란 건 불편한 거였지 엄청난 불행이거나 떨쳐낼 수 없는 남루함이라고 생각하지는 않았어요. 누군가의 말처럼 오히려 가난이 에너지였던 적도 있었죠.

아버지가 떠날 무렵만 해도 돈암동에 집이 하나 있었어요. 그걸 한 친척이 서류를 위조해서 팔아먹고 도망쳤어요. 사기를 당한 거죠. 저희 세 식구가 몇 푼 남은 거 갖고 이사 간 곳이 정릉이었죠. 국민학교 졸업할 무렵이었어요. 담임선생님이 "엄마한테 가서 중학교 통학할 버스비 주실 수 있는지 여쭤봐라"라고 하셨어요. 제가 공부를 곧잘 했는데, 성적이 좋은 학생들이 주로 가던 학교는 버스를 두 번 타고 가야 했거든요. 집안 사정을 아는 담임선생님이 걱정이 되신 거죠. 보통 어머니 같으면

"내가 업어서라도 통학시켜주마. 그 학교 가라. 아들이 공부를 잘해서 필요한 돈인데 어떻게든 못 구해주겠냐"라고 했겠죠. 저희 어머니는 딱 한마디 하셨어요. "버스비 없다."

결국 저는 집에서 가까운 다른 중학교에 가게 됐죠. 1등으로 입학하게 돼서 입학식 때 선배들 환영사에 답사를 맡게 됐어요. 어머니께 말씀드리니 좋아하시더라고요. 입학식 전날, 여느 날과 마찬가지로 멀건 죽을 저녁으로 먹었어요. 두 살 아래 동생도 배고프다고 투정부리다가 같이 잠들었죠. 다음 날 일어나서 세수하고 방에 들어왔더니 밥상 위에 물을 가득 담은 대접이 놓여 있고, 그 옆에 인절미가 세 개 있는 게 아니겠어요. 아무런 기대를 안 하고 있었는데 말 그대로 "이게 웬 떡이야" 했죠. 바로 그때 '떡'이라는 소리에 자던 동생이 번쩍 눈을 뜨더니 순식간에 하나를 집었어요. 그런데 동생만큼이나 빨랐던 게 어머니였죠. 동생이 떡을 집기가 무섭게 어머니가 손등을 야멸치게 내려치신 거예요. 원래 때리는 분이 아니셨거든요. 그런 어머니한테 한 대 맞은 동생은 아파서가 아니라 놀라서 멍해졌죠.

어머니는 "형이 1등으로 들어가서 오늘 답사해야 되니까 이걸 먹고 가야 해. 배가 고프면 말이 나오겠니" 하셨어요. 그러더니 갑자기 울먹이시는 거예요. 저는 떡 하나를 입에 집어넣고 허둥지둥 방을 나섰어요. 눈물이 쏟아지려고 해서요.

집에서 학교까지 걸어서 20분 정도 걸렸는데 그날은 가도 가도 학교

지금 생각하면 어디서 그런 걸 구하셨을까 싶게
작고 볼품없었어요. 손가락 마디 두 개 정도 됐을까.
차지고 쫄깃하지도 않았고 약간 꾸덕한 채로 콩고물을
살짝 덮고 있었죠. 그 인절미가 저를 소년에서
청년으로 만든 거지요.

가 나오지 않을 것만 같았어요. 눈물 젖은 어머니 모습도 떠오르고 철
없는 동생도 생각났지요. 그 전까지만 해도 우리 집에 쌀이 점점 떨어지
고 먹을 게 없다고만 생각했지, 생계나 생존에 대해서는 생각도 안 했어
요. 하지만 그날, 인절미 하나를 먹고 학교 가던 날, 아, 이제는 내가 돈
을 벌어야 하는구나 하는 선명한 자각이 저를 두드렸어요.

어머니가 준비한 인절미, 지금 생각하면 어디서 그런 걸 구하셨을까
싶게 작고 볼품없었어요. 손가락 마디 두 개 정도 됐을까. 차지고 쫄깃
하지도 않았고 약간 꾸덕한 채로 콩고물을 살짝 덮고 있었죠. 그 인절미
가 저를 소년에서 청년으로 만든 거지요. 열세 살 소년으로 집을 나섰던
저는 열세 살 청년이 돼서 집으로 돌아갔습니다.

막상 일을 하려고 해도 마땅한 자리가 없었어요. 지금처럼 아르바이
트 자리가 넘치던 때가 아니었죠. 어른도 직업을 구하기 어렵던 때였으
니까요. 어렵게 동네 형을 통해서 신문 배달 일을 맡게 됐어요. 하루에

230부 정도, 조간과 석간을 모두 돌렸죠. 지금이야 아파트에 많이 사니까 층별로 다니면서 신문 돌리면 속도가 꽤 나지요. 하지만 그때는 골목골목 걸어 다니기도 힘든 단독주택이었어요. 비가 오면 특히 난감했어요. 지금처럼 신문을 비닐로 싸는 기계도 없었고, 초인종을 눌러서 반드시 사람한테 전달해야 했죠. 비오는 새벽에 사람을 깨워 나오게 하려면 시간은 오죽 걸렸겠으며 마음은 좀 초조했겠어요. 개 있는 집도 어찌나 골치가 아프던지요. 대문 너머로 던져 넣은 신문을 개가 물어뜯기도 하니까요. 학교에 가면 보급소에서 연락이 와요. 어느 집에서 항의가 들어왔으니 다시 갖다 주라고요. 모든 정보가 신문에서만 나오던 때이니 하루 배달이 안 되면 정말로 큰일이었죠.

고생 많이 했어요. 하지만 그럴 때마다 상 위에 놓여 있던 인절미가 생각났어요. 다시는 울면서 인절미를 먹지 말자, 엄마를 울게 하지 말자, 동생을 배고프게 하지 말자. 그때의 결심이 저를 단단하게 만들었어요. 제가 약속에 철저해진 바탕이 거기서 온 거죠. 개가 있는 집은 철저하게 표시를 해뒀다가 대문 옆에 끼워둔다든지 따로 꾀를 썼거든요. 약속을 못 지키면 불편한 건 나다, 아무리 불편한 약속도 일단 했으면 지켜야 한다, 그 생각이 그때부터 몸에 뱄어요.

'국민 성우'라고 봐주시는 분들도 있지만, 전 여전히 철없고 엉터리인 면도 많고 단점투성이랍니다. 사실 목소리가 좋은 사람은 많아요. 중요한 건 어떤 영혼을 거기다 실어서 인물을 표출해내느냐죠. 대본 보고 적당히 입 모양 맞춰서 녹음해도 대충 넘어갈 수 있을지도 몰라요. 하지만 저는 대본이 땀에 젖고 작은 메모로 지저분해질 때까지 대사는 물론 대사 사이까지 연구했어요. 담배를 들이마시고서 내뱉는 대사는 그 호흡 또한 달라야 하는 거니까요. 대본을 성경이요, 코란이요, 불경이라 여겼죠. 스튜디오에 들어갈 때는 성전에 들어간다고 생각했어요.

기억의 서랍에 항상 들어 있는 인절미 세 개. 그 서랍을 닫았다가 열 때마다 다시 만납니다. 어머니의 눈물을 닦아주고 동생을 배부르게 해주겠다며 길고 긴 골목길을 올라가던 열세 살 청년을.

서상호,
좋아하는 일을 할 수 없다면 하는 일을 좋아하라

그를 만났을 때 · · ·

싱크대 공장에 다니던 그가 어느 날 신라호텔에 싱크
대 놔주러 갔다가 덜커덕 입사하게 됐다는 일화가 있
다. 그는 "잘못 퍼진 이야기"이라며 고개를 저었다. 운
명처럼 요리를 만나게 된 걸로 그럴싸하게 포장하기
딱 좋지만, "사실은 그게 아니고……"라며 굳이 세세
하게 설명한다. 그래도 자랑 좀 해보시라고 했더니, 할
게 없다면서 씨익 웃는다. 스스로 쌓아올린 벽돌로만
집을 짓는 고집스러움으로 재료를 고르고 맛을 본다.
영감이나 미감이라는 녀석이 건들대며 나타나면 이단
옆차기로 한방에 날려버릴 것 같다. 투박한 경상도 사
투리를 따라 지나온 시간을 더듬어가노라면, 인생의
한 발짝도 허투루 내딛은 적이 없는 치열함을 만나게
된다. 그 힘으로 신라호텔 주방의 323명을 이끌고 깨
우치며 여기까지 왔다.

서상호

1960년 경북 포항에서 꽤 떨
어진, 기계면하고도 가안리에
서 태어났다. 1979년 신라호
텔 개업 두 달 전 입사해 2000
년부터 총주방장을 맡고 있다.
국내 특급 호텔 중에서도 최고
로 꼽히는 신라호텔 요리의 살
아 있는 역사요, 증인이다. 특
히 프랑스 요리에 있어 그를 따
라올 사람이 없다는 평가를 받
는다. 요리는 환상이 아니라 노
력에서 나온다고 믿는다.

  제가 신라호텔 총주방장을 맡은 게 2000년 10월
이니 벌써 10년이 넘었네요. 사람들은 제가 태어날
때 '응애' 안 하고 '냠냠' 하고 태어난 줄 알아요. 다
른 곳도 아니고 신라호텔에서, 그냥 주방장도 아니

가자미를 얇게 썰고 농사지은 미나리 깻잎 같은
야채를 넣고 초장하고 비벼 먹는 거죠. 얼음을 넣기도
하고요. 얼음이 나중에 녹으면 물이 생기는데, 밥을
말아 먹으면 최고였죠.

고 총주방장이니 어릴 때부터 요리에 목숨 걸고 달려온 줄 아는 거죠. 사실은 요리에 전혀 관심이 없었어요. 그런 제가 우리나라 최고 호텔의 맛을 지휘하게 되기까지, 고비 고비마다 함께해준 음식이 제 고향 포항의 맛, 물회예요.

우리 집은 포항하고도 기계면 거기서 더 들어가서 가안리라고 시골 중의 시골이었죠. 5일장 날이면 읍내에 다녀오신 아버지 손에 들려 있던 게 가자미였어요. 아버지의 가자미가 어머니의 초장과 만나서 상에 오르는 게 물회였어요. 가자미를 얇게 썰고 농사지은 미나리며 깻잎 같은 야채를 넣고 초장하고 비벼 먹는 거죠. 얼음을 넣기도 하고요. 얼음이 나중에 녹으면 물이 생기는데, 밥을 말아 먹으면 최고였죠. 고등학교 졸업하고 서울 올라올 때까지 그 맛에 빠져 살았지요.

서울에 온 게 열일곱 살 넘어서였어요. 종로구청 옆에 있던 외가댁에서 한 달쯤 지내다가 답십리에 사는 친구 집에 갔어요. 제가 태권도를 좀 했거든요. 근처에 체육관이 있기에 거기 골방에서 자면서 애들도 가

르치고, 싱크대 공장에서 일했어요. 1년쯤 지났을까, 집안 아는 분 중에 한 분이 "제대로 직장 생활해야 되지 않겠느냐"면서 "면접 한번 봐라" 하시더라고요. 뭘 하는지도 모르고 무조건 좋다고 했죠. 그분이 지금으로 치면 호텔 부총지배인 비슷한 일을 맡으셨던 거죠.

그때가 신라호텔 오픈 직전이라 사람이 많이 필요할 때였어요. 제가 들어온 게 1979년 3월 30일, 호텔이 문을 연 건 5월 9일이었어요. 첫날 왔더니 흰 유니폼을 주더라고요. 그때야 내가 주방에서 일하게 된 줄 알았어요. 옷을 입고 화장실에 가서 거울을 봤는데, '이걸 입고 평생을 일해야 되나' 하는 생각이 들었어요. 굉장히 맘에 안 들었어요. 그렇지만 추천해주신 분이 좋은 직장이라고 하니 일단 해보자 싶었죠. 주로 설거지하고 물건 나르고 청소했어요. 요리도 배워야 했지만 잘할 수 있을까 싶었고, 별로 맞는 것 같지도 않았고, 관심도 없었고.

　그렇게 3년쯤 지내다가 군대에 가게 됐어요. 자대 배치 받는 날 윗분들이 줄 밖으로 빠지래요. 그러더니 지프를 타고 어딘가로 갔는데 거기가 서초동 정보사령부였어요. 총무팀에서 사람이 오더니 "신라호텔에 있었으니 장교 식당이나 장군 집에 가서 일해야 한다"고 해요. 자신 있느냐고 묻대요. 자신 없다고 했죠. 시험 삼아 장교 식당에서 일해보래요. 나흘쯤 일했죠. 와서 맛을 보겠다고 하더라고요. 그러더니 햄버거를 아느냐, 캐비아를 아느냐 물어요. 모른다고 했죠. 그래서 안양 통신부대로 가게 됐어요, 취사병으로. 갔더니 현역은 몇 명 없고 장교 아니면 방위뿐이더라고요. 취사병은 할 게 없어요. 방위들이 다 하니까. 그래서 요리 대신 태권도를 가르쳤죠. 풀도 뽑고 장교 심부름도 하고. 그러다 3년이 다 가고 끝내 장교 요리사는 안 했어요. 할 줄도 몰랐고, 관심도 없었고.

　제대 말년에 고민 많이 했어요. 나가서 뭘 할까, 먹고는 살아야 하는데. 무슨 잡지에 보니까 미용이 괜찮다고 나왔어요. 그래서 미용학원에 가봤죠. 가보니까 나하고 안 맞는 것 같아요. 보광동에 있는 직업훈련학교에도 가봤죠. 더 아닌 것 같더라고. 그때 깨달았어요. 적성에 맞고 좋아하고를 따지기보다는 하는 일을 좋아하도록 만들어야겠다, 그게 훨씬 더 빠르겠다고요. 이왕 할 거 재미있게 하는 방법을 연구하자고 마음을 고쳐먹었죠. 처음에 신라호텔에 소개해준 분이 했던 말도 떠올랐고요. 그분이 신라호텔 총주방장이 되면 대한민국의 총주방장이 되는 거라고 했죠. 신라호텔이 언젠가는 제일 좋은 호텔이 될 거라고도 했고. 그래, 해보자 했어요.

복직해서 열심히 일했어요. 잘하진 못했지만, 열심히 했어요. 요리책 보려니 영어가 필요해서 새벽에 학원 다니며 영어는 물론 불어와 일어도 공부했죠. 그러다 네덜란드 오쿠라호텔에 연수 갈 기회가 생겼어요. 암스테르담행 비행기를 탄 게 1987년 1월 13일. 네덜란드 호텔에 처음 갔더니 주방 사람들이 우리나라를 엄청난 후진국으로 알아요. 우리나라 사람은 미개인처럼 여겼고. 특히 한 녀석은 절 볼 때마다 알아들 수 없는 욕을 했어요. 이놈을 어떻게 손볼까, 속으로 별렀죠. 한번은 그놈이 스토브 근처에서 나를 향해 "내 재료를 왜 쓰느냐"고 소리를 질렀어요. 제 팔을 잡고 한 대 칠 기세예요. 그래서 그놈 머리를 붙잡고 스토브 아래에 처박았죠. 그러고는 제일 자신 있는 영어 한마디도 날렸죠. "아일 킬유(I'll kill you)!" 싸움이 나니까 총주방장 뛰어오고 난리가 났어요. 더 미개인 된 거죠.

한 달 반쯤 지났는데, 네덜란드 전국 태권도대회가 열렸어요. 같이 일하던 사람이 가보자고 해서 갔죠. 대회장에 눈이 번쩍 뜨이는 미인이 있더라고요. 금발에 파란 눈인데 혼자서 연습을 하고 있어요. 제 눈에 영어설퍼서 말도 걸어볼 겸 조언을 해줬죠. 멀리 차지 말고 가까이서 때리라고. 조언이 도움이 됐는지 3위를 했어요.

며칠이 지나고 호텔에서 일하는데 누가 나를 찾는대요. 그 미인이었

어요. 저보고 하는 말이, 서울로 치면 영등포쯤 되는 곳에 구청에서 운영하는 체육관을 빌려놨다, 일주일에 두 번씩 와서 태권도를 가르쳐라, 돈 벌어서 반반씩 나누자 하더라고요. 그 자리에서 "베리 굿"이라고 했죠. 그랬더니 홍보용 사진을 찍어야 된대요. 붕 떠서 발을 차보라고 하는데, 몸이 굳어서 잘 안 뜨더라고요. 미인이 높은 데서 찍어볼 테니까 다시 뛰어보라고 해요. 몇 번 뛰었더니, 잘 나왔다고 엄지를 추켜세워요. 아, 사진을 보니 제가 진짜 하늘을 날고 있었어요.

며칠 또 지나 출근하니 호텔 직원이 신문을 들고 왔어요. 요리사들끼리 돌려보고 난리가 났어요. 영등포 구민일보쯤 되는 지역지였는데 거기 제 사진이 실린 거예요. "세오가 하늘을 날았다"고 소리 지르고. 제 성이 서, 영어로 SEO로 쓰다 보니 세오라고 불렀거든요. 다들 와서 말 걸고 시끄러운데 한 놈만 얼굴이 하얘졌죠. 바로 그놈, 스토브에 머리 박았던 놈이요. 그 사진 지금도 갖고 있어요. 그날 이후로 편하게 지냈어요. 동료들도 잘해줬고요.

네덜란드 가서 요리를 많이 배웠죠. 하루는 네덜란드 애들이 한국 음식을 만들어 달래요. 그런데 할 줄 아는 게 별로 없었어요. 주로 서양 요리를 배웠고, 한식이야 전문적으로 배운 게 아닌 데다 아는 게 별로 없었어요. 다행히 생선이 눈에 띄더라고요. 옳거니, 한식 재료 파는 데 가서 초장을 사 와서 물회를 만들어줬죠. 나도 먹고 싶었고. 처음에는 잘 못 먹더라고요. 맛이 너무 강하다는 거였죠. 그러다 몇 번 먹던 친구들

이 자꾸 생각난다는 거예요. 맛에 중독이 된 거죠. 원래 한식이 그래요. 발효 음식이 중독성이 있거든요. 또 만들어달래잖아요. 포항 시골 맛에 사로잡힌 거죠. 그래서 자주 만들어줬죠.

물회에 빠진 게 호텔 요리사뿐만이 아니었어요. 일주일에 두 번 태권도 가르치러 체육관에 가면 배우러 온 사람들하고 같이 식사를 했어요. 거기서도 물회를 만들어줬죠. 처음 해줬더니 몇 명은 먹고 몇 명은 못 먹었는데, 나중에는 다들 해달라고 하더라고요. 아예 밥도 말아 먹고. 그 참에 저도 그 먼 땅에서 물회 잘 만들어 먹었죠.

네덜란드 다녀오고 나서 그렇게 바쁠 수가 없었어요. 서울 국제요리 대회가 있었는데, 우리 호텔에서 네 번 연속으로 나가서 네 번 대상을 받았으니까요. 그때 그 요리를 제가 주축이 돼서 했으니, 잠시도 쉴 틈이 없었죠. 하도 바빠서 이직은 생각도 못했어요. 같이 식당 내자고 현금 보따리 싸들고 온 사람도 많았지만 딴생각할 틈이 있었어야죠. 1999년에는 우리 호텔에서 운영하는 종로 탑클라우드가 문을 열었어요. 어쩌다 그걸 또 맡아서 새 메뉴 짜고 오픈 준비하느라 바빴어요. 다행히 손님이 꽉꽉 찼어요. 거기서 요리책 낸다고 식당에서 살다시피 하던 어느 날, 총주방장으로 들어오라는 연락을 받았죠.

제가 후배들한테 늘 하는 말이 있어요. 적성에 맞다 안 맞다, 내가 좋아한다 안 한다를 먼저 따지기보다는 좋아하도록 하는 게 더 중요한 것 같다고요. 이 세상에 적성에 맞아 일하는 사람이 과연 몇 명이나 될까

적성에 맞다 안 맞다, 내가 좋아한다 안 한다를 먼저
따지기보다는 좋아하도록 하는 게 더 중요한 것 같다고요.
이 세상에 적성에 맞아 일하는 사람이 과연 몇 명이나 될까요.
자기가 재미있도록 만들면 되는 거죠.

요. 자기가 재미있도록 만들면 되는 거죠. 재미가 있으면 열심히 하고
싶고, 열심히 하면 관심이 생기고, 관심을 가지면 의문이 들고, 남들 안
하는 것도 해보려고 하게 되고, 그만큼 발전하게 되는 거죠. 그러다 보
면 실력도 붙을 거고 인정도 받게 되는 거고.

절대 미감(味感)? 제빵왕 김탁구? 미감이 뛰어나거나 혹은 떨어지는
사람이 있긴 있을 거예요. 그러나 미감만 가지고는 좋은 식재료를 찾아
내고 좋은 맛을 만들어낼 수 없다고 봐요. 오래 일을 하다 보면 경험이
쌓이면서 어떻게 하니까 좋더라, 혹은 안 좋더라는 자기만의 기준이 생
겨요. 미감도 중요하지만 스스로 오랫동안 만들어온 자기만의 맛의 기
준이 있어야 해요. 영감? 갑자기 번쩍번쩍 아이디어가 떠올라서 만드는
요리라는 것도 경험이 축적되면서 나오는 거지, 우연히 그냥 나오는 건
아니죠. 내가 나를 만들면 됩니다. 최고의 맛도 최고의 요리사도.

하루는 네덜란드 애들이 한국 음식을 만들어 달래
요. 그런데 할 줄 아는 게 별로 없었어요. 다행히 생
선이 눈에 띄더라고요. 옳거니, 한식 재료 파는 데
가서 초장을 사 와서 물회를 만들어줬죠. 나도 먹고
싶었고. 처음에는 잘 못 먹더라고요. 맛이 너무 강
하다는 거였죠. 그러다 몇 번 먹던 친구들이 자꾸
생각난다는 거예요. 맛에 중독이 된 거죠. 원래 한
식이 그래요. 발효 음식이 중독성이 있거든요.

이진우,
삶의 행로에서 만나는
모든 것이 소중하다

통영 동피랑 언덕을 올라올라 가니 좁은 골목 끝에서
초록색 대문이 반겼다. 예전에 어부가 살던 집은 도시
속의 섬이었다. 좁고 긴 마루에서 잔잔한 바다가 저
너머로까지 내려다보였다. 우리나라 모든 섬을 걷고
있는 '섬 순례자' 강제윤 시인이 이웃. 두 시인과 통영
제일의 볼락구이 집에 앉으니 접시에 담긴 볼락에게
도 시심(詩心)이 돋는 듯했다. 조그만 녀석을 뼈째 오
도독 씹으니 옹골차게 고소함을 뿜었다. 내가 그리워
질걸? 또 먹고 싶어질걸? 군고구마를 먹듯 희고 부슬
부슬한 살을 후후 불어가며 입에 넣었다. 낯선 객(客)
에게 몸을 내어준 바다는 늦여름의 기억으로 남기를
허락했다. 시인의 딸 지윤은 바다가 엄마 같다며 웃었
다. 언제든 돌아가면 안길 수 있다고.

이진우

1965년 경남 통영에서 태어났
다. 고려대학교 철학과를 졸업
했다. 1989년 월간 〈현대시학〉
으로 등단해 시집 《슬픈 바퀴
벌레 일가》 《내 마음의 오후》
산문집 《저구마을 아침편지》
등을 냈다. 자신을 '쉰을 바라보
는 인생 여행자'라고 소개한다.
통영 동피랑에서 해 저문 바다
를 가르는 뱃고동 소리를 들으
며 새 시집을 준비하고 있다.

○

  시 쓰는 걸 인생의 길로 선택했으면서도 보통의
삶을 은근히 바라고 있었나봐요. 터를 잡고 칸을 늘
리는 삶, 그렇게 사는 게 인생이라는 생각을 저도
모르게 한 거죠. 그런데 얼마 전부터 술을 끊고 생
각이 완전히 변했어요. 우리 모두가 여행자라는 생

각이 들더라고요. 부모님도 그렇고 제 자식도 그렇고, 각자 자기 인생을 여행하는 거죠. 같이 사는 건 잠깐 만나는 거고, 헤어지면 자기 길을 여행하다가, 만나고 싶으면 다시 만나기도 하고, 또 각자 길을 따라 여행하는 거예요. 자주 만나는 사람일수록 가족인 거고 친구인 거고, 자주 못 만나면 그 사람은 가족이래도 모르는 사람이나 똑같은 거죠. 여행의 길을 삶의 행로라고 생각하다 보니 모든 게 다 소중하게 느껴져요. 날마다 새로운 날을 맞는 거고, 새로 만나는 거고요. 그러다 보니 곁에 있어주는 모든 이들이 고맙고, 내가 남에게 잘해야 하겠다는 생각도 들고요.

사실 돈을 벌었으면 잘 벌었을 것 같아요. 형님 회사 마케팅 업무를 했는데 잘한다는 소리를 들었거든요. 하지만 사람마다 인생은 한 번뿐이잖아요. 나이 오십이 다 돼서 이제 다른 길을 가기에는 늦었다, 그런 이유가 아니고요. 일단 이 길, 시의 길을 가기 시작했으니까 한번 끝까지 가보고 싶어요. 인생 살면서 여러 가지 의미 있는 일이 있겠지만, 이 나이 먹도록 겪어보고 배워보고 한 일 중에서 시가 제일 좋고, 제일 의미 있는 것 같아요. 많이도 필요 없어요. 좋은 시 몇 편, 딱 몇 편만 남기고 갈 수 있어도 성공한 인생이 아닐까요.

통영에서 태어났지만, 서울에서 오래 살았어요. 그러다 서른한 살에 거제도에서도 쑥 들어간 시골 마을 저구로 들어갔죠. 그때가 시쳇말로 잘나갈 때였는데, 글 쓰는 사람이 서울에 있으나 촌에 사나 그게 무슨 상관이 있나 싶었어요. 촌에서 글만 쓰고 살면 더 좋겠다 싶어서 내려왔

일단 이 길, 시의 길을 가기 시작했으니까 한번
끝까지 가보고 싶어요. 인생 살면서 여러 가지 의미 있는
일이 있겠지만, 이 나이 먹도록 겪어보고 배워보고
한 일 중에서 시가 제일 좋고, 제일 의미 있는 것 같아요.
좋은 시 몇 편, 딱 몇 편만 남기고 갈 수 있어도
성공한 인생이 아닐까요.

시인 이진우와 딸 지윤

어요. 제 인생에서 제일 중력이 센 곳이 이곳 통영인 것 같아요.

지금은 시집을 준비하고 있어요. 다른 사람이 아닌 나 자신과 경쟁하면서 쓰고 싶었거든요. 동피랑 마을 구석 집인데 잠시 머물게 됐어요. 동피랑 주민들이 제일 자주 듣는 말이 뭔지 아세요? "하나, 둘, 셋!"이랍니다. 관광객들이 하도 사진을 자주 찍어서 그래요. 하지만 밤이 되면 모든 소리가 자취를 감춘 고요의 캔버스에 물소리, 바람소리만 고였다가 나가지요.

통영의 맛 하면 역시 '이놈'이에요. 세상에서 처음으로 저를 유혹한 향기가 이놈의 향기지요. 도대체 정체를 알 수 없던 그 향기에 홀려 지낸 밤이 몇 밤인지 모르겠어요. 통영 사람에게 유난히 사랑받는 이놈, 볼락입니다. 통영 사람끼리는 '뽈래기', '뽈라구', '뽈락'이라고 친하게 불러요.

일곱 살 즈음에 이놈하고 처음 만났죠. 지금 강구안 문화마당에 예전에는 선술집이 죽 서 있었거든요. 여객선 터미널이 길쭉하게 들어가 있었어요. 지금 넓은 문화마당의 절반 정도는 매립해서 생긴 거고요. 제가 놀던 곳이 거기 근방이죠. 아래쪽이 개펄이었어요. 학교 끝나면 거기서 애들하고 노는 게 일이었죠. 해질 무렵이면 친구 엄마들이 불러요. "철구야, 밥 무그래!" "영호야, 밥 묵자!" 그러면 하나씩 집으로 갔죠. 그런데 우리 엄마는 부르러 안 왔어요. 장사를 해서 바쁘셨거든요.

친구들이 다 가고 혼자 놀다 보면 배 속에서 꼬르륵하는 거예요. 그즈

군고구마처럼 후후 불면서 뽈래기를 뜯어 입에 넣으면
쫄깃한 껍질과 부드러운 흰 살이 함께 씹히면서 입속에서
합창을 해요. 뼈는 오독오독 씹어 먹고, 내장과 함께
머리를 씹을 때 나오는 달콤 쌉싸름한 즙을 즐기는 거죠.

음이면 주변 선술집이 하나둘 백열등을 걸고 불을 밝혀요. 그러고는 앞에다 연탄 화로를 내놓고 굽기 시작하는 거죠, 뽈래기를. 장어 굽는 곳도 있었고요. 아마 두 놈이 제일 인기가 있었던 것 같아요. 어두워져서 집으로 가는데 뒤에서 뽈래기 굽는 냄새가 놔주질 않는 거예요. 어린애가 술집에 갈 수도 없고, 발길은 안 떨어지고, 작은 머리가 어질어질해지던 황홀한 냄새였죠.

'저기 가서 저걸 먹어봐야겠다'라고 생각하게 만든 최초의 냄새이면서, 가족의 품을 느끼게 해준 행복한 냄새이기도 해요. 지금은 비싸고 귀해졌지만, 예전엔 뽈래기가 흔한 생선이라 상에 올리기가 쉬웠죠. 하지만 부모님이 바쁘시다 보니 온 식구가 둘러앉아 식사하는 게 쉽지만은 않았어요. 어쩌다 모이는 날에 꼭 뽈래기가 올라왔어요. 뽈래기 먹는 날은 엄마 아빠와 같이 밥 먹는 날이었던 거죠.

다 같이 둘러앉아 먹는데, 아버지께서 꼭 제게 뽈래기 먹는 법을 가르쳐주셨어요. 생선은 고기처럼 그냥 집어 먹을 수 있는 게 아니잖아요.

가시를 바르고 살을 먹어야 하는데, 생선마다 절차와 철학이 달라요. 저희 아버지께서 중학교 교사셨어요. 그래서 원리 원칙 따지고 격식이나 방법을 가르치는 걸 좋아하셨어요. 조그만 뽈래기 하나를 가지고도 세세히 먹는 법을 가르쳐주신 거죠.

갓 잡아온 뽈래기에 굵은 소금을 뿌리고 센 불에 바로 구워 낼 때가 맛이 최고예요. 통째로 먹어야 제맛인데요, 일단 절반을 툭 끊는 거예요. 그러고 나서 가운데를 둘로 벌려요. 그러면 살이 쉽게 분리가 되면서 버리는 부분 없이 맛볼 수 있어요.

입으로 후후 불면서 뽈래기를 뜯어 입에 넣으면 쫄깃한 껍질과 부드러운 흰 살이 함께 씹히면서 입속에서 합창을 해요. 뼈는 오독오독 씹어 먹고, 내장과 함께 머리를 씹을 때 나오는 달콤 쌉싸름한 즙을 즐기는 거죠. 제가 제대로 먹을 때까지, 귀에 박히도록 아버지 가르침을 들으면서 뽈래기 맛을 배웠어요.

뽈래기는 큰 걸 먹는 게 아니에요. 어른 손가락 세 마디 되는 걸 구워 먹을 때 제일 맛있어요. 그보다 더 커도 별로 맛이 없어요. 비린 맛이 전혀 없다 보니 구운 껍질이 바삭해서 자꾸 당겨요. 어릴 때는 징그럽다고만 생각했던 내장도 알고 보니 얼마나 맛있는지 모르겠어요. 부모님께 "못 먹겠다"고 하고 드리면 아버지께서 되레 "고맙다"고 드셨죠. 뽈래기 내장 맛을 알게 되면 어른이 된 거예요. 지금은 제가 아버지의 자리를 맡았죠. 살 많은 곳은 아이들에게 주고, 살 없는 곳은 제가 먹어요. 자식들에게 뽈래기 먹는 법을 가르쳐주면서 아버지의 피가 저를 지나 제 자식에게까지 이어지는 걸 느껴요.

큰 녀석은 매운탕을 끓여 먹죠. 맛을 간섭하는 생선이 아니라서 국물이 진하게 우러나지는 않아요. 시원한 맛으로 먹기는 하는데, 전 역시 구이가 맛있어요. 뽈래기도 양식이 된다고 해요. 하지만 양식된 뽈래기하고 자연산 뽈래기는 구워놓으면 신분 차이가 난대요. 왕소금을 툭툭 쳐서 굽는데, 자연산을 구우면 지느러미가 휘어지면서 등이 팍 터져요. 뜨거워지면 살이 팝콘 터지듯이 터지는데, 양식은 그렇지 않다는 거죠.

통영 사람들이 웬만한 생선은 다 맛보는데 그중에서 유독 뽈래기가 사랑을 받아요. 여전에 비해 굉장히 비싸졌는데도 여전히 사 먹는 건 추억 때문인 거죠. 뽈래기가 서민적인 생선이었던 때 같이 먹었던 추억 때문에요. 어렸을 때 함께 먹은 사람과 보냈던 시간이 다시 뽈래기를 찾게 만드는 거죠. 저도 살 때마다 "왜 이렇게 비싸졌냐" 망설이면서도 지갑을 열게 돼요. 특히 객지에 나갔던 사람이 오는 날에는 꼭 같이 구워서

먹어요. 그러면 옛날 얘기가 술술 나와요. 좋았던 얘기, 즐거웠던 얘기, 그리운 얘기……. 그래서 뽈래기를 같이 먹어보면 알아요, 누가 친한지 아닌지, 통영 사람인지 아닌지. 뽈래기구이를 먹는 순간만큼은 어린 시절로 돌아가요. 격 없이 바다와 바로 만나는 절정을 맛보는 거죠.

통영이 관광지로 많이 뜨면서 점점 변해가고 있다고 하시는 분도 있어요. 가만히 보면 불과 50미터 혹은 100미터 사이인데 변하지 않는 사람하고 변한 사람하고 같이 살아요. 외지 사람들은 북적거리는 모습만 보고 변했다고 하는데, 북적거리지 않는 부분은 수십 년 전하고 똑같아요. 중앙시장에서 동태 썰어 파는 모습은 하나도 달라진 게 없어요. 그동안 살아온 통영 사람들하고 같이 시간을 먹어가면서 함께 살아가는 모습인 거예요. 변하지 않는 그 모습들 속에 살아 있는 통영의 맛, 그 맛이 뽈래기의 맛입니다.

진태옥,
절실한 떨림에
열렬하게 응답하라

일흔 중순에도 여전히 마음에 드는 옷감을 보면 가슴
이 떨린다는 '패션계의 대모(代母)'는 디자인이라는 단
어가 나올 때마다 "너무 행복해"라고 말했다. 그냥 행
복한 것도 아니고 너무 행복하다고. 남대문 시장에서
4,000원짜리 잔치국수를 받아들고 소녀처럼 웃었다.
청담동 고급 레스토랑의 어떤 음식도 그의 얼굴에 그
토록 편안한 미소를 떠오르게 하지 못하리라. 또 뵙자
고 인사를 마치고 택시를 타려는데 언약이라도 하듯
꼬옥 손을 잡았다. 택시 기사는 "방금 인사한 분이 보
통 가정주부는 아니시죠?"라고 물었다. 장식 없는 스
웨터에 검정 바지를 입었는데도 어딘지 모르게 달라
보이는 사람. 그래서 그는 디자이너다.

진태옥

1934년 함경남도 원산에서 태
어났다. 대표적인 국내 1세대
디자이너로 '한국 패션계의 대
모(代母)'로 불린다. 1990년대
중반 파리에 진출했으며, 뉴욕
버그도프굿맨 백화점에 입점
해 한국 패션 역사에 한 획을
그었다. 88서울올림픽 선수단
단체복과 아시아나항공 승무
원복도 그의 작품이다. 서울패
션아티스트협의회(SFAA) 초대
회장을 지냈다.

◎

　옷도 말을 한다는 거 아세요? 옷감을 선택할 때
부터 내게는 들려요, 옷의 속삭임이. "나를 선택해
주세요, 나를 만들어주세요. 최고의 드레스가 되고
싶어요." 옷감을 집어든 순간, 제 눈에는 보여요. 어
떤 옷이 될지. 그 순간 이후로 선택받은 옷감과 저
의 열애가 시작되는 거죠. 옷감을 들고 디자인실에

들어가면서 가만히 쓰다듬죠. "이제부터 우리 둘이 뜨거운 밤을 보내보자꾸나." 며칠 밤을 보내고 드디어 옷이 됐을 때, 창가에 걸린 행복한 옷의 미소를 보신 적이 있나요? 그렇게 옷과 디자인과 열애하면서 46년을 지나왔네요.

제 애인 디자인과 열애에 빠지도록 도와준 게 파리라는 도시예요. 처음 간 게 1971년이었죠. 무역업을 하던 남편하고 같이 갔어요. 그때는 외국의 최신 패션을 일본 잡지나 미 8군을 통해 구한 잡지에서 얻었어요. 책장을 넘길 때마다 크리스천 디올이니 이브생 로랑이니 세계적인 디자이너들의 작품이 황홀하게 펼쳐졌죠. 그런데 파리에 가니 정말로 디올의 상점이 있는 거예요. 이브생 로랑도 있고 샤넬도 있고, 잡지에서 보던 옷이 진짜 있었어요. 마치 로켓을 타고 우주에 간 것 같은 희열이었죠. 한국으로 돌아오는 날 샹젤리제 앞에서 공항 가는 버스를 타고 있는데, 차가 시동을 걸자마자 아, 갑자기 울음이 터지는 거예요.

아직도 울던 그 순간이 또렷해요. 시동 소리도 귀에 쟁쟁하고요. 옆에서 남편이 "친정 떠나는 것도 아닌데 왜 그렇게 울어"라고 했죠. 이유는 지금도 모르겠어요. 단지 마음속으로 "언젠간 다시 와야지. 내 옷을 보여주러 꼭 와야지" 했던 건 기억나요. 그때만 해도 그런 꿈은 쪽배 타고 토끼 만나러 달나라 가겠다는 것과 비슷한 생각이었죠. 하지만 전 그걸 이루었어요.

제 양장점을 처음으로 연 게 1965년, 이화여대 앞에서였어요. 결혼해

단지 마음속으로 "언젠간 다시 와야지. 내 옷을 보여주러
꼭 와야지" 했던 건 기억나요. 그때만 해도 그런 꿈은
쪽배 타고 토끼 만나러 달나라 가겠다는 것과 비슷한
생각이었죠. 하지만 전 그걸 이루었어요.

서 첫딸 낳고 살림하다가 시부모님 몰래 학원에 다녔는데, 6개월 만에 발각됐죠. 그때 제게는 디자인이 숨 쉴 탈출구였어요. 고등학교 때 공부를 잘해서 당연한 수순처럼 서울대 법대 시험을 봤어요. 그런데 떨어진 거예요. 실망도 실망이지만 창피했어요. 얼마 후 도피하듯 결혼을 했는데, 시어머니께서 제가 시집으로 들어간 날 가정부를 내보내시더라고요. 층층시하 시댁 어른 모시고 살림하는 일이 죄다 저한테 떨어진 거죠. 돌파구가 있어야겠다 싶을 때 저를 찾아와준 게 디자인이에요.

옷가게 연 첫날에 딱 일곱 벌 걸어놨는데 그날 다 팔렸어요. 다음 날에도 새벽부터 원단 시장에 가서 천을 끊어다가 만들어 걸었는데 역시나 내놓기 무섭게 나갔죠.

디자인이 미치도록 사랑하면서 때로는 죽도록 밉기도 한 애인이라면, 옆에서 말없이 묵묵하게 힘을 주고 응원해주는 게 잔치국수예요. 내 평생의 동반자죠.

제 고향이 함경북도 원산인데, 어렸을 때 하루가 멀다 하고 먹은 게 잔치국수예요. 외가가 100호쯤 되는 집성촌에 살았거든요. 한 집만 잔치를 해도 마을 전체가 모였어요. 늘 어느 집에선가 환갑이나 생일, 혹은 혼인 잔치가 열렸죠. 그때마다 잔치국수가 빠지지 않았고요.

아버지가 일찍 돌아가시고, 열한 살 때 어머니하고 남한으로 왔더니 피란민이라고 미국에서 원조 받은 밀가루를 나눠줬어요. 어머니가 그걸로 또 매일 같이 잔치국수를 끓여주셨어요. 밥보다 자주 먹었죠. 그러면서 어느샌가 제 안에 그 맛이 새겨져 있었나봐요.

잔치국수의 기억이 송두리째 저를 사로잡은 건 결혼하고 나서였어요. 첫아이 임신하고 한참 입덧을 할 때였죠. 'ㅁ'자로 생긴 한옥에서 살았는데, 옆방 사는 분이 소반에다 잔치국수 한 그릇을 담아 방으로 가져가는 걸 본 거예요. 아, 저걸 먹고 싶다는 생각이 솟구쳤어요. 야속하게도 옆방에서는 나눠줄 기미가 없었고요. 훔쳐서라도 먹고 싶더라고요. 좀 지나니까 눈물이 날 정도인 거예요. 보다 못한 남편이 그 집에 가서 한 그릇 얻어왔어요. 가져오기가 무섭게 받아들고 먹었는데, 애쓴 남편한테 한번 먹어보란 소리도 안 하고 정신없이 한 그릇을 비웠죠. 세상을 다 얻은 것 같더라고요. 이번에는 너무 행복해서 눈물이 났어요. 그제야 살 거 같고, 기운이 나면서, 뭔가를 해봐야겠다는 의욕이 솟았어요.

나를 사로잡은 잔치국수의 힘을 그제야 알게 됐죠. 그저 부담 없이 즐겨 먹는 요리가 아니라 나를 살아 있게 하는 음식이라는 걸요. 시부모님 몰래 명동에 있는 학원 다니면서 학원 근처에서 사 먹었던 것도 잔치국수였죠. 솜씨는 별로였지만, 그래도 그 맛이 투지를 불사르게 했죠.

잔치국수는 꿈의 도시 파리에서 내 쇼를 성공하게 도와준 최고의 친구이기도 해요. 떠나는 차의 시동 소리조차 서럽게 느껴졌던 그곳에서 20여 년 만에 쇼를 하게 됐는데, 막상 도착하니 몸이 매우 피곤했어요. 쇼를 하기 이틀 전에 도착했는데, 가기 전에 한국에서 며칠 밤을 새운데다, 비행기 타고 열두 시간 만에 도착하니 몸 상태가 말이 아니었죠.

하지만 그때부터 쉬지 않고 작업을 해야 무대 준비가 가능했어요. 먹고
힘을 내야겠다 싶어서 열 명쯤 되는 직원들 데리고 뤽상부르 공원 근처
에 있는 한국 식당에 갔어요. 불고기를 잔뜩 시켰는데 영 당기지가 않았
어요. 식당 사장님께 "미안하지만 잔치국수 될까요?" 물었더니, 어떻게
아셨는지 "대한민국의 대표 디자이너가 오셨는데 당연히 해드려야죠"

하셨어요. 한 그릇 먹으니 땀이 쫙 나면서 발끝에서부터 주욱주욱 힘이 충전되는 느낌이 오지 뭐예요.

아름드리나무를 옮겨 심으면 시름시름 앓는다잖아요. 사람도 마찬가지로 이국(異國)에서 적응하려면 수액과 같은 음식이 필요한 것 같아요. 제게는 그게 잔치국수였던 거고요. 이틀 동안 삼시 세끼 잔치국수만 먹었어요. 쇼? 당연히 성공했죠. 이런 디자인 처음 봤다고 현지 언론에서 난리였어요.

파리의 성공은 뉴욕 진출로까지 이어졌죠. 최고의 백화점인 버그도프 굿맨에 들어가게 됐으니까요. 물론 단박에 뚝딱 이뤄진 건 아니었어요. 1984년에 처음 문을 두드렸죠. 내 옷을 트렁크에 가득 담아서 무작정 담당 바이어를 찾아갔어요. 사무실 앞에 앉은 비서가 약속했느냐고 물었어요. "아마 잡혀 있을 테니 찾아보라" 하고는 비서가 확인하려는 찰나에 사무실 문을 열어젖히고 무작정 들어갔어요. 깜짝 놀라는 바이어가 뭐라고 대응하기 전에 트렁크 지퍼를 좌악 열고 옷을 하나씩 꺼내서 바이어 눈앞에 던져줬어요.

혹시 로버트 레드포드가 주연한 영화 '위대한 개츠비' 보셨나요? 주인공 개츠비가 사랑하는 여인 데이지의 마음을 사로잡기 위해서 옷장을 보여주면서 색색 가지 셔츠를 허공에 날리거든요. 데이지가 셔츠에 얼굴을 묻으면서 "이렇게 예쁜 셔츠는 본 적이 없다"고 감탄하는데, 그 장면에서 아이디어를 얻은 거였죠. 개츠비가 데이지를 아무리 사랑했어

육수에 멸치와 다시마는 물론이고 소고기를 꼭 넣어요. 고명으로도 소고기를 올리고요. 손자들이 "아이, 오늘 또 잔치국수야" 해요. "이게 얼마나 맛있는데" 하면서 소고기 고명을 듬뿍 얹어주죠.

도 그 순간의 나만큼 절박하진 않았을 거예요.

바이어가 한참을 보더니 "옷은 예쁜데 얼마냐"고 물어요. 도매가로 198달러라고 하니까 "한국 제품이 뭐가 그렇게 비싸냐"는 거예요. "나는 한국 제일의 디자이너니까 디자인 값을 받아야 한다"고 쏘아붙여 주고는 다시 싸갖고 왔죠. 첫 도전은 장대하게 실패했지만 결국 들어갔어요. 파리 쇼 끝나고 버그도프굿맨이 주문을 한 거였죠. 자그마치 30만 달러어치를요. 이세이 미야케, 꼼므데가르송, 장폴고티에 등과 나란히 제 옷이 걸렸어요. 결과는 니트 몇 개만 빼고 완판. 드디어 내가 한국 패션의 깃발을 뉴욕에 꽂았구나 싶어서 진정 뿌듯했어요.

한때는 천지가 내 것이었죠. 세상에 디자이너는 나밖에 없는 것 같았고 '아, 역시 나는 똑똑한가봐' 교만이 하늘을 찔렀죠. 지금 생각하면 정말 부끄러워요. 하지만 곧 쓰디쓴 날들이 닥쳤어요. 계산 없이 사업을 벌이기만 하고 수습을 못 하니까, 어느 날부터인가 돈 회전이 안 되는 거예요. 직격탄은 IMF 구제금융사태였어요. 다 정리해야 했어요. '베베 프랑소와즈'며 '진태옥옴므'며 자식 같은 브랜드를 전부 접었어요. '진태옥' 브랜드 하나만 남기고.

그때가 제일 힘들었어요. 자식들 있는 데서 울 수도 없고, 욕실에 들어가서 샤워기 세게 틀어놓고 물줄기 맞으면서 엉엉 울던 날이 며칠이었는지 몰라요. 그래도 안 되면 운전을 했어요. 음악을 틀어놓고 목이 터져라 소리를 질렀어요. 그때도 디자인이 피난처이자 은신처가 돼줬어요. 디자인실에만 들어가면 어떤 고통이든 다 잊을 수 있어요. 잔치국수가 피로를 씻어내 줬고요. 요즘에도 집에서 자주 만들어요. 육수에 멸치와 다시마는 물론이고 소고기를 꼭 넣어요. 고명으로도 소고기를 올리고요. 손자들이 "아이, 오늘 또 잔치국수야" 해요. "이게 얼마나 맛있는데" 하면서 소고기 고명을 듬뿍 얹어주죠. 살아 있는 한 저는 디자인을 할 거예요. 제 평생의 열애를 완성해야죠. 간혹 지치고 힘들 때는 저의 동반자 잔치국수가 도와줄 테지요.

문훈숙,
매일 그만두고 싶었던 그 일이
나를 만들었다

그날 밤 용산구 한남동 언덕배기 주택이 갑자기 부산
해졌다. 잔치가 있는 것도 아닌데 부엌에 손님이 여럿
이다. 비장의 오믈렛 솜씨를 선보일 오늘의 주인공은
물론이고 모친 윤기숙(78) 여사, 취재기자, 사진기자
에 발레단 직원, 딸 신월이까지 모여 북적댔다. 그의
후배를 통해 귀띔 받은 대로, 오믈렛만큼은 꽤 익숙하
게 차려냈다. 프라이팬에서 뒤집는 솜씨가 상당히 노
련하다. 하지만 구절판도 눈감고 만드는 모친이 보기
엔 어딘지 아슬아슬했나 보다. 신월이가 맛있게 먹는
걸 보고서야 솜씨를 인정한다. 사진기자가 역시 미인
이시라고 했더니 "에이, 조금 전에 미용실 다녀와서
그래요" 하며 수줍어했다. 발레 포즈를 부탁하니 오믈
렛 접시를 들고 한 바퀴 빙그르르 돌았다. 뒤에 남은
곡선이 마루를 우아하게 맴돌았다.

문훈숙

1963년 미국 워싱턴에서 태어
났다. 선화예술학교, 영국 로
열발레학교, 모나코 왕립발레
학교를 거쳐 워싱턴발레단에
서 활동하다 1984년 국내 최
초 민간 직업발레단인 유니버
설발레단 창단과 함께 프리마
발레리나로 활약했다. 1989년
동양인 최초로 러시아 마린스
키 극장에서 키로프 발레단 '지
젤' 공연의 객원 주역을 맡았
다. 발가락 부상으로 은퇴한 뒤
발레단 경영에 몰두하고 있다.

세상에 이것보다 간단한 음식이 없어요. 차르르,
달걀을 먼저 프라이팬에 붓죠. 색깔도 얼마나 예뻐
요. 먹기 좋게 익으면서 자르르 달콤한 갈색 윤기를
입지요. 햄, 토마토, 양파, 치즈…… 냉장고에 있는

햄, 토마토, 양파, 치즈…… 냉장고에 있는 걸 총출동시켜 먹기 좋게 다져요. 거기에 달걀옷을 덮어주기만 하면 끝. 요리에 쏟을 시간이 별로 없는 저 같은 사람도 훌륭하게 선보일 수 있죠.

걸 총출동시켜 먹기 좋게 다져요. 거기에 달걀옷을 덮어주기만 하면 끝. 요리에 쏟을 시간이 별로 없는 저 같은 사람도 훌륭하게 선보일 수 있죠. 제가 할 수 있으니, 모두가 할 수 있는 음식! 오믈렛이야말로 가장 친근하고 다정한 음식 아닐까요.

제가 발레를 시작한 게 일곱 살이었으니 40년 넘도록 발레에 빠져 보냈네요. 그 세월 동안 요리란 걸 제대로 배워본 적이 없어요. 시간, 시간, 시간! 무엇보다 시간이 없었죠. 예전에 미국에서 살 때 추수감사절 음식을 식구들 다 같이 만들었어요. 언니하고 동생은 주인공 칠면조 요리부터 후식까지 뚝딱뚝딱 잘도 만들어냈죠. 제가 맡은 게 뭐였더라……. 정확하게 생각은 안 나는데 홀라당 태워버렸던 건 생생하게 기억나요. 음식이 제 손에서 제대로 모양을 갖춘 적이 없었죠.

발레리나로 한창 무대에 설 때는 물론이고, 은퇴하고 나서도 밤마다 늦게 들어오고 아침에 일찍 나가니 부엌에 들어갈 틈도 별로 없었어요. 아마 직장을 가진 모든 엄마가 그렇겠지요. 하지만 그런 엄마들도 마음

은 저와 비슷할 거예요. 사랑하는 아이에게 맛있는 음식을 해주고 싶다는 소망. 내가 만든 음식으로 행복하게 만들어주고 싶다는 소원. 어떤 사람에게는 매우 이루기 쉬운 소원이었을지 몰라도, 제게는 안 그랬어요. 오믈렛을 만나기 전까지는요.

노랗고 통통한 오믈렛 만드는 재미에 빠지게 된 건 제 아들 때문이에요. 해줄 재주는 없지, 시간도 없지, 하지만 해주고는 싶지. 특히 저희 어머니 때문에 '나도 내 자식에게 해 먹이고 싶다'는 욕심이 더 강해졌어요. 발레 연습 마치고 녹초가 돼서 돌아온 저를 위해서 어머니는 다른 것도 아니고 구절판을 만들어주셨거든요. 얼마나 손이 많이 가는 음식인가요. 달걀노른자며 고기, 버섯을 채 썰고 양념하고 볶아서 밀전병과 같이 내자면 종일 부엌에서 굽고 부치고 도마질을 하셨겠죠. 그런데도 어머니는 제가 멀리 공연 갔다가 돌아올 때면 항상 만들어주셨어요. 저도 아들에게 엄마의 음식을 뭔가 해주고 싶은데 구절판은 엄두가 안 났죠. 아침 거르고 가는 우리 아들에게 뭐가 좋을까, 이거라도 해보자 싶어 시작한 게 어디선가 먹어본 오믈렛이었어요.

처음 아들이 제 오믈렛을 싸악 비웠을 때의 기쁨! 만족감이 가득 담긴 눈빛으로 "엄마, 진짜 맛있어요" 했던 순간, 공연이 끝나고 일제히 기립한 수천 관객에게 눈부신 갈채를 받는 느낌이었어요. 저도 모르게 "아냐, 엄마가 고마워"라고 했지요.

제 오믈렛이 맛있긴 해요. 아마 열심히 만들어서 그런가봐요. 후배들한테도 인기예요. 발레단 후배가 야근하고 저희 집에서 자고 간 때가 있었거든요. 다음 날 아침에 비장의 무기인 오믈렛을 만들어줬죠. 후배들이 다들 맛있다며 한 그릇씩 꼭 비워요. 어떤 후배는 "그날 아침 오믈렛 맛을 잊을 수가 없다"고 일부러 인사하러 온 적도 있었으니까요. 음식이란 게 그래서 좋은 것 아닐까요. 마음을 이어주잖아요. 어머니와 저, 저와 아들, 저와 후배들, 그리고 서로 아끼는 하나하나 모든 사람을요.

초등학교 3학년인 제 딸도 벌써 엄마 오믈렛에 푹 빠졌어요. 구절판만큼 화려하진 않지만, 음식에 담은 마음만은 어머니의 구절판이나 제 오믈렛이나 똑같지 않을까요.

엄마라서 가장 행복한 순간이 오믈렛 만들어줄 때라고 한다면, 발레리나라서 가장 행복한 순간은 지금이에요. 2001년에 은퇴한 직후에는 공주에서 평민이 된 것 같았죠. 10년이 지난 지금은 발레를 했다는 것, 그 삶을 살 수 있었다는 데에 한없이 감사하게 돼요. 은퇴하고 나서야

문훈숙과 딸 신월

알았어요. 매일매일 그만두고 싶었던 그 일이 제 인생을 얼마나 풍부하
게 해줬는지를요.

제가 발레를 배우던 무렵은 한국 발레 개척기였죠. 발레 유학 가는 사
람도 드물었고요. 열일곱에 영국 로열발레 학교에 들어갔는데 첫날에는
숨이 턱 막히는 것 같았어요. 서양 애들 머리는 딱 주먹만 하고, 팔다리
는 휘어질 듯 가늘고 긴 데다 속눈썹은 하늘을 찌를 것 같은 거예요. 그
옆에 서서 동작을 잡고 있으려니, 이건 노력한다고 되는 게 아니겠구나,
번데기 앞에서 주름 잡는 게 더 쉽겠구나, 절망감만 들었어요. 저는 발

206

레를 하기에 좋은 신체 조건이 아니었어요. 팔이 조금만 더 길었더라면 얼마나 좋을까 한숨이 나왔어요. 성격도 너무 조용해서 무대에 서기에는 안 맞는 게 아닐까 고민 많이 했어요.

결국 집에다 전화했어요. 그만두겠다고요. 나한테는 안 맞는다 했더니, 안 그래도 힘든 거 한다고 안타까워하시던 어머니가 "잘 생각했다"면서 그 자리에서 비행기표를 끊어주셨어요. 70년대 후반에는 발레를 아예 모르는 사람이 대부분이었을 뿐더러, 몸 다 내놓고 벌렁벌렁 다리 들고 다닌다고 못마땅해 하는 분도 많았어요. 그러니 어머니는 절 어떻게 시집보낼까 걱정이 태산이셨던 거죠. 그런데 다음 날 아버지가 전화하셨어요. "꼼짝 말고 거기 있어." 주한 미국 대사관에서 일했던 아버지는 문화 전반에 대한 이해가 깊으셨거든요. 우리나라가 인정받기 위해서는 예술이 커나가야 된다고 믿으셨어요.

"여태껏 고생했는데 한 학교만 더 가보고 그때도 정말 싫으면 허락해주겠다." 아버지 말씀에 따라서 간 곳이 모나코였어요. 거긴 좋았죠. 동양인에 대한 차별도 없었고 선생님들도 동양 문화에 관심이 많으셨어요. 거기서 2년 정도 공부하고 워싱턴발레단에 들어갔다가 유니버설발레단이 창단된 1984년도부터 계속 같은 꿈만 꾸고 있어요. 이 발레단으로 한국 발레에 화려한 꽃을 피우겠다는 꿈이죠.

발레뿐만 아니라 꿈꾸고 도전하다 목표 앞에서 무너져본 후배들에게 저는 그래요. 가장 절망적일 때는 내 안에 든 모든 것을 버리고 비워보

발레뿐만 아니라 꿈꾸고 도전하는 모든 목표 앞에서
무너져본 후배들에게 저는 그래요. 가장 절망적일 때는
내 안에 든 모든 것을 버리고 비워보라고요.
그러면 다시 채워진다고. 비워야 할 때 비우지 않고
욕심을 쌓아두면 언젠간 터지게 돼 있거든요.

라고요. 그러면 다시 채워진다고. 비워야 할 때 비우지 않고 욕심을 쌓아두면 언젠간 터지게 돼 있거든요.

1990년대 중반 제가 일본에서 '백조의 호수' 공연을 했는데, 유달리 그날 남자 파트너하고 잘 안 맞았어요. 1막 끝나고 나면 흑조로 변신해야 되잖아요. 영화 '블랙 스완'에서 나탈리 포트먼이 달라진 모습 기억하시죠? 정식 공연에서도 백조에서 흑조로 변신하는 데 최소한 30분은 걸려요. 유난히 공연이 안 풀리던 그날, 1막이 끝나고 인터미션 벨이 울렸죠. 전 자리로 돌아와서 화장을 몽땅 지우고는 그만하겠다고 울고불고 난리를 쳤어요. 1막 때 제 공연이 너무나 실망스러워서 자신감이 곤두박질친 거죠. 난 발레리나도 아니다, 이래서 어떻게 무대에 나가나, 온갖 자학이 저를 때렸어요. 화장을 지워버렸다는 것 자체가 말이 안 되는 거였죠.

바닥에 주저앉아서 울고 있으니까 동료는 물론이고 누구도 접근을 못 했어요. 당시 예술감독이던 미국 분이 다가오시더니 엉엉 울고 있는 저를 가만히 안아줬어요. 어떻게 됐냐고요? 막이 오르고, 1막보다 훨씬 더 아름다운 흑조로 변신해 관객에게 박수를 받았죠. 저를 주저앉힌 건 제 욕심이었어요. 목표를 향해 달려가다가 어느 고비에서는 자기를 돌아보며 비워야 할 때가 꼭 있는가봐요.

그렇게 사고 친 백조도 해보고, 매일매일 그만두고 싶은 절망의 유혹과 싸우면서 제게는 눈이 생겼어요. 40년 동안 무대와 호흡하며 관객의 찬사와 비평에 훈련된 눈이지요. 세월이 스며든 보배 같은 이 눈을 제 딸 신월이에게 주고 싶어요. 이제 막 발레를 시작한 아홉 살 신월이는 음악성과 연기력이 뛰어나다고 벌써부터 선생님들께 칭찬을 받아요. 그렇다고 해도 주역 무용수가 안 될 수도 있죠. 하지만 본인의 한계에 도전해보고, 비웠다가 채워지는 바닥과 꼭대기도 오르내려보면서 인생을 감사하며 살면, 그것으로 엄마는 행복하지요. 꼬마 발레리나 신월이를 위해, 내일 아침에도 따뜻한 오믈렛이 식탁에서 기다릴 거예요. 언젠가 신월이가 유명한 발레리나가 되면 말해주지 않을까요. 엄마의 오믈렛이 발레를 계속하게 한 최고의 힘이었다고.

사랑하는 아이에게 맛있는 음식을 해주고 싶다는
소망. 내가 만든 음식으로 행복하게 만들어주고 싶
다는 소원. 어떤 사람에게는 매우 이뤄지기 쉬운
소원이었을지 몰라도, 제게는 안 그랬어요. 오믈렛
을 만나기 전까지는요. 처음 아들이 제 오믈렛을
싸악 비웠을 때의 기쁨! 만족감이 가득 담긴 눈빛
으로 "엄마, 진짜 맛있어요" 했던 순간, 공연이 끝
나고 일제히 기립한 수천 관객에게 눈부신 갈채를
받는 느낌이었어요.

이외수,
행복하려면
편안하고 자유로워야 한다

복맑은탕에
담긴 담백함,
그리고
치명적인 유혹

ⓒ이종현

제주도 정방폭포가 지척인 그의 집에서는 미리 피워
둔 향(香)이 낯선 객(客)을 맞았다. 화가는 대문 앞까
지 나와 기다리고 있었다. 인동꽃차를 따라주더니 꽃
이 잔 아래로 가라앉을 때까지 잠시 말이 없었다. '마
음은 몸속에 있고, 본성은 그 마음속에 있으니……'
백거이(白居易) 시를 읊으며 지그시 눈을 감았다.
1000년 전 중국 시인을 설레게 한 풍경이 그의 눈앞
에 화폭으로 펼쳐지는 것 같았다. "내가 무슨 대단한
화가야. 밥 먹으려고 그리는 거지." 짐짓 딴청을 피울
때는 '대단한 화가'만이 보여줄 수 있는 진심과 진실
이 은은했다. "마누라가 내 맘도 모르고 추억이 담긴
냄비를 버렸다"고 아내 흉을 보는 듯하다가도 "진짜
좋은 음식은 덤덤하고, 진짜 좋은 여자는 요란하지 않
다"며 자랑 또한 은근했다.

이왈종
한국 화단의 대표적인 중진
이다. 1945년 경기도 화성에
서 태어나 중앙대학교 회화
과(1970) 및 건국대학교 교육
대학원(1988)을 졸업하였다.
1990년 대학교수를 그만두고
제주로 내려가 작품 활동을 해
오고 있다. 한국적 서정의 진수
를 보여준다는 평가를 받는다.
23회 국전에서 문공부장관상
을 수상했고, 제2회 미술기자
상, 제1회 한국미술작가상, 제5
회 월전미술상 등을 받았다.

○

　이곳 제주도는 새벽이 예술이에요. 저는 밤 아홉
시에 자고 새벽 세 시쯤 일어나는데, 그 많던 관광
객은 흔적도 없고 풍경만 깨어나 눈뜬 저를 맞아요.
네다섯 시 되면 새들이 지저귀는 소리가 컴컴한 사

방을 가득 채우죠. 새소리가 시끄러워 깰 때가 있을 정도예요. 별의별 새들이 많아요. 공기의 맛이 낮과는 완전히 다르죠. 방에 가만히 누워 있으면 바다에 뜬 배에 몸을 실은 듯해요. 그 시간에 그리면 행복해요. 왜 사느냐고 묻곤 하지만, 결국 행복해야 되는 것 아닌가요. 행복하려면 편안해야죠. 그리고 자유로워야 하고. 행복과 자유가 제 그림을 이루는 두 가지 축이에요. 제주 생활의 중도(中道)라는 제 그림의 주제도 편안하고 자유롭고 걸림이 없는 삶을 말하는 거예요. 그러기 위해서 사람을 거의 안 만나요. 주로 자연과 대화하는 거죠.

제주도 내려온 지 20년이 넘었어요. 처음에는 외로웠죠. 복잡한 서울에서 살다가 뚝 떨어져 지내니까 힘들었어요. 내려올 땐 그림을 그리겠다는 생각 하나뿐이었어요. 예술 세계를 지킨다는 거창한 목표가 아니었어요. 그저 밥 먹기 위해 온 거죠. 그려야 밥을 먹을 수 있으니까. 이제는 사람이 없어서 외롭다는 생각이 안 들고, 그저 자연과 더불어 산다는 생각에 마음이 평온해져요. 자연은 나하고 이해관계를 따지려 들지 않으니, 얼마나 좋은 벗인지 모르겠어요.

제가 클 무렵만 해도 건강하면 농사짓는 게 자연스러운 수순이었어요. 시골 외할머니 밑에서 자랐는데, 몸이 약해서 전 아무 쓸모없는 아이였어요. 농사를 못 지으니 밥만 축내는 놈이 된 거죠. 아버지는 서울에 계셨는데 백수건달 비슷하게 가정은 돌보지 않고 나다니셨죠. 서예에 능하셨어요. 화투를 직접 그려서 치기도 하셨고요. 그런 손재주가 제 결국 행복해야 되는 것 아닌가요. 행복하려면 편안해야죠.
그리고 자유로워야 하고. '행복'과 '자유'가 제 그림을
이루는 두 가지 축이에요. 제주 생활의 중도(中道)라는
제 그림의 주제도 편안하고 자유롭고 걸림이 없는
삶을 말하는 거예요.

게 내려온 게 아닌가 싶어요.

할머니 댁에 있으니까 공부는 뒷전이고 딴짓하기에 바빴어요. 주로
방에 배 붙이고 엎드려서 손만 놀리면서 놀 수 있는 그림과 가까워졌어
요. 건강했으면 농사꾼 됐을 텐데, 타고난 체형도 운명인 거죠.

그때는 그림 그리려고 해도 재료가 없었어요. 지구 크레용하고 남산
크레용이 있었는데, 말이 크레용이지 아무리 문질러도 초만 나오고 색
깔은 안 나왔어요. 미제 구호품 중에 크레용이 가끔 들어왔는데 당첨된
아이한테 졸라서 내 것하고 바꿔 썼죠. 굉장히 단단했어요. 부러지지도
않고 칠하면 판화처럼 찍혀 나올 정도로 센 녀석이었죠. 단단한 크레용
한 자루만 생겨도 하루 종일 행복했어요.

우리 학교 다닐 때는 화가 되겠다고 하면 깡통 찬다고 뜯어말렸어요.
부모님은 상대(商大)나 공대(工大) 보내려고 했죠. 미대생은 겉으로도
티가 나는 차림새였어요. 염색한 군복에다 신발은 까맣게 칠한 군화가

주종이었죠. 궁상맞은 차림새에 냄새까지 풍겼으니, 여자애들이 미대생이라면 피하고 안 만났어요.

그래도 화가가 된 건 운명이라고 생각해요. 이미 다 짜여 있는 게 아닌가 싶어요. 몸이 약해서 방에 틀어박혔다가 그림에 맛을 들이게 된 거, 그리다 제주도에 와서 이렇게 사는 거, 다 운명대로 굴러온 거예요. 그렇다고 팔자라고 팽개치고 체념해야 되느냐, 그건 아니죠. 자기 일에 충실한 사람이 팔자도 제대로 누리고 사는 거예요. 맞지 않는 걸 억지로, 강제로 하지 말라는 뜻일 뿐이죠.

제가 좋아하는 말이 일체유심조 심외무법(一切有心造 心外無法)이죠. 모든 건 마음의 조작이고 마음밖에 없다는 거예요. 모든 것에 마음의 통로가 있어요. 내 인생이 붓질 따라 가듯 제주도까지 흘러온 통로가 있고요. 누구나 다 자기가 가는 길이 있는 거고, 길이 있다고 믿으면 없던 길도 보이는 법이에요.

이 세상에 훌륭한 예술가는 밤하늘에 별처럼 많아요. 뜨지 못하고 사라져버리는 사람도 부지기수죠. 난 위대한 예술가가 되는 것도 원치 않아요. 인정받는 것도 싫고. 나 정도면 이미 인정받은 거 아니냐고 할지 모르지만 진짜 내 역량은 내가 잘 알죠. 친구들하고 술 먹다가 예술이 어쩌고저쩌고 얘기 나오면 "나는 예술가가 아니니까, 그런 거 말고 더 재미있는 얘기하자"고 그래요. 나는 생활인이에요. 밥 먹고 사는 존재지. 진정한 예술가는 철학이 뚜렷해야 하고 무엇보다 절규가 필요한데,

난 그게 부족해요. 내 철학? 다 주워들은 거고 빌린 것일 뿐, 난 아무것
도 아니에요. 절규의 '절' 자 근처에도 못 가요.

그래도 물론 열심히 그리기는 그리지. 한번 화폭에 빠져들면 세상엔
나하고 붓밖에 존재하지 않게 되니까요. 먹는 시간도 아까울 때가 있어
요. 찌개를 잔뜩 끓여두고 데워 먹었는데, 그리느라 정신 팔려 냄비를
태워 먹곤 했죠. 까맣게 탄 냄비를 기념으로 갖고 다녔는데 마누라가 갖
다 버렸어요. 냄비 안 태우려고 한때는 생식을 했어요. 간단하게 끼니
때울 수 있으니까. 소화가 잘 안 돼서 속이 든든하니 밥을 잊고 그릴 수
있어요. 생식 두 숟가락에 요구르트하고 막걸리 한 잔 넣어서 갈아먹었
죠. 참 좋은 게 두 숟가락 이상 못 먹는다는 거였죠. 한창 작업할 때는
그러고 점심 지나 저녁 되기가 일쑤였지.

제주도가 제게 준 가장 큰 선물이 평화예요. 제가 흰색을 좋아하는 것
도 편안하기 때문이거든요. 마음이 괴로우면 세상이 전부 괴로운 거예
요. 마음이 편해야 상대방도 아름답게 보이는 거고. 다 마음의 작용이죠.

물고기도 편안해요. 제일 많이 그린 것 중 하나가 하늘을 나는 물고기
죠. 예전에 이메일 주소도 스카이 피시(sky fish)라고 썼으니까요.

세상에서 제일 편안한 물고기가 복어예요. 정말 좋아해요. 복어 사다
가 냉장고에 잔뜩 넣어두고 끓여 먹기도 하죠. 시원하니까. 콩나물하고
무하고 미나리만 넣으면 돼요. 다른 건 필요가 없어. 복어가 알아서 맛
을 내지. 깨끗하고 편안한 국물은 오직 복어만이 주는 맛이에요.

복어 사다가 냉장고에 잔뜩 넣어두고 끓여 먹기도 하죠.
시원하니까. 콩나물하고 무하고 미나리만 넣으면 돼요.
다른 건 필요가 없어. 복어가 알아서 맛을 내지.
깨끗하고 편안한 국물은 오직 복어만이 주는 맛이에요.

그 맑은 국물이 주는 담백함이란 수백 번을 먹어도 깊이가 파악이 안 될 정도죠. 다른 건 먹다 보면 질리는데 복어는 전혀 안 그래요. 처음에 먹을 때는 별로 맛이 없지. 이걸 무슨 맛으로 먹나 하고 지레 그만두기 십상이에요. 그런데 참으로 희한하게 먹을수록 깊이가 있어요. 깊숙이 빠져들게 하는 담백함이 있단 말이죠. 다른 생선은 사흘 연속으로 못 먹는데, 복어는 달라요. 맛이 아예 없는 듯하면서 묘하게 끌어당겨요. 자극이나 장치, 기교가 없으니 오히려 자꾸 찾게 돼요.

예로부터 진수무향(眞水無香)이라고 했잖아요. 진짜 물은 향기가 없다고. 마찬가지로 진짜 좋은 음식은 요란하지 않고 덤덤한 것이라고 생각해요. 복어의 맛도 그와 같은 근본적인 이치를 알려주는 것 같아요. 진하고 자극적이고 순간적으로 짜릿한 걸 즐기는 게 요즘 세상이죠. 그런 거에 빠져들기 쉽고 중독되기도 쉽지만, 그게 반복되다 보면 다다르는 건 공허함이에요.

담백하고 덤덤한 복어에는 치명적인 유혹이 있어요. 생명을 앗아갈 수 있는 알을 품고 있죠. 몇 알씩 맛보다 중독되면 양이 늘어나고 그러다 죽기도 하죠. 그래서 내가 농담 삼아 "이다음에 죽을 때 복어 알 먹고 죽을 거다"라고 해요. 가장 즐거운 순간에 마비되는 거니까요. 미각의 절정에서 얼어붙은 듯한 쾌락은 미식가라면 한 번쯤 꿈꿔보는 순간이죠.

살다 보면 온갖 일에 부딪히잖아요. 욕심과 욕망을 다 끌어안고 끙끙

댄다고 해결되는 건 없어요. 마음이 편안하고, 평화와 자유를 누릴 수만 있다면 그게 최고의 삶 아닌가 싶어요. 음식도 편안한 게 좋은 거고. 물론 음식 중에는 전에 없던 새로움으로 혀를 즐겁게 해주는 것도 있겠죠. 책으로 치면 가슴을 뛰게 하는 책이라고나 할까요. 복어는 그에 비하면 질리지 않는 고전(古典)이에요. 편안한 고전 시를 읽으면 눈앞에 화폭이 펼쳐지는 것 같아요. 한없이 달래주고 위로해주는 시구가 저절로 색을 뽑아서 내게 보여주는 거죠.

저녁으로 복맑은탕 먹고 편안하게 속을 다스리고 누워요. 방에 작은 불 하나 켜놓고 막걸리 한잔 마셔요. 그러면 다 보여요. 흐드러지게 웃는 꽃송이와 행복한 아가미를 껌벅이며 하늘을 나는 물고기들이.

장석주,
나는 내 삶의
유일무이한 저자다

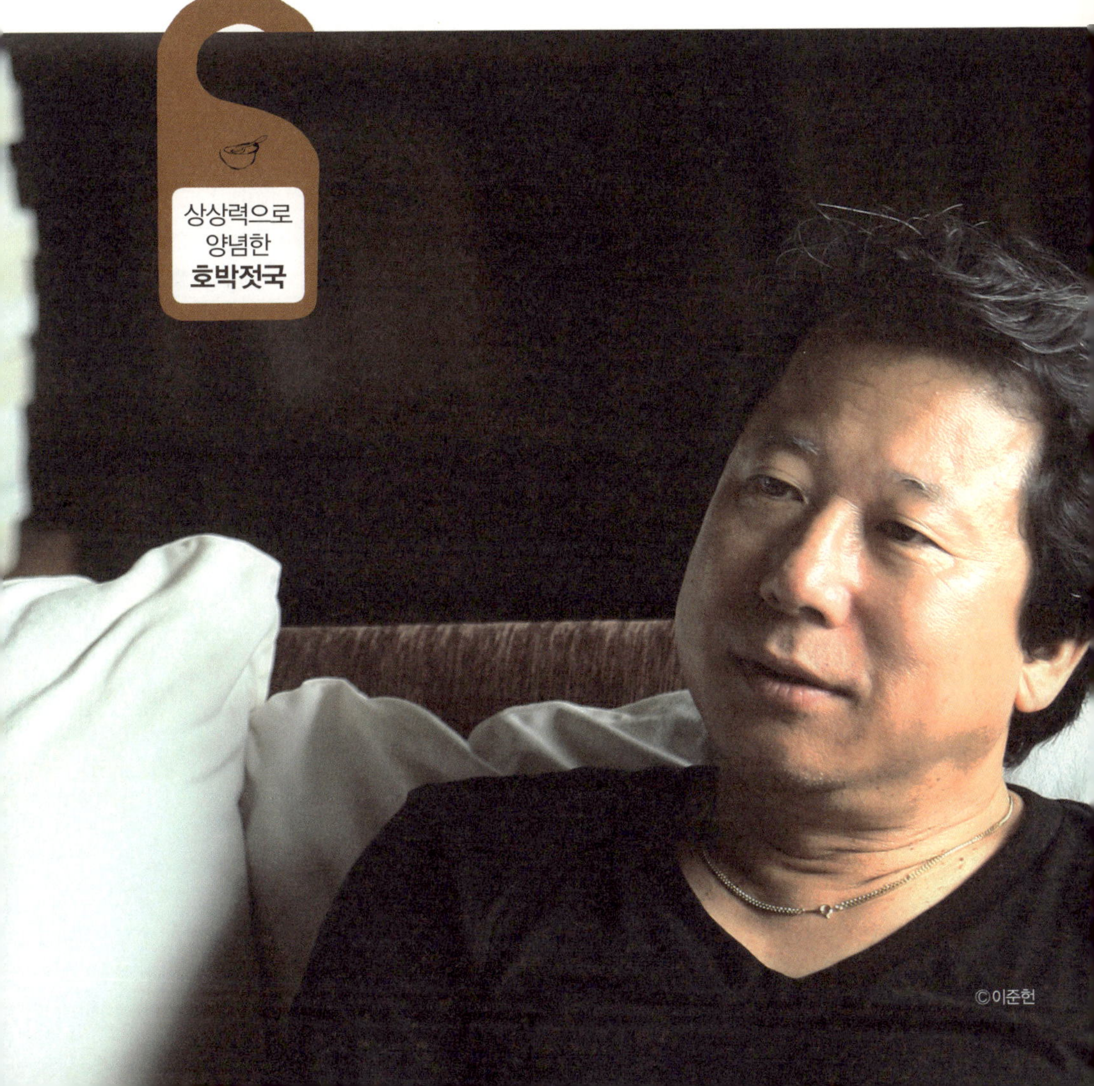

지난가을 만났을 때 안성 금광호숫가에 집을 새로 짓
겠다고 하더니, 올여름 찾아가니 정말로 뚝딱 다 지어
놓았다. 50평 '호접몽'은 시인의 콘서트홀이자 시낭송
회장이다. 원래 있던 집필실 '수졸재'처럼, '호접몽'에
도 여기저기 책이 쌓여 있다. 누가 한 권 집어가도 모
를 것 같은데, 시인은 신기하게도 하나하나 기억했죠.
인생과 음식이 담긴 책을 쓰겠다고 했더니 프란체스
카 리고티라는, 한번에 발음하기에도 숨찬 독일 교수
의《부엌의 철학》이라는 책을 권했다. 그저 권키만 해
서는 성에 안 차는지 책장에 빽빽이 꽂힌 그 많은 책
중에 쏘옥 찾아내 들고 나온다. 좌악 펼치더니 이 부
분 저 부분을 짚어가며 자세히도 설명했다. 그의 머릿
속에는 과연 몇 권의 책이 들어 있는 것일까.

장석주

1955년 충남 논산에서 태어났
다. 1979년 조선일보와 동아일
보 신춘문예에 시와 문학평론
이 입상하면서 본격적인 작품
활동을 시작했다.《다시 첫사랑
의 시절로 돌아갈 수 있다면》
《20세기 한국문학의 탐험》(전
5권) 등 여러 책을 썼다. 경기도
안성 금광호수 곁에 '수졸재'와
'호접몽'이라는 집필 공간을 지
어두고, 호숫가 새벽안개를 벗
삼아 읽고 쓰며 산다.

마광수 교수의 소설《즐거운 사라》를 기억하시나
요? 1992년, 세상이 한 여성의 긴 손톱과 성생활로
떠들썩했지요. 실존 인물도 아니고, 소설 속의 여
성, 사라 때문에요.《즐거운 사라》가 형법 제244조
의 음란 문서에 해당한다는 게 법원의 판결이었죠.

222

소설을 펴낸 출판사 대표도 음란 문서 제조 및 배포 혐의로 구속됐다가 징역 8월에 집행유예 2년을 받았습니다. 그게 누군지 아시나요? 바로 접니다.

서울 생활 정리하고 여기 경기도 안성에 내려왔을 때 빈털터리였어요. 벌써 10년도 넘었네요. 출판사 접고, 여기저기 정리할 돈 다 줘버리고 나니 수중에 남는 게 없더군요. '사라'가 출판사를 닫게 한 것은 아니었지만, 계기는 됐죠. 지금 똑같은 책이 나왔다면 아마 돈 좀 벌지 않았을까요.

막상 내려오니 먹고살 길이 막막했어요. 신춘문예로 정식 등단한 시인이었고 산문집도 몇 권 냈지만, 여기 내려와서 뭘 할 수 있겠어요. 그런데 '시 쓰는 장 아무개가 시골로 내려갔다더라' 소문이 퍼지면서 사람들이 찾아오기 시작하더군요. 전원생활 얘기를 좀 써달라, 아예 신문에 연재를 하자, 제의가 이어졌어요. 먹고사는 게 문제가 없게 됐고요. 첫 책을 냈는데 많이 팔렸어요. 《추억의 속도》라는 산문집이었는데, 제가 이런 말을 썼죠. '나는 내 삶의 유일무이한 저자다. 사람이란 누구나 열심히 자기 생의 백지 위에 삶이라는 책을 쓰고 있는 중이다.' 이후 책을 읽고 쓰는 것, 그것이 제 삶의 전부가 됐습니다.

처음 만든 서가 겸 집필실이 '수졸재(守拙齋)'였어요. 갖고 있던 책 2만 권을 거기 뒀다가, 올해 새로 지은 '호접몽(胡蝶夢)'으로 일부 옮겼지요. 안성 금광호수가 뿜어내는 신성한 기운이 건물을 둘러싸고 있어요.

나는 내 삶의 유일무이한 저자다. 사람이란 누구나 열심히 자기 생의 백지 위에 삶이라는 책을 쓰고 있는 중이다. 이후 책을 읽고 쓰는 것, 그것이 제 삶의 전부가 됐습니다.

물안개가 수시로 진군하듯 밀려옵니다. 바로 옆 논은 융단 깔아놓은 것처럼 펼쳐져 있죠. 이 기운과 풍경에 휩싸여서 제 병을 치료하고 있어요. 이게 약도 없는 병이라 의사도 못 고쳐요. 병명? 활자중독증이죠. 하루만 책을 안 사도 손이 덜덜 떨리고 갈증이 나요. 저도 모르게 인터넷 서점에 들어가 허겁지겁 장바구니에 책을 쓸어 담고 있어요. 한 달에 40권쯤 사서 읽어요. 책 없는 세상에서 살아봤으면 좋겠다는 생각도 해요. 하지만 없으면 금방 또 찾아요. 얼마나 좋아요. 읽는 것에 그치지 않고 그걸로 책 써서 제 삶을 감당하고 있으니까요. 선순환이죠. 책 살 때 죄책감이나 두려움을 안 갖는 건 책값의 열 배를 번다고 생각하기 때문이에요. 그러니까 많이 살수록 좋은 거죠.

책에 미쳐 살면서 시도 쓰고 평론도 하다 보니 대학 강단에까지 서게 되더라고요. 사실 전 고등학교 졸업장을 몇 달 전에 받았습니다. 경기상고를 다니다가 문학을 하겠다고 2학년 때 그만뒀는데, 동문회에서 학교에 건의해 교장께서 직접 주셨어요. 우리나라에서 학력 없으면 완전히 불구죠. 그때도 그걸 몰랐던 건 아녜요. 하지만 문학은 졸업장 없이

도 할 수 있다고 믿었어요. 한 번도 후회해본 적 없어요. 물론 한국 사회의 완고한 틀에서 크게 벗어나 있기 때문에 예전에는 약간의 모멸감 같은 건 있었죠. 이제는 내가 희망이 되어야 한다, 더 열심히 읽고 써야 한다는 생각을 하죠. 대학졸업장 가진 사람보다 더 잘 살 수 있다는 걸 이 사회에 보여줘야 하니까요. 그래야 자라나는 청년 세대가 학력에 매달리기보다 실력에 신경 쓰지 않겠어요.

제가 평생직장 갖고 있다고 다들 부러워해요. 앞으로 수입이 더 늘어날 것 같아요. 화가 김병기 선생님은 제게 '놀랍다, 어떻게 그렇게 많이 읽고 많이 쓰느냐'고 하세요. 그렇게 인정해주시니까 제가 하는 일이 중요한 시금석이 된다고 믿고 매진하게 되죠. 그래요, 저는 참 행복한 병자입니다.

저희 집 들어오는 입구에 있는 집이 태정이네예요. 내려오고 5년쯤 지난 가을이었던가, 저녁 무렵에 태정이 어머니께서 애호박 두 덩이를 주고 가시더라고요. 집 마당에 달렸는데 제법 맛이 실하니 먹어보라고요. 문득 어렸을 때 어머니께서 해주신 호박젓국이 떠올랐어요. 오늘 저녁은 이거다 싶어서 제가 직접 만들었죠. 호박을 숭숭 썬 다음에 참기름을 두르고 냄비에 살짝 볶아요. 마늘과 고춧가루도 넣어주고, 호박이 숨 좀 죽었다 싶으면 물을 적당히 넣고 끓이죠. 불은 중간 불. 국물이 자작하게 졸아들 때까지 끓여야 해요. 간을 새우젓으로 맞추는 게 중요해요. 그래야 뒷맛이 깔끔하면서도 고소하거든요.

호박을 숭숭 썬 다음에 참기름을 두르고 냄비에 살짝 볶아요.
마늘과 고춧가루도 넣어주고, 호박이 숨 좀 죽었다 싶으면
물을 적당히 넣고 끓이죠. 불은 중간 불. 국물이 자작하게
졸아들 때까지 끓여야 해요. 간을 새우젓으로 맞추는 게 중요해요.

어머니가 해주신 비법 그대로 만들어서 그날 저녁을 차렸어요. 다른
반찬 아무것도 없이 밥 한 그릇이 그대로 넘어가더군요. 오랫동안 잊고
있던 맛이 태정이 어머니 덕분에 살아난 거였죠. 그 맛이 추억에 불을
댕기면서 시 한 편이 저절로 써졌어요.

윗집 태정이네 어머니가 애호박 두 덩이를 안고
어둑어둑한 길 밟으며 내려와 놓고 간다.
싸락눈이 창호지 문을 싸락싸락 때리는 초겨울 저녁나절,
어머니는 쌀뜨물 받아 호박젓국을 끓이셨다.
그 호박젓국이 어느덧 내 피와 뼈가 되었을 터다.
썬 호박과 다진 마늘과 새우젓과 고춧가루들이 뒤엉켜
냄비 속에서 호박젓국이 끓는다.
애호박이 제 속에 품은 향긋한 흙냄새와
진국을 기어코 토해낸다.
이 슴슴하고 간맞은 것들을 앞에 놓고
뜨거운 밥 한 공기를 거뜬하게 비우고 나니 속이 든든하다.

- '호박젓국'중에서

제 손으로 끓여 한 그릇 먹고 나니, 슬프면서도 충만한 느낌이 차올

랐어요. 텅 빈 충만이라고나 할까요. 어머니 모습이 아련하게 떠올랐죠. 애호박 향이 입 안을 감돌면서 깨달음이 왔어요. 삶은 단속적인 게 아니라 마디마다 연결된 거란 사실이요.

음식은 색과 향에서 개성을 발산하는 법이잖아요. 애호박은 연두색, 즉 생명의 색이죠. 호박 혼자서는 향을 못 내요. 땅에서 끌어 모은 진기가 흙냄새를 뿜어내는 거예요. 연두와 흙냄새가 몸을 섞었던 태정이네 호박은 제 기억을 흔들어 깨우고 한 편의 시로 영원히 남게 된 거죠.

육신을 주신 어머니를 통해서 원천적 에너지를 얻듯이 음식은 우리에게 일상의 에너지를 주죠. 무엇보다 위로를 줄 때가 있어요. 쓸쓸하고 외로울 때 음식이 귀와 코와 혀를 위무하면서 사람이 못 준 위로를 남기지요. 그날 호박젓국은 제게 위로의 음식이었던 것 같아요. 혼자 떠먹다가 뭉클해지던 그 순간을 안겨줬으니까요.

시를 쓰는 것과 음식을 만드는 건 동일한 일이라고 생각해요. 재료의 조합이 좋아야 하고, 재료에 대한 통찰력이 있어야 되는 거죠. 통찰력이 고갈되면 시는 생기를 잃어가고 음식은 지루해지게 되는 거죠. 만드는 이의 권태와 반복으로 찌든 음식은 아무리 먹어도 생동감을 못 얻어요. 음식이 기쁨이 되지 못하고 의무가 되면 죽지 않기 위해서 먹는 불행한 일상을 낳게 되고요. 많은 주부들이 '오늘 저녁은 뭘 하지?' 고민합니다만, 조금만 생각을 바꿔도 같은 재료로 다른 음식을 만들 수 있어요. 시와 마찬가지로 상상력을 조금만 양념으로 써보세요. 상상력이 마모되면서 바보가 되면, 만든 사람이 바보가 되고 만든 음식도 바보가 됩니다.

음식에 정말로 중요한 건 맛이 아니고 정서라고 봐요.《달콤 쌉싸름한 초콜릿》이라는 소설 들어보셨죠? 라우라 에스키벨이라는 남미 작가가 썼죠. 어떤 멋진 청년이 소설 속에서 막내딸을 너무나 사랑해요. 하지만 막내는 어머니 수발 때문에 결혼을 못해요. 그래서 청년은 언니와 결혼해요. 그렇게 해서라도 막내와 가까이 있으려고요. 막내는 부엌에서 계속 요리를 하는데, 그 요리를 먹은 사람들이 어떤 날은 그리움에 사무치고 어떤 날은 슬퍼져요. 막내가 누군가를 보고 싶어하면서 만들고, 울면서 만들어서 그런 정서가 음식에 들어간 거죠. 어느 날은 막내의 요리를 먹고 사람들이 쌍쌍이 다 없어져버려요. 사랑을 하러 간 거예요. 음식이 사람의 마음을 어떻게 움직이는지 잘 드러낸 작품이죠.

맛있는 음식을 먹을 때 그런 생각이 들지 않나요. '아, 이 우주가 나라는 존재를 환대하고 있구나' 하는. 맛이 주는 순간의 쾌락으로 온몸에 전율이 오기도 하죠. 같이 밥 먹는 사람끼리는 싱거운 농담 한마디에도 웃음이 왁자하게 번지죠. 즐거운 에너지가 소통의 문을 열어주니까요. 음식이 우주입니다.

조태권,
실패는 가르침이고
배움의 과정일 뿐

그를 만났을 때 · · ·

그의 체온은 46.5도. 대화가 이어질수록 열정의 자장
(磁場)이 넓어지고 뜨거워졌다. 무엇이든 활활 태우
고, 무엇에서라도 혁명을 일으킬 듯 보였다. 그는 세월
이 갈수록 뜨거워지는 사람이다. 지금은 문 닫은 한정
식 레스토랑 '가온'에서 처음 만난 2007년, 성북동 자
택에서 매주 열리던 화요 만찬에 초대받은 2010년,
그리고 2011년 여름에 이르기까지, 만날 때마다 "이
래야 한식 세계화"를 외치는 목소리가 더욱 더 커지고
거침없었다. 음식 혁명가, 한식 전도사로 불리는 그는
한식을 세계에 알리겠다고 갖고 있던 강남 빌딩까지
팔아 돈을 댔다. '미쳤다'는 말도 들었다. 그래도 계속
한다. "왜냐고? 누군가는 해야 되는 것이지 않나! 이건
꼭 해야 될 가치가 있는 것이지 않나!"

조태권

'한식 전도사'로 유명하다. 1948
년 경남 남해에서 태어났다.
1974년 ㈜대우에 입사해 아
프리카 섬유시장을 뚫었다.
1982년 무기중개상으로 뛰어
들어 세계적인 부호들과 어울
리며 각국의 고급 문화를 경
험했다. 2007년 한식의 우수
성을 알리려고 캘리포니아 나
파밸리에서 현지인 60명을 초
청해 1인당 270만 원짜리 한
식 만찬을 열기도 했다.

○

나, 예전에 날라리였어. 돈을 아주 많이 벌어서
왕처럼 살아야겠다고 생각했어. 마흔까지도 그랬던
것 같아. 도자기를 하게 되면서 인생이 바뀌었어.
얼마나 감사한지 몰라. 불같은 내 성격이 도자기라
는 인내의 결정체와 만나면서 완전히 달라진 거니

까. 끈기와 기다림을 가르쳐준 채찍이었다고나 할까.

내가 지금 하는 광주요(廣州窯)는 고급 생활도자기로 유명하지. 1963년 아버지께서 창업하셨는데, 내가 물려받은 건 1988년이야. 한식 전문점 '가온'을 야심차게 신사동에 연 게 2003년, 증류식 소주 '화요(火堯)'를 내놓은 건 2005년이지. 내가 도자기에서 식문화로 시야를 넓히면서 어느샌가 한식 전도사로 알려져 있더라고. 원래 문화에는 전혀 관심이 없었어. 말했잖아, 관심은 돈이었다고. 게다가 나는 장남이 아니고 막내거든. 가업을 물려받을 줄은 몰랐지.

어머님한테 내가 제일 골칫덩어리였어. 사고도 많이 치고. 나쁜 길로 빠질라치면 어머님께서 구원의 밧줄을 던져주셔서 그걸 잡고 나온 게 한두 번이 아냐. 중학교 2학년 때 5·16이 났는데, 아버님께서 부정 축재자로 몰려서 재산을 몰수당했어. 잘살던 집안이 하루아침에 빈털터리가 됐지. 빚쟁이들이 몰려오고 아버님은 일본으로 나가셨어. 그때부터 완전히 비뚤어지기 시작한 거지. 모든 일에 다 화가 나고 짜증이 붙더라고. 담배 피우고 노는 친구들 만나서 돌아다니고. 결국 어머님께서 날 여기 두면 큰일 나겠다 싶었는지 일본으로 가라고 하셨어.

도자기를 시작한 건 어머님을 기쁘게 해드리고 싶어서였어. 대우 다니다가 무기중개상으로 돈을 꽤 벌었는데, 내가 사업 수완이 있어 보이니까 나한테 해보라고 하시더라고. 무기중개상 하면서 벌어놓은 돈이 있어서 도자기 사업을 할 수 있었어. 중동 장사하면서 벌어들인 걸 여기에 쏟아부었어. 이걸 안 했으면 그 돈을 엉뚱한 곳에 썼을지도 모르겠다는 생각이 들어.

대강하면 되겠지 했는데, 엄청난 짐을 지게 됐다는 걸 나중에야 알았어. 이렇게 어려운 사업이 없더라고. 한 사람 한 사람, 생각을 바꿔나가야 하는 거잖아.

그릇이라는 걸 단순히 용기로만 본다면야 값싼 플라스틱 일회용을 쓰지, 왜 고급 도자기를 쓰겠어. 아름다움과 품위, 미감과 미각을 다 포함하는 문화로 여기니까 돈을 더 주고라도 고급스러운 걸 사는 거지. 문화를 팔아야 하는 사업이다 보니 나를 놓아야 되는 거라는 걸 깨달았어. 내가 희생을 하지 않으면 안 되는 것이구나, 하는 걸. 내가 마음대로 써봤기 때문에 알 수 있었던 건지도 모르겠어. 신나게 써봐도 다 허(虛)하더라고.

완전히 연소되지 않고 다시 시작할 수 있는 내가 있었다는 것만으로도 매우 감사해. 반쯤 소진됐을 때 깨달음이 왔고, 그 반을 도자기와 식문화에 쏟아붓기 시작한 거니까.

그릇하다 보니 먹는 거에는 자연스럽게 관심을 갖게 됐지. 신사동 가온을 열고 나서 내놓은 자식 같은 음식이 홍계탕이야. 어디에 내놓아도 자랑할 만한 세계 최고의 탕을 만들겠다고 결심하고 연구한 거야. 한마디로 한식의 스타를 키워보자는 거였지. 우리가 자주 먹는 삼계탕은 그만큼 대중성을 인정받은 거잖아. 그걸 비싼 요리로 탈바꿈시켜보자는

우리나라 최고의 식재료를 넣은 거지. 인삼 대신에
홍삼을 넣고, 오골계로 만들면 되겠다 싶었어. 전복이
찬 성질을 가지고 있으니, 더운 성질과 찬 성질을 적절히
중화시킬 수 있겠다 싶어서 집어넣었어. 이 재료 넣어봤다
저 재료 빼봤다, 완성할 때까지 실패도 많이 했지.

생각이 들었어.

우리나라 최고의 식재료를 넣어봤어. 인삼 대신에 홍삼을 넣고, 오골계로 만들면 되겠다 싶었어. 전복이 찬 성질을 가지고 있으니, 더운 성질과 찬 성질을 적절히 중화시킬 수 있겠다 싶었거든. 이 재료 넣어봤다 저 재료 빼봤다, 완성할 때까지 실패도 많이 했지. 비싼 재료 많이 버렸지만, 최고의 탕을 위해서야 어쩔 수 없었어. 홍삼 600그램에 420만 원 정도 하니, 비쌀 수밖에 없지. 가온에서 팔 때 한 그릇에 30만원까지도 받았어.

몇 년 전에 두바이 부호 열세 명이 이 맛에 반해 현지로 공수해달라고 자가용 비행기를 보냈더라고. 탕의 온도를 지켜줄 수 있는 그릇까지 같이 부쳐줬어. 다 합해 540만원 받았어. 이게 문화의 힘이라는 거야. 한국의 문화를 생각하면 홍계탕을 떠올리며 최고의 수준으로 각인이 돼야 하는 거야. 내가 초지일관 주장하는 게, 세계 1등 탕이 돼야 세계가 기억하는 탕이 된다는 거야. 우리 문화의 우월성을 보여줘야 우리를 인정하게 된다는 거지.

무슨 탕이 30만원이나 하느냐고 비판할 수 있겠지. 하지만 나는 스타가 있어야 한다고 생각해. 비빔밥이나 김치, 불고기는 화려하거나 비싼 음식이 아냐. 한식에 대한 동경이나 이미지를 고양하는 데에는 도움이 안 돼요. 중국 요리 중에 불도장(佛跳牆) 있잖아. 하도 맛있어서 스님이 먹어보고 싶어서 담을 넘는다는 음식 말이야. 재료부터 조리법까지 마치 무언가 신비한 게 담긴 것처럼 여겨져서 가격이 비싸고 중국 음식의 격을 높여줘서 쉽게 세계화할 수 있었어. 홍계탕처럼 최고급의 가치와 이미지를 보여줄 수 있는 음식이 한식 세계화를 위해서는 꼭 필요해.

맞아, 내 기준으로 운영했던 가온은 문을 닫아야 했지. 그래, 나의 만 용이었을지 몰라. 너무 내 기준만 고집했어. 눈높이를 맞추지 못한 거야. 대중의 보편적인 공감대를 얻어야 성공할 수 있다는 사실을 간과했어. 내가 느낀 게 있다고 해서 그 범위 안에서만 생각한다는 건 절대 금물이지. 나를 기준으로 삼으면 안 된다는 걸 값비싸게 배웠어.

더 힘들었던 건 가온을 문 닫았다는 사실보다 내가 내놓는 게 한식이 아니라고 할 때였어. 2005년에 화요를 내놨는데 다들 "뭐가 이렇게 비싸냐? 소주는 싸야 제맛 아니냐"고 비판했어. 화요가 보편화되는 데 5년 넘게 걸린 것 같아. 그런데 기다림은 돈이거든. 기다리려면 돈이 있어야 해. 사람들이 알아줄 때까지는 돈을 그저 들이붓는 수밖에 없으니까. 그러니까 내 걸 내려놓아야 하는 거고. 강남에 갖고 있던 빌딩도 팔았어. 가진 걸 내려놓는다는 게 제일 어려운 거더라고. 자기 돈을 제대로 써본 사람이 내려놓을 수 있는 것 같아.

사람들이 몰라줄 때, 상처 받았다기보다는 오기가 났어. 유명한 요리 선생이 가온에 와서 그랬어. "여기서 먹는 김치찌개나 기사식당에서 먹는 김치찌개나 맛은 똑같은데 여기는 왜 이렇게 비싸요?" 그건 음식을 그릇에 담긴 물체로만 보는 시각이야. 프랑스 포시즌호텔에서 커피 마

셔봐. 거기서 마시는 커피와 스타벅스 커피가 맛이 그렇게 다른가? 비슷해. 그런데 값은 천양지차지. 김치찌개 하나 먹는 게 김치찌개만을 얘기하는 게 아니야. 김치찌개 담는 그릇을 즐길 수 있는 거고, 불빛을 즐길 수도 있고. 함께 간 여성의 아름다운 옷을 즐길 수도 있지. 고급 식당에 가려면 평소에 안 입던 우아한 정장을 할 수밖에 없을 테니까. 음식 하나가 아니라 총체적인 문화 요소를 즐기는 게 진정한 식문화라는 거

내 계획은 아직 진행 중이야. 지금은 실패나 성공을
논할 단계가 아니야. 이제까지 과정은 나한테
가르침이고 배움의 단계일 뿐이지. 난 이 길밖에 없어.
그리고 언젠가는 성공할 거고.

고, 거기에 대한 비용이 음식 값으로 표현되는 것일 뿐이지.

가온 문 닫고 나서 다들 나보고 실패했다고 하더군. 하지만 실패라는
건 내가 거꾸러져서 모든 걸 소진해서 일어나지 못할 때 하는 말이 아
닐까. 내 계획은 아직 진행 중이야. 지금은 실패나 성공을 논할 단계가
아니야. 이제까지 과정은 나한테 가르침이고 배움의 단계일 뿐이지. 난
이 길밖에 없어. 그리고 언젠가는 성공할 거고. 물론 내 걸 내놔야지. 안
그러면 불가능해. 그래도 할 거야.

지난해 중국 베이징에 삼계탕 집을 열었어. 이름? 가온홍삼계탕! 나
의 식당 가온과 나의 스타 홍계탕이 다 들어간 이름이지. 삼계탕과 홍계
탕을 같이 팔아. 중국에 있던 가온 지점이 문 닫을 때 직원들이 철수하
지 않고 계속 시장 상황 보면서 연구한 거야. 절치부심한 게 전화위복이
됐는지 중국인들이 몰려와서 난리야. 약이 된다고 생각해서 더 잘 먹어.
오골계는 여성들이 특히 좋아하고. 중국 돈으로 350위안이니 원화로
7만 원 정도네. 매우 비싼 거지.

어떤 손님이 오나 싶어서 거기 지배인이 일요일에 봤더니 벤츠와 아우디 자동차들이 식당 앞에 주차하더래. 그날 판 음식 20퍼센트가 홍계탕이었다더군. 앞으로 중국 전체로 나아갈 거야. 중국 인구가 14억인데, 인구 100만 명 도시가 160개가 된다고 하더라고. 프랜차이즈로 확장한다고 보면, 10만 명당 식당 1개 정도야. 그러면 1,600개가 생길 수 있다는 거 아니겠어? 많게는 2,000개까지도 갈 수 있을 거야.

문 닫았으니 끝났다고 주저앉았다면 정말 아무것도 안 남았겠지. 하지만 '이제 시작이다' 하는 거야. 나의 스타, 홍계탕의 꿈을 14억 중국인에게 이식할 때가 곧 올 거야.

이희,
누군가에게
스승이 되어야 한다

그를 만났을 때 · · ·

"이게 좋을까? 아니면 이거?" 양쪽 손에 목걸이를 하나씩 들고서 어느 게 어울리느냐고 묻는다. 부엉이인지 올빼미인지 커다란 새가 달린 목걸이를 골랐다. 이럴 때는 꼭 '청담동 원장님'이 아니라 동네 언니 같다. 언제 만나도 밝고, 언제 전화해도 환하다. 세상을 떠난 은사 그레이스리(1932~2011)에 대해 말할 때만 빼고. "우리 선생님은요……" 하며 흉보는 것처럼 얘기를 시작하지만, 한참 듣다 보면 다 칭송이다. 목소리 흉내를 내는데 주변에서 "똑같다"고 난리다. 대들고 미워한 적도 있었지만, 그래서 더 못 잊는다. 크리스마스 전날 일식당에서 저녁 먹고 나오다 스승과 손을 잡고 계단을 내려올 때 "전율이 날 정도로 좋았다"고 했다. 그 말끝에 오래 울었다.

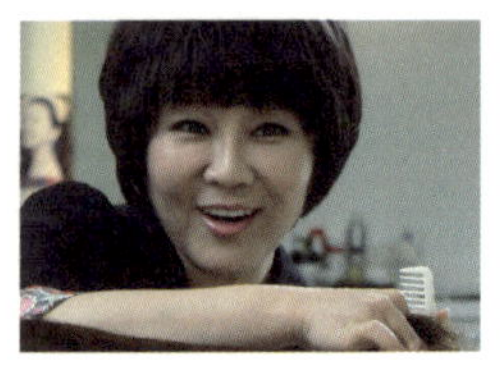

이희

1966년 충남 당진군 송악면 전대리에서 태어났다. 따뜻하고 평화롭던 작은 마을의 기억을 품고 초등학교 4학년 때 서울로 올라왔다. 칸 영화제 레드카펫의 전도연, 영화 '봄날은 간다', '친절한 금자 씨'의 이영애 스타일, '해변의 연인'에서 고현정의 웨이브 헤어를 만들었다. 2~3년 후에는 영국으로 다시 공부하러 나갈 계획이다.

○

　　MBC 드라마 '최고의 사랑'에 나온 공효진의 상큼한 단발머리, 맘에 드셨나요? 저와 효진이가 한 달 넘게 수다 떨듯 대화하다 나온 작품이랍니다. 섭외 들어왔을 때부터 같이 의논했거든요. 이러저러한 역할이라고 하기에 제가 물었어요. 넌 어떻게 연기할 거니, 시청자한테 어떤 반응을 얻고 싶니, 어떻게 비쳤으면 좋겠니, 어떤 느낌이었으면 좋겠니, 어떻게 풀어가고 싶니……. 효진이 생각을 충분히 흡수하고 난 뒤에야 제 느낌을 가위에 실었죠. 그냥 '예쁘게 잘라보자'는 생각으로 나온 커트가 아니에요.

엄정화의 '배반의 장미'나 박지윤의 '성인식' 머리도 마찬가지예요. 정화나 지윤이를 아니까, 같이 웃으면서 물어보고 얘기하다 가위에 그 느낌을 실었던 거죠.

머리를 맡긴 사람과 만지는 사람 간에 그런 교감 없이는 스타일이 안 나와요. 그건 그리운 제 스승, 그레이스리 선생님의 철학이기도 했고요. 선생님은 그러셨어요. 사실 기본은 몇 가지 안 된다고요. 다섯 가지쯤 되는 기술만 있으면 누구나 할 수 있는데, 대가인가 아닌가는 내 안에 끌어낼 느낌이 몇 가지가 들어 있는지가 가르는 거라고요. 커트는 느끼는 대로 선을 만들어야 세련된 느낌이 나는 거지, 억지로 애써서 나올 수 있는 게 아니라고 하셨죠. 느낌을 가지려면 손님을 알아야 하거든요. 선생님은 처음 만나는 손님하고 적어도 10분은 대화를 나누고 커트를 시작하셨어요. 일단 시작하면 커트는 5분이면 끝나요. 더는 자를 게 없을 정도죠. 기가 막히게 착착착!

미용계의 대모(代母)라고 불리셨던 우리 선생님이 암으로 돌아가신 게 지난봄이네요. 꺼진 듯하던 암이 네 번이나 재발했어요. 늘 그러셨어요. 나 죽거든 빈소에 흰꽃 말고 화려한 장미꽃을 꽂아라, 죽은 날은 좋은

사람끼리 모여서 와인 파티를 하면서 옛 추억과 새 유행을 얘기해라, 절대로 울지 마라. 정말로 빈소에 빨간꽃, 분홍꽃이 가득했어요. 어색해하던 문상객도 나중에는 아예 빨간꽃을 사 들고 왔지요. 모르는 사람들도 "멋있는 장례다"라고 했어요.

우리 선생님이 원래 멋있는 분이셨죠.

쉽게 말 붙이기 어려울 정도로 차갑고 강한 카리스마가 있으셨어요. 차가움, 그 안에 깊고도 부드러운 또 다른 분이 계시다는 건 나중에야 알았지요. 20년쯤 전이네요, 선생님을 처음 뵌 게. 헤어 쇼 하실 때 추천받고 도와드리게 됐어요. 그때는 풍채가 좋으셨어요. 찌르는 듯한 당당한 눈빛이 지금도 생생해요. "니가 이희냐?" 하시더니 "그래, 아무개가 얘기해서 오라고 했다"고만 하셨어요.

그땐 제가 좀 건방진 게 있었거든요. 막 물이 오르기 시작하면서 사람들이 잘한다고 하니까 공주병이 들었던 거죠. 선생님이 작업하신 머리를 보여주시면서 물으셨죠. "이거하고 저거 어떠냐?" 그때 제 대답이 "그냥 그래요"였어요. 지금 생각하면 어떻게 그런 말을 했는지 모르겠어요. 선생님이 "네가 그러면 한번 해볼래" 하셔서 공주병 걸린 가위로 신나게 이리저리 잘라놨지요. 선생님이 만족하셨는지 제게 화장도 맡기셨어요. 선생님이 색을 제시하고 제가 거기에 다른 색으로 배합하면 얼마나 잘 맞았는지 몰라요. 영국 헤어 디자이너 비달 사순이 쇼를 보러 왔더라고요. 선생님이 저를 소개해주시면서 "나랑 같이 작업한 제자"라고 하시더라고요. 우리 선생님과 20년 무지개 같은 만남의 시작이었죠.

인정받고 싶으니까 열심히 했어요. 작업 하나 주어지면 스튜디오에 돗자리 깔아놓고 밤낮으로 매달렸어요. 한번은 선생님이 도시락을 하나 들고 오셨어요. 은근한 기 싸움도 있었어요. "먹든지 말든지 해. 나는 여기다 놓고 간다." 그러면 저는 선생님 보는 앞에서는 별로 관심 없는 척해요. 가신 다음에야 열어보면 손으로 직접 싼 정성스러운 샌드위치가 가지런히 들어 있었죠. 선생님이 요리 솜씨가 끝내주셨거든요. 워낙 먹는 걸 좋아하시기도 했고요. 먹는 데는 돈 안 아낀다는 주의라 "내 배에 타워펠리스가 들었다"고 하실 정도였죠.

낚시를 얼마나 즐기셨는지 몰라요. 특히 바다낚시에 푹 빠져 사셨어요. 정신없이 CF 촬영 끝낸 다음 날 선생님이 안 계셔서 다들 찾다 보면 좀 있다가 전화가 와요. "여기 지중해다. 낚시하고 있지. 너는 일하냐? 그렇게 달달 볶으면서 일만 하면 여기 물고기도 너보고 웃는다."

처음 암 선고를 받으시고 의욕과 식욕을 내려놓으셨죠. 서울을 떠나 찾아가신 곳이 통영이었어요. 구경 좀 하겠다고 재래시장에 가셨는데, 좌판마다 펄펄 뛰는 생선이 그날따라 눈에 박히셨대요. "바다를 떠난 저것들도 아직 저렇게 뛰고 있지 않은가. 나도 살아야지. 그래, 살아야지!" 갑자기 그 생각이 들면서 주체할 수 없이 먹고 싶고, 만들고 싶어지셨대요. 그 좋은 재료를 당신 손으로 요리해보고 싶어지신 거죠. 사람들한테 "통영에 없는 음식점, 아니면 있는데 잘 못하는 음식점이 뭐냐"고 물어

선생님은 몇 바퀴 도시더니 "진짜 막횟감"이라고 하면서 사셨죠. 댁에 가서 몇 마리를 척척 회를 직접 뜨시더니 된장에다 찍어 먹으라고 하셨어요. 선생님이 만든 된장인데 무슨 마술을 부리셨는지 회가 입안에서 사르르 녹더라고요.

보니 중국집이 많지 않다고 했대요. 우리 선생님, 그래서 바로 중국 음식점을 차리셨어요. '중국 식당 이 선생'이라고 통영에서 소문 자자하게 유명해져서 서울에서 일부러 찾아간 사람도 많았지요.

통영으로 찾아갔더니 절 재래시장에 데려가셨어요. 고무장화를 신은 선생님 뒤를 따라 좌판 사이 좁은 골목을 따라다녔지요. 선생님은 "이건 놀래미, 이건 광어……" 하면서 하나하나 알려주셨어요. 모퉁이를 돌아 나오면서 시장 바닥의 물이 자박자박 소리를 내고, 붉은 다라이에 생선은 누워 있고, "소라 더 줄게 가져가라" 상인들은 소리치고. 선생님은 몇 바퀴 도시더니 "진짜 막횟감"이라고 하면서 점 찍어둔 생선을 사셨죠. 댁에 가서 몇 마리 척척 회를 직접 뜨시더니 된장에다 찍어 먹으라고 하셨어요. 선생님이 만든 된장인데 무슨 마술을 부리셨는지 회가 입안에서 사르르 녹더라고요. 통영 물고기가 우리 선생님의 된장을 만나더니 바다 품속에 안긴 듯 마음이 녹았나봐요.

선생님이 "진짜 회는 막회다" 하셨어요. 선생님의 막회를 먹어보니 알겠더라고요. 비싸고 귀하다는 생선의 도도한 맛은 절대로 따라올 수 없는 휴머니즘이 있다는 걸요. 가깝게 소통하는 맛이고, 같이 먹는 사람과 교감을 즐길 수 있는 맛이라고 저는 생각해요. 다가갈 수 있어서 그런가 봐요. 머리부터 발끝까지 잔뜩 멋낸 사람보다는 있는 듯 없는 듯 분위기가 우러나는 사람이 더 끌리는 것처럼요. 맛에도 온도가 있다면 가장 따뜻한 맛이 아닐까요.

선생님 계실 때 저희 미용실 후배들하고도 막회를 먹으러 곧잘 갔어요. 자주 간 곳이 '강구항'이라는 횟집이었는데, 허름하고 편안한 곳이에요. 우르르 몰려가서 막걸리 한잔 쫙 비우고 된장에 회 한 점 폭 찍어 먹으면 평소에 못하는 얘기도 나오더라고요. 선생님 말씀이 "내 나이 일흔아홉에 이십대 애들하고 가까워질 수 있는 게 여기 막회집이다" 하셨어요. "안에 들어 있는 게 있어야 보는 눈이 생긴다." 선생님이 늘 강조하신 말씀이세요. 자기 안에 든 것이 세련돼야 머리에서도 세련된 선이 나오는 것이지, 든 게 없으면 아무리 기술을 익혀도 둔하고 무뚝뚝한 선이 나온다는 말씀이셨죠. "머리는 손으로 하는 게 아니다. 네 안에 많은 게 쌓일수록 세련된 디자인을 할 수 있다." 그래서 신문을 꼭 보고, 한 달에 책을 최소한 서너 권은 읽으라고 늘 강조하셨죠.

선생님하고 같이 책을 내려고 준비하고 있었는데, 결국 못하게 됐네요. 돌아가시기 직전에 병상에서 저보고 그러시는 거예요. "책 표지에

저도 누군가에게 우리 선생님 같은 존재가 되어주고 싶어요.
후배들이 무언가 이룰 수만 있다면 저를 밟고 가도 좋아요.
나보다 낫다고 생각하면 저는 기꺼이 뒤로 물러서서
등대가 되고 울타리가 돼줄 거예요.

너는 왼손, 나는 오른손, 둘이 꼭 잡은 손을 확대해서 넣자"면서 "자, 지금 이리 와서 휴대폰으로라도 찍어" 하고 보채셨어요. 제가 다음에 정식으로 찍자고 하니 "너, 내가 못 일어날 수도 있어. 후회하지 말고 빨리 내 손 잡아" 하시는 거예요. 어쩐지 눈물이 나려고 해서 머뭇거리고 있는데, 먼저 제 손을 끌어당겨서 덥석 잡으셨어요. 그게 돌아가시기 일주일 전이었던 것 같아요.

저는 천재형이 아니고 노력형이에요. 이제까지 죽도록 노력해서 이만큼 왔어요. 그리고 죽을 때까지 죽도록 노력할 거예요. 저도 누군가에게 우리 선생님 같은 존재가 되어주고 싶어요. 후배들이 무언가 이룰 수만 있다면 저를 밟고 가도 좋아요. 나보다 낫다고 생각하면 저는 기꺼이 뒤로 물러서서 등대가 되고 울타리가 돼줄 거예요. 제가 후배들을 받쳐주려면 지금보다 더 노력해야죠. 시시하면 애들이 안 따라와요.

선생님 생각나면 애들하고 같이 막회 먹으러 가야죠. 선생님 유언처럼, 울지 말고 웃으면서 환하고 밝은 기억만 된장에 푹 찍어 즐기고 싶어요.

승효상,
내가 삶을 바꾸고
삶을 개혁한다

장중한 문어체인 그의 말투는 전화기 너머에서도 울림이 묵직하다. 첫 만남에서부터 철두철미한 직선으로 다가왔다. 새벽 세 시까지 술자리에 있었다는데 오전 열한 시 반에 어김없이 약속 장소에 나왔다. 그는 꿈을 꾸며 건축하고, 건축하며 혁명한다. 건축가라는 '위대한 직능' 앞에서 그의 자부심은 우뚝하다. 듣는 이의 고개를 절로 끄덕이게 할 만큼 호소력이 단단하다. 세상을 상대로 펼쳐 보이는 설계도는 지적인 사유로 굳건하다. 영혼이 깃든 건축을 위해 깊이 고뇌한 사고는 정연하다. 건축에 대해 말할 때마다 '근사하다'는 단어를 자주 썼다. 그 근사한 일을 아들과 며느리도 한다. "애초에는 하지 말라고 말렸다"면서도 런던에서 건축하는 아들 부부에 대해 말할 때, 기쁨으로 빛나는 그의 얼굴이 온 방을 환하게 밝혔다.

승효상

1952년 부산에서 태어났다. 서울대학교 건축학과와 동 대학원을 졸업했다. 한국 현대 건축의 아버지인 김수근의 공간연구소에서 15년을 보냈다. '빈자(貧者)의 미학'으로 널리 알려졌다. 2002년 건축가 중 최초로 국립현대미술관에서 주관하는 '올해의 작가'로 선정돼 전시를 열었다. 2011년 광주디자인비엔날레 총감독을 역임했다.

○

　건축은 삶을 짓는 것이지요. 하이데거가 그랬던가요. 우리는 거주함으로써 존재하는 것이고, 거주는 건축을 통해서 이뤄진다고요. 건축이라는 건 삶의 존재 자체라고 할 수 있는 거죠. 삶이 스며든 건축에는 기억도 깃들겠고요.

제 기억이 깃든 집, 기억의 자궁에 웅크리고 있는 집은 부산에 있습니다. 아니, 정확하게 말하면 부산에 있었고, 지금은 제 가슴에 있죠. 부모님이 원래 평안북도 분이세요. 같은 마을에 살다 6·25가 터지면서 월남해 부산에 정착하셨죠. 제가 태어난 곳이 피난민 여덟 가구가 모여 사는 집이었어요. 지금 식으로 얘기하면 연립주택 비슷한데, 판잣집이었죠. 가운데에 아주 길고 깊은 마당이 하나 있었습니다. 그 집은 50여 년이 지난 지금도 그릴 수 있을 정도로 생생하게 기억해요.

세 살 때 제 동생이 태어났는데, 어머니를 동생한테 뺏기고는 내내 칭얼댔나봐요. 결국 저는 누님 등에 업혀 마당으로 쫓겨났죠. 누님이 저를 업고 왔다 갔다 하는 동안, 어린 제 눈에 사진처럼, 그림처럼 새겨진 게 그 마당입니다.

여덟 가구가 마당은 물론이고 화장실과 우물을 같이 썼어요. 아침마다 화장실 앞에 긴 줄이 생겨서 북새통이었죠. 밖에서는 빨리 나오라고 두드리고 안에서는 볼일 좀 보자고 항의하고요. 혹시나 잔치라도 있으면 평상을 깔고 다 같이 모여 앉아서 시끌벅적하던 장면이 머리에, 가슴에 박혀 있어요. 바로 그 집, 그 장소가 저의 건축이 돌아가야 할 귀소본능이 숨 쉬는 곳입니다.

그 집을 한동안 완전히 잊어버리고 있었어요. 스승이신 김수근 선생님께서 돌아가신 후, 전 독립해서 스터디 그룹을 하나 만들었어요. 15년 넘도록 선생님 밑에서 '김수근 건축'만 하다가 '승효상 건축'을 해야 했는데, 참 막막했지요. 학연 지연 다 떠나서 비슷한 연배끼리 매월 한 번씩 모여서 치열하게 논쟁을 벌였어요. 토론하고 고민하는 와중에 '나'를 차츰 깨닫기 시작했어요. 유독 선명하게 떠오르는 것이 어릴 때 자란 피란집이었어요. 어느 달동네를 지나가는데 공간 구조가 기억 속 피란집과 너무나 흡사했어요. 공동체를 이룬 지혜가 촘촘하게 공간적으로 완성돼 있었어요. 이게 내가 해야 될 건축이다, 결심하고 제가 선보인 게 '빈자(貧者)의 미학'입니다. 그게 지금까지 제 건축의 바탕이지요.

마치 소명처럼, 사명처럼, 건축으로 기억을 살린 적도 있습니다. 부모님이 북한을 나오신 게 신앙의 자유를 찾아서였어요. 독실한 신자이셨기 때문에 저도 어릴 때부터 기독교 교육을 받고 자랐죠. 엄청난 절제와 검박한 생활을 강조하신 말씀을 귀에 못이 박이도록 들었어요. 그래서 목사가 되려고 했는데 반대하셨어요. 장남이니까 가문을 일으켜 세워야 한다는 뜻이셨죠. 그러면 화가가 될까 했는데, 그것도 막으셨어요. 옆집에 화가가 하나 살았는데 이혼하고 매일 술 먹고 주정하니 좋은 예가 못 됐죠. 제가 붓 들고 종이 찾으면 말리셨어요. 그거 하면 안 된다고요. 결국 어찌어찌해서 건축과에 가게 됐고, 고향집은 마음에만 묻었죠.

저희 집이 부산 서대신동 산비탈에 있었는데, 제가 일곱 살 그러니까 1959년에 아버지께서 집을 지으셨어요. 담벼락을 공유하던 교회가 구덕교회였습니다. 교회 설립에 아버지께서 참여하셨고, 교회 마당은 제

놀이터였죠. 6년 전에 가족이 함께 부산에 갔어요. 혹시나 해서 찾아가 봤는데 놀랍게도 그 집이 고스란히 있는 거예요. 뒷골목이라서 개발이 안 된 거죠. 제가 골목대장 한다고 지나가는 사람 괴롭히고 뛰어놀던 나날이 고스란히 살아나더군요. 실로 감개무량했습니다.

그런데 구덕교회가 마침 설계자를 찾고 있었어요. '아, 이거는 내가 하지 않으면 안 되는 일이다' 해서 열 일을 제쳐놓고 달려들었지요. 건축사 시험에 합격하고 드렸던 기도에서도 구덕교회를 짓게 해달라고 했거든요. 소년의 기억과 청년의 기도가 힘을 합해서 완공한 것이 지금의 교회입니다. 2008년에 완공했어요. 예전 저희 집까지 포함해서 넓혀

기억을 허물지 말고 다음 세대에 이어주는 게 지속가능한
건축의 핵심입니다. 과거의 기억이 없으면 미래에 대한
희망이 있을 수가 없죠. 음식도 마찬가지라고 봅니다.

서 지었는데, 우리 집 기억을 남겨야 할 것 같더라고요. 평면도에 우리
집이 있는 영역을 그대로 살렸어요. 영구적으로 남는 것이지요, 그 기억
과 그 기도가요.

우리가 흔히 지속가능한 건축을 얘기하는데, 건축은 본연적으로 반
(反)환경적일 수밖에 없습니다. 중요한 것은 우리가 살았던 역사를 보존
하는 것이죠. 기억을 허물지 말고 다음 세대에 이어주는 게 지속가능한
건축의 핵심입니다. 과거의 기억이 없으면 미래에 대한 희망이 있을 수
가 없죠. 음식도 마찬가지라고 봅니다. 우리를 근본적으로 존재하게 하
는 게 섭생에 관한 문제인데, 기억이 없는 사람이 어떻게 음식을 섭취할
수 있겠습니까. 삶의 이야기를 일궈가는 게 음식이니 기억을 빼놓고는
음식을 이야기할 수 없죠. 새로운 음식이라는 것도 자기 기억과 더불어
서 비교되는 것이니까, 결국 기억의 산물이 음식이라고도 할 수 있겠죠.

제 기억의 음식 역시 기억의 공간에서 먹었던 김치죽입니다. 정말 자
주 먹었죠. 가장 손쉽게 만들 수 있는 음식이었으니까요. 김치래야 요즘
처럼 화려한 모양이 아니었죠. 시래기에 고춧가루가 전부인 적도 있었

멸치 우린 물에 신김치를
쓸 때가 제일 좋아요. 김치는
송송송 썰지 말고 있는 그대로
투하하고, 가래떡이 있으면
살짝 넣기도 하고요.

어요. 그래도 참 맛있었어요. 재료는 김치하고 밥만 있으면 됐고, 물 끓여서 밥 넣고 김치 넣고 휘휘 저으면 바로 김치죽이었죠. 시험 공부한다고 밤늦게까지 책상 앞에 앉아 있으면 어머니께서 만들어주신 것도 김치죽이었고요. 빈에 유학 가서 혼자 살 때 만들어 먹던 것도 김치죽, 런던에서 유학할 때 끓여 먹던 것도 김치죽이었습니다. 제 아내가 지금은 음식을 곧잘 하지만 막 결혼한 무렵에는 밥도 할 줄 몰랐어요. 제가 다 만들어줬죠. 아내에게 한껏 뽐내며 가르쳐준 음식도 역시 김치죽입니다. 나눠 먹고, 자주 먹고, 편하게 먹던 모든 기억이 응집된 음식, 그것이 저의 김치죽인 거죠.

요즘에도 직접 김치죽을 만들어 먹곤 합니다. 멸치 우린 물에 신김치를 쓸 때가 제일 좋아요. 김치는 송송송 썰지 말고 있는 그대로 투하하고, 가래떡이 있으면 살짝 넣기도 하고요. 제가 하면 다들 맛있다고 해요. 음식을 따로 배운 적은 없어요. 하지만 맛을 딱 보면 어떻게 간을 했고 소스가 뭔지 맞힐 수 있어요. 배후의 구조를 짐작할 수 있기 때문이죠. 이 역시 건축과 마찬가지라고 보시면 됩니다. 보통 사람은 건축을 보면 건물로서만 인식하지만, 건축가의 머리에서는 평면도가 펼쳐지는 것이죠. 반대로 평면도를 보면 실제 건물을 상상할 수가 있어야 하고요. 아마 요리사의 머리에서도 맛의 평면도가 수시로 그려졌다 지워지겠지요.

건축하는 후배들은 물론이고 요리사, 화가 등 창조하는 고통을 선택한 젊은이들에게 조각가 콘스탄틴 브랑쿠시 얘기를 해주고 싶네요. 브랑쿠시는 무척이나 가난한 집에서 태어났어요. 어릴 때 고향을 떠나서 천신만고 끝에 파리에 갔지요. 간신히 친구의 도움으로 작은 아틀리에를 얻었는데, 거기 들어간 첫날, 벽에 선언하듯 써 붙인 글귀가 압권입니다.

"너는 신처럼 창조하고, 왕처럼 명령하고, 노예처럼 일하라."

아, 이 말 너무너무 근사하지 않습니까. 제 가슴에 선연한 빛줄기처럼 와서 꽂힌 말입니다. 자신의 창조적 재능에 관해서 믿고, 하는 일에 대해서는 자존감을 잃지 말고 왕처럼 절대 굴하지 말라는 것이며, 작업을 할 때는 노예처럼 성실하게 하라는 것이죠.

일단 자기 재능을 믿어야 합니다. 재능이 있다는 걸 믿어야 신처럼 창조도 하게 되는 것이죠. 가장 중요한 건 자존심에 관한 이야기일 겁니다. 저는 건축이 우리 삶을 바꾼다고 믿는 사람이거든요. 건축을 통해서 삶을 바꿀 수 있고, 나아가 삶을 개혁할 수 있다고 생각하는 거죠. 이처럼 위대한 직능이 이 세상에 있을 수 있을까요. 그렇게 믿으니 이 일 자체가 저의 의지를 북돋워주고, 어떤 어려움 앞에서도 단단히 서게 하는 거죠.

저는 집을 일부러 불편하게 만들기도 합니다. 불편하니까 궁리하겠죠. 불편함을 타개할 방법이 무엇일까 생각하게 되고, 사유하게 되는 겁니다. 불편함으로써 오히려 삶의 여유를 줄 수 있어요. 방과 방 사이를 떨어뜨리면 걸어가야 하는 불편함이 생기지만, 걸어 다니면서 안 보였던 바깥 경치도 보고 그러면서 사유의 여지가 들어서게 되는 것이죠.

여행을 좋아하는데, 요새는 건축 보러 안 다닙니다. 건축보다는 대개 풍경을 보러 다니죠. 설계하는 것도 건축물 설계한다고 하지 않고 풍경 설계한다고 하고요. 건축도 풍경의 일부가 되는 설계를 하는 것이죠. 기억이 깃들고 사유가 살아 있는 삶을 위해, 건축을 통한 저의 혁명은 계속될 겁니다.

전무송,
누구처럼이 아닌 바로 나,
전무송처럼

그의 이야기를 듣고 있자면 한 편의 연극을 보는 듯하
다. 어떤 상황을 설명할 때에도 다종다양한 의태어와
의성어가 고스란히 살아난다. 배역이 밀렸다고 '깽판'
을 놓고 선생님께 혼났을 때를 회상하는데, 호기롭던
이십대 전무송과 인자한 선생님의 1인 2역이 눈앞에
서 그대로 전개된다. 지금 바로, 그가 담배를 후, 불고
고개를 푹, 숙이면 선생님이 손을 턱, 잡고 어깨를 툭,
두드릴 듯하다. 내년 봄에 1인극을 올린다는데, 어떤
내용이건 아무런 특수 장치 없이도 다 보여줄 수 있을
것 같다. 살아온 날들이 배경이 되고 지나온 시간이
무대가 될 테니. 여전히 블라디미르의 마음으로 언젠
가 올지 모를 고도를 기다리듯, 필생의 무대에서 훌훌
라면 한 그릇 나눠 먹을 관객을 그는 언제까지나 기다
리는지도 모른다.

전무송

1941년 인천에서 태어났다.
1962년 드라마센터 연극 아
카데미 1기생으로 연기 인생
을 시작했다. 부드럽고 감성적
이며 우수에 어린 배역을 자
주 맡았다. 마흔 살이던 1981
년 '만다라'(감독 임권택)로 대종
상 남우조연상과 신인상을 거
머쥐며, 영화 · 방송으로도 연기
영역을 넓혔다. 2005년 제15회
이해랑연극상을 수상했다.

◯

　연극은 배고픈 예술이라고 다들 알고 있어. 정말
배고프긴 했어. 예전엔 그림 그린다고 하면 환쟁이,
글 쓴다고 하면 폐병쟁이라고 불렀지. 예술가가 전
부 배를 곯았던 시대였으니까. 그래서 내가 하려는

라면을 한 냄비 가득 끓여서 몇 가닥씩 각자 그릇에
덜어 먹을 때의 정감을 그 어떤 음식이 대신할 수 있겠어.
서로 집어먹으려다 면발이 얽히기도 하고 끊기기도 하면서
마음을 하나로 엮어주는 것은 라면만의 마력이 아닐까.

<hr>

얘기가 가난한 예술가에게 가장 은혜로운 음식인 라면이야. 하지만 라면이 싸고 만만한 음식이기 때문만은 아냐. 라면을 한 냄비 가득 끓여서 몇 가닥씩 각자 그릇에 덜어 먹을 때의 정감을 그 어떤 음식이 대신할 수 있겠어. 서로 집어먹으려다 면발이 얽히기도 하고 끊기기도 하면서 마음을 하나로 엮어주는 것은 라면만의 마력이 아닐까.

그 배고픈 걸 시작하게 된 건 볼트와 너트 때문이었지. 인천공고 기계과를 졸업하고, 인천기계공작창이라는 곳에 인턴사원으로 갔어. 삼교대로 볼트와 너트 깎는 일을 했는데, 난 저녁에 출근해 다음 날 오전 다섯 시에 퇴근하는 팀이었어. 기계 소리만 들리는 선반에서 정신없이 작업을 하다가 어느 순간 바닥을 보니 쇠가 깎여서 떨어져 있더라고. 무심히 봤는데 녹이 슬고 있었어.

'내가 저것처럼 서서히 깎여가며 녹이 스는 거 아닌가?' 순간 스치는 생각에 사로잡혔지. 볼트와 너트가 깎이면서 물품으로 만들어지는 걸 보고 좋아해야 하는데, 녹이 스는 것이 먼저 보였으니 내 길이 아니었던

거지. 일주일 만에 나왔어. 방황하면서 영화 구경을 많이 했지. 나도 하고 싶더라고. 그때 〈아리랑〉이라는 영화잡지가 있었는데 거기 보면 아무개가 어디서 픽업됐다는 기사가 나왔어. 제일 유력한 데가 충무로 태양다방이더라고. 매일 거기로 출근했지. 입구에 앉아서 커피 하나 시켜놓고, 딴에는 멋 좀 내고. 종일 있어봐야 누가 봐주나. 헛꿈이었지.

결국 들어간 게 드라마센터 부설 연극아카데미였어. 내가 1기로 공부했는데 신구, 반효정 씨 등이 동기야. 지금의 서울예술대학 전신이지. 1962년에 입학했는데 2년 동안 춘향전, 마의태자 등을 하다가 군대에 갔어. 다녀와서 동랑 유치진 선생님이 만드신 극단 '드라마센터'에서 올린 '생일파티'에 출연하게 됐지. 해롤드 핀터가 쓴 부조리 연극이야. 사극이나 리얼리즘 연극을 주로 했던 내게 부조리극은 생소하기만 했어. 왜 저러고 있는지 모르겠고, 대사도 무슨 말인지 통 알 수가 없었고. 이해가 안 되니까 엄청나게 헤맸지. 그러니 연출자가 배역을 바꾼 거야.

나는 대역으로 주저앉았고. 내가 가만 안 있었지. 술을 잔뜩 마시고 지하 연습실에 들어가 발로 밟고 잡아 뜯고 난리도 아니었어.

다음날 유치진 선생님이 학생들 시켜서 날 부르셨어. ‘이제 죽었구나. 나가라고 해도 할 수 없지 뭐.’ 속으로 그러면서 찾아갔어. 선생님이 “어저께 어떤 미친놈이 술 먹고 땡강 났다며?” 하시더라고. “제가 그랬습니다” 하면서 고개를 폭 수그렸더니 “훌륭한 배우가 되려면 먼저 인간이 돼야 한다” 하시는 거야. 그때 엄청난 깨달음이 왔느냐고? 천만에. 속으로 “인간 아닌 놈이 어디 있어” 했지. 그 정도로 철이 없었던 거야. 나중에야 그날 하신 말씀이 새록새록 새겨졌어. 인간이 된다는 건 제대로 살아내는 거라는 거. 세상을 제대로 보고, 제대로 듣고, 제대로 생각하고, 제대로 표현하는 게 배우의 기본이란 것도.

드라마센터에서는 매일 아침 여덟 시에 모였어. 도봉구 창동에서 살 때였는데, 아침마다 작은 비닐봉지를 들고 나왔어. 거기에 추리닝 한 벌, 신발 한 켤레, 그리고 라면 한 봉지가 들어 있었지. 그게 일용할 하루 식량이었어. 드라마센터 건물 지하에 보일러실이 있었거든. 할아버지 한 분이 근무했는데, 점심때 그 양반이 라면을 끓여 먹었어. 우리는 아침에 도착하자마자 각자 준비한 라면을 맡겼지. 점심때가 되면 우르르 보일러실로 가는 거야. 그 라면 냄비가 지금도 눈에 선해. 매일 거기다 끓여먹으니 하도 닦아서 속은 반질반질한데 겉에는 아무리 닦아도 지워지지 않는 검댕이 눌어붙어 있었어.

우리가 내려가면 할아버지가 보일러실에 있던 큰 연탄을 꺼내놔. 예술가의 주린 배를 잠시나마 부풀려줄 대작업이 시작되는 거지. 찌그러진 냄비에 라면 4개쯤 넣었어. 네댓 명이 모여서 먹으니 순식간에 동났지. 계란님이라도 하나 들어가 주시는 날은 그야말로 최고의 특식이었어. 라면이 채 끓기도 전에 없어졌으니까. 그거 먹고 연습하다 저녁 아홉 시 반쯤 끝났어. 저녁식사는 기약이 없었지. 드라마센터 앞에 구멍가게가 있었어. 여염집 처마 밑에 임시변통으로 꾸며놓은 듯한 가게였어. 주로 사탕이며 빵을 갖다놨는데 라면도 끓여 팔았어. 정 배고프면 거기서 외상 긋고 라면을 또 먹었지. 가끔 소주도 곁들여서 먹으면 천상의 조화였지. 라면 한 젓가락에 소주 한 잔. 그걸로 충분했던 시절이었어.

라면 덕분에 힘든 시절을 이겼어. 그래도 정말 그만두려고 한 적도 있긴 있었어. 나 혼자 살 때는 그나마 버텼는데 결혼을 하면서 많이 힘들어졌어. 수입이 어디 있어야지. 집사람이 옷 장사를 나섰지. 꿈이 있던 사람이었는데. 결혼하면서 피아노를 하나 사왔거든. 적금 든 걸 깨서 산 거였어. 사실 집에 피아노 놓을 자리는 없었지만 그래도 집사람은 언젠가는 피아노를 치거나 가르치는 날이 올 거라고 생각했는지 몰라.

첫딸 현아를 낳고 얼마 안 됐을 때야. 어느 날 아침에 트럭이 와서 그 피아노를 싣고 가는 거야. 어떻게 된 거냐고 했더니 집사람이 그래. "그동안 뭐 먹고살았는데?" 빚내서 먹다가 피아노를 팔아서 갚아야 했던 거지. 내가 갖고 있던 대본을 막 집어던지면서 연극 그만둔다고 소리를

질렀지. "야, 내가 장사라도 나서면 세 식구 못 먹고살겠어?" 그런데 집 사람이 엉엉 우는 거야. "배우 전무송하고 결혼했지, 장사꾼 전무송하고 결혼한 거 아니다." 그래서 계속했어. 나 혼자의 꿈이 아니고 아내의 꿈, 그 꿈이 담긴 아내의 피아노까지 걸려 있게 돼버렸으니까.

　연극하면서 어떨 때는 '아, 되는가 보다' 싶더라고. 박수도 받고 주연도 맡고 하니까. 그런데 자꾸 하면서 뭔가 알게 되니까 더 두려워졌어. 욕심이라는 놈이 속에 똬리를 틀기 시작했어. 더 유명한 배우, 더 잘나가는 스타가 되어야 한다는 생각이 들고, '누구처럼'이라는 게 자꾸 떠오르면서 압박하더라고. 지금 서울예술대학의 유덕형 총장이 연출하던 작품에 나가게 됐어. 욕심이 나를 짓누르니까 헤매게 되더라고. 유 총장이 날 부르더니 하는 말이 "왜 자꾸 리처드 버튼을 따라가려고 하느냐"였어. "네가 맨발 벗고 로켓 달아도 리처드 버튼을 못 따라간다. 하지만 리처드 버튼도 전무송을 못 따라온다. 너는 너다." 그 말에 헛된 욕심을 벗고 나를 찾게 됐지.

이 세상에 단 한 사람인 너, 얼마나 신비해. 타고난
능력 이상의 사람이 될 수 없을지도 몰라. 그러나 그 능력을
최대한 끌어내려는 노력에서조차 뒤처져서는 자신이
어느 정도를 가졌는지도 모르게 되잖아.

요즘 안양대학에서 아이들을 가르치는데 라면집에 자주 가. 처음 아이들을 만날 때 마음의 문을 열려면 라면이 제일이더라고. 일단 허물이 없어야 하잖아. 틀림없이 걔네들은 나를 어렵게 생각할 거라고. 그래서 내가 처음 하는 말이 "야, 라면 먹자!"였어. 대화할 때도 무대에 설 때도 일단 대상을 가깝게 생각해야 하거든. 연극 훈련은, 어렵고 희한하다고 생각하는 것을 버리는 것에서 시작해. 그래야 마음이 열리고 자기가 생각한 것을 무대에서 꺼내놓을 수 있는 거지. 연극판에서 50년 가까이 고민해온 나하고, 이제 막 첫걸음 떼는 아이들하고 마주하고 먹을 수 있는 인간적인 음식이 라면 아니겠어. "라면 먹으러 가자"는 내 말은 "난 너희하고 놀면서 공부하고 싶어"라는 의미지.

라면 먹으면서 분위기가 열리면 꼭 한 사람, 한 사람의 신비로움에 대해 얘기해줘. '누구처럼'을 버리라는 거지. "이 세상에 단 한 사람인 너, 얼마나 신비해. 타고난 능력 이상의 사람이 될 수 없을지도 몰라. 그러나 그 능력을 최대한 끌어내려는 노력에서조차 뒤처져서는 자신이 어

느 정도를 가졌는지도 모르게 되잖아."

처음 시작하는 아이들에게 각자의 신비로움이 과제라면, 내게는 인간이 되어야 한다는 게 여전히 숙제야. 유치진 선생님이 난동 피우던 내게 해주신 말씀이 평생의 과제가 된 거지. 죽어 관 속에 누워 있을 때 누군가 "그 자식 훌륭한 배우였어" 해주면 그제야 한이 풀리겠지. 하지만 연극 인생 50년을 앞둔 지금도 그런 소리를 못 들을 수 있겠다는 두려움이 들어. 아직 훌륭한 인간이 못 됐으니 훌륭한 배우도 못 된 것이 아닌가 해서.

난 내가 공연했던 '고도를 기다리며'의 블라디미르의 마음으로 살아. 고도를 기다리듯, 훌륭한 배우가 되길 기다리는 거지. 고도는 안 올지 모르지만, 그날은 올지도 모른다는 희망을 갖고 있어. 내가 훌륭한 인간이 되려는 노력을 포기하지 않는 이상, 훌륭한 배우가 되는 그날이 가까워지지 않을까.

정끌별,
우리에게 끝은 없다

우리는 팥칼국수를 나눠 먹으며 팥빵과 팥죽과 팥떡과 팥고물을 이야기했다. 군침이 오가는 대화 사이로 뭉근하게 끓여낸 단내가 진동했다. 사르르 반짝반짝 빛나는 별 가루도 소르르 양념처럼 뿌려질 것 같았다. 같이 음식을 만들면 언제든 푸근하고 푸짐한 밥상이 펼쳐질 것 같은 다정한 시인과 함께였기에. 부재(不在)를 노래하는 것이 시의 운명이라면 '끝별'이라는 이름을 가진 시인이 '첫별'이라는 시인보다 행복할 것이라고 믿게 됐다. 다음에 만나면 꼭 함께 '보르헤스의 딸기오믈렛'을 먹어보리라. 세상에서 가장 맛있지만 세상 어디에도 없는 맛, 부재하는 절대의 미각은 세상 저 끝 마지막 별을 바라보며 달큰한 시 한 편 암송할 때 비로소 맛볼 수 있을 것이므로.

정끝별

1964년 전남 나주 출생. 이화여대 국문학과와 동 대학원을 졸업했다. 1988년 〈문학사상〉 신인 발굴 시 부문에 '칼레의 바다' 외 6편의 시가 당선돼 등단했다. 현 명지대 국문과 교수. 시집 《삼천갑자 복사빛》 《와락》 등을 냈다. 2008년 소월시문학상 대상을 받았다. 일상의 언어를 탁월한 시적 언어로 탈바꿈시킨다는 평을 받는다.

○

　저희 집은 4남 2녀 대가족이었답니다. 제가 막내죠. 어머니는 명절은 물론 절기 때마다 특별한 먹을거리를 챙겨주셨어요. 여섯 남매나 되다 보니 일주일 전부터 음식을 준비하셨죠. 동지, 보름, 한식, 단오, 삼복 때는 집에서 항상 냄새가 났어요. 무언가가 익어가는 냄새들, 끓여지고 삶아지고 튀겨지는 냄새들. 그 냄새를 맡으면 너무나 행복했어요.

냄새를 집 안 가득 풍기면서 음식이 만들어지는 과정이 참 좋았어요. 서양으로 치면 파티, 우리 식으로 잔치가 주는 흥성스러움이 냄새로부터 스며났죠. 엄마가 일주일 전부터 큰 명절 음식을 준비하면 그때부터 잔치 분위기가 되는 거예요. 시인 백석이 시 '국수'에서 "마을을 구수한 즐거움에 사서 은근하게 흥성흥성 들뜨게 한다"고 말했던 그 흥성스러움이죠. 시에는 음식을 준비하기 위해 사냥을 시작하는 장면부터 나오잖아요. 아이에게는 뭔가를 먹을 수 있다는 분위기부터가 설렘의 시작이죠.

옛날에는 고깃국 냄새, 기름진 냄새가 얼마나 귀했는지 몰라요. 떡이 익어가는 구수한 냄새도 아이의 가슴을 꿈으로 부풀게 했지요. 거기에 팥이 들어가면 달콤한 냄새가 머릿속을 황홀하게 채웠어요. 지금이야 집집이 밀폐돼 있지만 옛날에는 대부분이 열려 있었죠. 그러니까 어느 집에서 고깃국을 끓이면 저만치에서부터 냄새가 밀려와요. 늦게까지 밖에서 놀다가 어렴풋이 고깃국 냄새를 맡으면 집으로 달려갔죠. 저 냄새가 나는 곳이 우리 집이었으면 좋겠다, 하면서요. 돼지고기가 들어간 김칫국과 오징어가 들어간 김칫국은 냄새가 달랐어요. 고깃국을 끓이는 집이 우리 집이라는 것을 확인했을 때의 그 행복감이란!

예전에 음식을 나눠 먹었던 건 냄새를 피운 일종의 세금이었던 것도 팥을 삶고 으깨고 걸러내 팥국물을 내고, 밀가루를 반죽해 밀고 잘라 칼국수를 빚고, 그것을 다시 합쳐 큰 솥에 끓여내는 일은 손이 많이 가죠. 축제나 놀이처럼 온 가족이 함께하지 않고서는 만들어 먹기 어려운 음식이었죠.

같아요. 옆집에서 냄새만 풍기고 말면 얼마나 야속하겠어요. 냄새와 함께 인정(人情)도 건너가는 거였죠.

저 어렸을 때는 설탕이나 초콜릿이 드물었어요. 그러니까 단맛을 즐기는 데에는 팥이 최고로 풍성한 근원이었던 거예요. 제 시 '단팥빵'에도 살아 있어요. "뭉클한 단내에 숨통을 풀어놓고 칠흑같은 저 단팥 속에 주저앉고 싶다"고 한 것도 오래전 달콤함의 기억이 살아나서였어요.

팥 음식 중에서도 팥칼국수는 축제의 음식이자 놀이의 음식이에요. 60년대나 70년대에 밀가루가 구호물자로 들어오면서 흔했잖아요. 밀가루 음식을 많이 먹게 되면서 팥칼국수를 많이 먹게 된 것 같아요. 팥을 삶고 으깨고 걸러내 팥국물을 내고, 밀가루를 반죽해 밀고 잘라 칼국수를 빚고, 그것을 다시 합쳐 큰 솥에 끓여내는 일은 손이 많이 가죠. 축제나 놀이처럼 온 가족이 함께하지 않고서는 만들어 먹기 어려운 음식이었죠. 팥이 귀해서 다른 음식에는 고물이나 시루 정도로만 들어가는데, 팥칼국수는 국물 형태로 팥을 풍성하게 즐기는 팥의 정수가 아닐까

싶어요. 팥을 국물 형태로 먹는 유일한 음식 아닌가요. 뜨거우면 뜨거운 대로, 차가우면 차가운 대로 맛있어요.

어머니는 팥을 소중히 여기셨어요. 붉은 팥은 피, 흰 쌀가루는 살이라고 하셨죠. 저희가 건강한 살과 피를 갖게 해달라고 비시면서 팥칼국수를 만들어주셨어요. 까마득한 어린 시절, 뽀얀 밀가루 냄새와 달콤한 팥 냄새는 어머니 땅의 물씬한 흙냄새이자 살냄새였지요.

저희 육 남매 중에서도 저를 포함한 아래 삼 남매가 특히 잘 어울렸어요. 저희 집에서 '리틀 정들'이라고 불렀죠. 셋이서 놀이 반, 노동 반으로 함께 만들어 먹던 게 팥칼국수예요. 어머니는 팥국물을 만들고, 칼국수는 저희 몫이었죠. 엄마가 밀가루에다 물을 부어서 주면, 셋이서 반죽하고 밀고 썰고 자르느라 시간 가는 줄 몰랐어요. 그 재미에 콩닥콩닥 설레던 순간이 있었지요.

손가락 열 개가 꼼지락꼼지락하다 보면 풀풀대던 밀가루가 한 덩이로 엉겨 붙곤 했어요. 셋이서 밀가루를 세 덩이로 나누어, 주무르고 때리고 다시 바꾸어서 주무르고 때리느라 용을 썼어요. 네 살 위 언니는 홍두깨로, 한 살 위 막내 오빠는 소주병으로, 저는 다듬잇방망이로 무릎을 꿇고 앉아 밀가루를 뿌려가며 밀었지요. 저희끼리도 역할 분담이 착착 이뤄졌어요. 언니는 채를 썰고, 썬 뭉치에 밀가루를 뿌려가며 탈탈 너는 건 제 몫이었어요. 그걸 채반에 예쁘게 담아 팥국물을 끓이고 계신 어머니에게 들고 가는 것은 막내 오빠 몫이었고요. 어린 삼 남매의 잔치이자 오감 놀이였던 거죠.

막내 오빠가 가져간 칼국수는 10분이면 팥국물에 담겨 저희 앞으로 돌아왔죠. 상 위에 떡하니 놓인 그릇을 받아들면 얼마나 행복했는지 몰라요. 딴에는 용을 쓴 노동 후에 먹는 거라서 더 맛있었던 것도 같아요. 밀가루를 조몰락거리다 보면 다양한 모양으로 반죽이 되기도 했어요. 토끼 모양도 나오고 이름을 알 수 없는 도형도 나오고. 엄마가 그걸 "네거다"라면서 국자로 건져주면 공작놀이 끝에 대단한 작품이라도 받아든 듯 기뻤지요.

금방 나온 팥칼국수는 뜨거우니 마당으로 들고 나가요. 마음은 급하지, 먹고는 싶지. 겨울이면 조금이라도 더 빨리 식히려고요. 눈이 와서 좋았죠. 화단에 쌓인 흰 눈에 팥죽 그릇을 묻어놓고 먹었어요. 하얀 눈 한가운데 놓인 사기 그릇, 그 안의 팥국물은 유난히도 붉게 보였어요. 화단가에 셋이서 쪼그리고 앉아 달디 달게 먹었지요. 두세 그릇은 뚝딱 비우곤 했어요. 한여름에는 땀을 뻘뻘 흘리며 끓이고 빚었어요. 여름에 모든 문학은 부재의 문학이라고 얘기한 게 모리스 블랑쇼던가요.
시도 그런 거거든요. 세상에 없는 것, 부재를 노래하는 게 시예요.
안 보이는 걸 노래하는 거죠. 아, 내 이름이 곧 시를
얘기하는구나, 하는 생각이 어느 때부턴가 들었어요.

빨리 먹으려면 커다란 양은그릇에 찬물을 받아와서 그 안에 두고 후루
룩후루룩 먹었죠.

　제 이름 '끝별'을 처음 들으시면 다들 특이하다고 하세요. 시인이 되
겠다고 지은 예명인 줄 아시는 분도 있죠. 아버지께서 지어주신 실명인
데, 어렸을 때는 굉장히 부담스럽고 싫었어요. 그런데 얼마 전부터 너무
나 사랑하게 됐어요. 끝에 있는 별. 가만히 생각해보면, 우리에게 끝이
라는 게 과연 있을까요. 시간이든 공간이든 시점에 따라서는 끝이 곧 시
작이기도 하죠. 별도 그렇고요. 지금 우리 눈에 반짝이는 별은 이미 죽
은 별이라잖아요. 아무리 빛나더라도 이제는 사라진 아련한 흔적에 불
과한 거죠. 그렇게 보면 제 이름 자체가 부재(不在)의 다른 말이기도 하
죠. 모든 문학은 부재의 문학이라고 얘기한 게 모리스 블랑쇼던가요. 시
도 그런 거거든요. 세상에 없는 것, 부재를 노래하는 게 시예요. 안 보이
는 걸 노래하는 거죠. 아, 내 이름이 곧 시를 얘기하는구나, 하는 생각이
어느 때부턴가 들었어요.

맛이란 것도 그렇지 않을까 싶어요. 사실은 없는 거예요. 제가 지금 팥칼국수를 얘기하고 있지만, 팥칼국수를 중심으로 해서, 지금은 사라져버린 부재의 기억과 냄새를 말하고 있는 거죠. 맛이든, 기억이든, 냄새든, 추억이든 절대적으로 존재하는 건 없어요. 우리가 어떤 음식의 맛을 얘기할 때는 언젠가 누군가와 먹었던 그때 그 맛을 찾는 것이지, 지금 실재(實在)하는 맛이 아닌 거죠. 다시 떠올리면서 되살릴 수는 있지만, 그 맛은 이제는 없는 거예요.

혹시 딸기오믈렛 얘기 들어보셨어요? 어떤 왕이 전쟁에서 대패하고 쫓기다가 산골에서 한 농부가 만들어준 딸기오믈렛을 먹었대요. 살려고 발버둥치는 순간에 먹어본, 세상 제일의 맛이었죠. 죽을 고비를 넘기고 나서 그 농부를 데려와 똑같은 재료로 다시 만들어보지만, 그 맛이 안 나는 거예요. 그게 부재하는 맛이라는 거죠. 내가 어떤 상황에서 어떻게 만들었고 누구와 먹었느냐는 감각이 기억 속에 살아 있을 뿐, 그 음식은 없는 거예요. 우리가 실제로 먹는 절대적인 미각으로서의 맛이 아니라 언젠가 먹었던 한때의 기억 속에서 살아 있는 거예요.

비록 추억뿐일지라도 팥칼국수의 맛은 얼마나 달콤하고 뭉클한가요. 어느 기억 속 눈 내리는 날, 언제나처럼 리틀 정 셋은 화단 앞에 쪼그리고 앉아 있죠. 흰 눈에 박아둔 사발을 바라보며, 두근두근 팥은 식어가고, 소복소복 눈은 쌓여가고 있을 테니까요.

안효주,
맛의 근간을 지키는
끝없는 노력

그는 이 책을 쓰게 된 조선일보 연재물 '내 인생의 맛' 첫 회의 주인공이었다. 원래 인터뷰 순서로는 두 번째 였는데, 그의 사연에 반해 시리즈 첫 자리에 모셨다. 특별한 재료를 쓴 것도 아니었는데, 예전 포장마차 핫도그처럼 맛있는 것이 없다며 그는 자신의 주방에서 직접 핫도그를 튀겨 내놓기까지 했다. 최고급 스시집인 청담동 스시효 주방에서 주먹만 한 밀가루 덩어리가 튀겨진 것은 아마도 그때가 처음이자 마지막일 것이다. 인터뷰를 끝내고 나니 몸에 안 좋다는 쇼트닝에 푸욱 담가 골고루 튀긴 울퉁불퉁 핫도그를 꼭 먹어보고 싶어졌다. 기억을 붙들게 하는 것은 쇼트닝이 튀겨낸 맛이 아니라 추억이 우려낸 맛이겠으나. 그 뒤로 전화할 때면 나는 말한다. "선생님, 저 핫도근데요."

안효주
1958년 전북 남원에서 태어났다. 일본에서 1,000만 권이 넘게 팔린 요리 만화《미스터 초밥왕》한국 편에 등장한 이후 '한국의 미스터 초밥왕'으로 널리 알려졌다. 방한한 작가 데라사와 다이스케가 '일본에 없는 초밥을 만들어달라'고 하자 그는 인삼 초밥을 내놨고, 작가는 이 에피소드를 변형해 만화에 그려 넣었다. 2003년 일하던 신라호텔을 나와 청담동에 초밥 전문 일식당 '스시효'를 열었다.

지금은 생선을 접시 무늬가 비칠 정도로 얇게 자르는 손이지만, 한때 이 손으로 싸움 좀 했지요. 권투선수였거든요. 고등학교 1학년 때 시작했어요. 제 위로 형 둘이 있는데, 작은 형이 먼저 권투를 했어요. 여름방학 때 글러브 갖고 둘이 장난치고 놀다가 재미를 붙여 뛰어들었던 거예요. 6년 넘게 했어요.

　면사무소 다니시던 아버지는 별 말씀이 없으셨는데, 어머니가 극구 반대하셨죠. 소질이 있어 전국학생선수권대회 플라이급에서 준우승도 하고, 전라도 대표로 시합에 나간 적도 있어요. 그러다 보니 TV 중계에 자주 나왔는데, 맞아서 피 흘리는 걸 보시고 어머니가 대경실색하며 말리셨지요. 그래도 한다면 하는 성격이다 보니 중간에 그만두기 싫었어요.

　그 당시 시골에는 먹을 게 별로 없었어요. 학교 마치면 곧바로 남원 시내 용남시장에 있던 체육관에 가서 권투 연습을 했어요. 점심도 거르고 뛰기가 일쑤였죠. 다섯 시에 하교해서 연습 마치면 아홉 시 반, 온몸에 힘이 쭉 빠져 체육관 계단을 터덜터덜 내려오는 저를 사로잡은 것이 핫도그였어요.

　체육관 건물 옆에 핫도그를 파는 포장마차가 있었어요. 그때 핫도그는 지금처럼 가늘고 긴 게 아니었어요. 주먹처럼 둥글게 뭉쳐서 나무젓가락에 꽂아 먹었지요 지금이야 핫도그 하면 큼직한 소시지가 떠오르지만, 그때야 그런 귀하고 비싼 것을 어디 구경이나 할 수 있었나요. 밀가루만 두 겹으로 두른 것도 있었지요. 저희 체육관 앞에서 팔던 핫도그는 고구마를 손가락 마디만 하게 잘라서 안에 넣은 것이었어요. 케첩도 귀해서 없으니 설탕을 묻혀 먹었지요.

　당시 권투를 같이하던 친구하고 둘이서 건물을 나서기가 무섭게 포장마차로 뛰어갔어요. 포장마차라 해도 정식으로 음식을 파는 곳이 아

저희 체육관 앞에서 팔던 핫도그는 고구마를
손가락 마디만 하게 잘라서 안에 넣은 것이었어요.
케첩도 귀해서 없으니 설탕을 묻혀 먹었지요. 뜨끈뜨끈한
밀가루 덩어리가 꿀꺽 넘어가는 그 느낌이란.
얼마나 고소하던지! 스무 개씩 눈 깜짝할 사이에 먹었어요.

니라, 임시변통으로 포장을 쳐놓고 핫도그만 팔던 이동 마차였죠. 한 개에 10원이었어요. 아주머니가 튀겨내는 둥근 밀가루를 잽싸게 받아서 설탕을 듬뿍 묻혀서 먹었어요. 뜨끈뜨끈한 밀가루 덩어리가 꿀꺽 넘어가는 그 느낌이란. 친구 녀석하고 걸신들린 듯, 아주머니가 튀겨내기가 무섭게 먹어치웠지요. 얼마나 고소하던지! 스무 개씩 눈 깜짝할 사이에 먹었어요. 한두 개씩 먹으면서 연방 든 생각은 "아, 삼키기 아깝다"는 거였어요. 날이 추울수록 더 맛있더라고요. 속이 따뜻해지니까요.

유달리 맛있던 게 아마 쇼트닝 때문이었던 것 같아요. 열을 가하면 향이 얼마나 유혹적이었는지 몰라요. 냄새만 맡아도 황홀했으니까요. 짜장면도 식용유로 조리했을 때하고 쇼트닝으로 했을 때하고 맛이 확실하게 차이가 나요. 지금은 건강에 안 좋다고 잘 안 쓰는 재료죠. 그때야 그런 걸 알았나요.

스무 개 먹는 데 30분밖에 안 걸렸어요. 집이 남원 시내에서 8킬로

미터쯤 떨어진 곳에 있었는데, 자전거를 타고 다녔어요. 전등이 없어 칠흑처럼 깜깜한 시골길을 무서운 줄도 모르고 달려갔지요. 쇼트닝 핫도그의 힘이었다고나 할까요. 중학교 고등학교 도합 6년을 그렇게 다녔어요.

10원짜리지만 매일 먹지는 못했어요. 돈이 없어서요. 스무 개 먹으려면 200원이 있어야 하는데, 학용품 산다고 받은 용돈에서 조금 떼서 열심히 모았어요.

고등학교 졸업하고 운동하겠다고 서울로 올라왔지요. 그 이후론 핫도

그를 먹어보지 못했어요. 서울에 있다가 곧바로 해병대에 자원입대했으니까요. 서울에서는 핫도그 먹고 싶다고 생각해본 적이 없었어요. 시골에서는 못 먹어보던 비싼 음식들이 워낙 많아서요. 저를 깜짝 놀라게 한건 서울의 계란이었어요. 시골에서 계란은 결혼식 축의금 대신 줄 정도로 귀한 음식이었거든요. 저희 형님 축의금 중에 두부 다섯 모, 계란 한줄이 있었죠. 저희 집에서는 1년에 몇 번 특별한 날에만 먹던 계란이 서울에는 많기도 하더라고요. 서울 계란에 넋을 빼앗겨 핫도그를 떠올릴틈이 없었어요.

체육관에 다니다가 먹고 잘 데가 없어서 일식당 주방에 설거지 담당으로 취직했어요. 하루에 냄비 400개씩 닦으면서 거기서 먹고 자는 걸해결했어요. 지독한 감기만 안 걸렸더라도 프로 데뷔전을 치렀을 텐데……. 결국 데뷔를 포기하고 군대에 갔지요. 해병대가 다들 힘들다고하기에 얼마나 힘든지 한번 보자 싶었어요. 다녀와서는 나이가 들어 권투를 접고, 정 붙였던 일식당으로 돌아갔어요. 권투가 저를 요리로 이끈셈이죠.

권투와 요리는 일맥상통하는 면이 있어요. 반사신경이 발달한 사람은날카로운 칼도 잘 다룰 수 있거든요. 칼을 쓸 때 강약 조절을 잘해야 하는 것처럼 권투도 치고 빠지기를 잘해야 해요. 계속 강펀치만 날리면 상대편이 수를 읽어버리거든요. 짧고 길게 강하고 약하게 적절하게 상황에 따라 조절해야 하는 거죠.

저희 집에서 처음 초밥을 드신 분이 그러셨어요. "밥 위에 생선 한 점 얹는 건데, 이 집은 뭐가 달라서 이 맛이 나는지 모르겠다"고요. 쌀부터 밥 짓는 물까지 모든 걸 최고로 준비해야 마흔 개를 먹어도 물리지 않는 초밥이 나오는 거죠.

초밥은 오케스트라와 같아요. 맛을 구성하는 요소 중 한 가지라도 틀어지면 최상의 맛이 안 나오죠. 신맛과 짠맛의 조화가 잘 이뤄져야 오묘한 화음이 탄생해요. 식초와 소금을 좋은 걸로 쓰면 단맛은 밥 자체에서 끌어낼 수 있어요. 소금은 10년간 간수를 뺀 것만 쓰고, 식초는 일본에서 정종 만들 때 나오는 술지게미를 6개월간 발효시켜서 만들어요. 우리나라 쌀을 일본에 갖고 가서 그 쌀로 밥을 지은 후에 그 밥에 맞는 식초를 개발한 거예요.

우리나라도 그렇고 일본도 초밥집 대부분이 설탕을 넣죠. 하지만 저는 설탕은 안 써요. 다른 곳에서 많이 쓰는 다시마도 안 넣고요. 제가 싫어하는 게 '갖은 양념'이거든요. 양념이 강할수록 재료의 맛이 숨어버려요. 질 나쁜 재료를 숨기기 위해 양념을 세게 하기도 하죠. 강한 양념에 길들여지면 혀는 비명을 지르게 돼요. "나도 새콤 달콤 매콤한 맛 말고 그윽하고 우아한 맛을 느껴보고 싶다!"고 외치는 거죠.

양념을 안 쓰면서 깊은 맛을 내는 게 정말 어렵죠. 하지만 그래야 진정한 재료의 맛을 접시에 올릴 수가 있어요. 양념을 넣은 초밥 한두 개는 맛있다고 느낄지 몰라요. 하지만 대여섯 개째가 되면 뒷맛이 딱딱 끊

첫입에 아무리 맛있었더라도 자꾸 먹으면
식상해지니까 새로운 맛을 조금씩 보여드려야 하죠.
그렇다고 맛의 근간을 흔들어버리면 격이 떨어지고요.
그 사이의 초점을 잘 맞추는 게 요리사로서의 끝없는
제 과제이고 도전인 거죠.

어지지가 않고 죽죽 늘어나거든요. 예민한 손님은 바로 알아채시죠.

제가 하는 초밥집이 유명해지긴 했지만 손님을 붙잡으려면 부단히 노력하지 않으면 안 돼요. 첫입에 아무리 맛있었더라도 자꾸 먹으면 식상해지니까 새로운 맛을 조금씩 보여드려야 하죠. 그렇다고 맛의 근간을 흔들어버리면 격이 떨어지고요. 그 사이의 초점을 잘 맞추는 게 요리사로서의 끝없는 제 과제이고 도전인 거죠.

서울에 올라온 후로 잊고 있던 핫도그가 다시 생각난 건 나이 쉰이 넘어서예요. 신라호텔 일식당 총책임자까지 마치고, 미식(美食)이란 미식은 거의 다 먹어본 후였지요. 그제야 예전 핫도그가 생각났어요. 나이가 들면 입맛이 오래전 기억으로 회귀하나봐요.

혹시나 해서 요즘 파는 핫도그를 사먹어봤는데, 역시나 그 맛이 아니더라고요. 반죽 자체가 달랐어요. 옛날에 먹은 것은 쫀득쫀득했는데, 요즘 핫도그는 스펀지처럼 푸석푸석해요. 많이 부풀려서 그런 듯도 하고요. 예전 것이 훨씬 맛있었어요. 안에 들어 있는 소시지도 제 입에는 낯설더라고요. 예전엔 소시지가 귀하다 보니 먹어본 적이 없어서요. 객관적으로 그게 아무리 맛있다고 해도, 제 입에는 세상에 없는 맛인 거죠. 맛의 회로에 불을 켜는 건 추억의 힘이고, 시간이라는 전지(電池)가 아닐까요.

핫도그 같이 먹던 친구는 광고업계로 갔지요. 얼마 전에 만나서 "그 핫도그 생각나느냐"고 했더니 "그래, 우리 권투 끝나고 스무 개씩 먹었지"라고 바로 답이 돌아왔어요. 미각이 예민한 친구라 웬만한 식당에 가서는 맛있다는 소리 안 하는데 "그 핫도그 정말 맛있었다"고 한참을 얘기했어요. 한창 혈기왕성하고 배고플 때 먹었던 핫도그가 우리 둘에게는 세상에서 가장 맛있는 음식이었기에 그리워요. 친구와 저의 기억에 입력된 최상의 맛인 거죠. 그때 그 맛을 이제 어디서 만날 수 있을까요.

김윤영,
나보다
남을 위해 사는 삶의 재미

애초에 인터뷰하기로 잡았던 날을 미루게 됐다. 전화기가 급하게 울려 받았더니 그가 다급한 목소리로 "아, 이러저러한 일이 생겨서요. 정말 미안해요"라며 굳이 말하지 않아도 괜찮을 부분까지 일일이 설명하고 양해를 구했다. 솔직하고 호탕한 그는 처음 본 자리에서도 마음을 활짝 열었다. "저는 원래 그래요. 창피해도 다 오픈해요. 그게 제가 스트레스 푸는 방법인걸요." 그에게 음식은 마음을 여는 인사다. 닫아둔 적도 없던 문을 더 활짝 열어주며 달려나오는 반가움이다. 한쪽 구석에서 부침개가 지글지글, 저쪽 자리에선 손님이 와글와글, 정신없이 바쁜 와중에도 둘러앉아 고운 만두를 빚는 가족. 가족의 냄새와 가족의 소리가 담긴 음식을 그는 꿈꾼다.

김윤영

한국전통음식점 '용수산'의 사장. 1947년 서울 종로구 계동에서 용수산 창업주 최상옥 회장의 1남 2녀 중 맏딸로 태어났다. 어렸을 때부터 발레를 하다 1964년 영국으로 유학을 떠났다. 덴마크에서 사범대학을 졸업하고 초등학교 교사로 근무했다. 한국외국어대학교에서 덴마크어 강의를 하기도 했다. 세계미식가협회 이사로, 각국 대사와 CEO에게 한식을 알리는 데 열정을 바치고 있다.

　　지금도 눈만 감으면 그 소리가 들리는 듯해요. 다그닥다그닥, 약속한 것처럼 박자를 맞춘 소리가 대문 밖으로까지 흘러나왔죠. 학교 마치고 돌아오던 저는 소리를 따라 달음질쳐 들어갔어요. "우리 오늘 만두 해?"

어렸을 때 저희 집에서는 만두를 자주 만들어 먹었거든요. 주로 저녁
으로요. 특별히 정해진 날이 있었던 건 아니에요. 마땅한 반찬은 없고
마침 비는 손이 있으면 그날이 만두 하는 날이었죠. 했다 하면 커다란
함지박에다 만두소를 가득 만들었어요. 할머니, 어머니, 여동생까지 온
식구는 물론이고, 옆집 아주머니들도 모여서 밀가루 반죽을 해서 주욱
주욱 길게 밀고 뚝뚝 자르고, 한쪽에서는 소를 만드는 거죠. 양배추를
삶아서 다지고 두부는 꼭 짜고 돼지고기 듬뿍 넣고 파도 다져 넣어요.
만두소 양이 많으니까 소를 맡은 사람은 양손에 칼을 하나씩 들고 도
마에 앉아요. 다그닥다그닥! 학교에서 돌아온 저는 가방을 휙 던져놓고
부리나케 교복을 벗고 그 옆에 자리 잡고 앉는 거죠. 만두소가 다져지면
서 다그닥 소리는 골목을 따라 길게 꼬리를 물고 마을을 타고 돌았어요.
만두가 빚어지기도 전에 소리부터 군침이 돌게 했죠.

만두 귀를 눌러서 동그랗게 소반에다가 쪼로록 올려놓아요. 한번 하
면 백 개도 넘게 했어요. 그래도 그날 다 없어져요. 옛날에는 외식이라
는 게 없었잖아요. 우리 어릴 때 식구들이 특별식으로 유일하게 즐겨 나
눠 먹던 게 만두였던 거죠. 만두 한다고 삼촌도 부르고 고모도 불렀어
요. 이웃집 사람들도 찾아오고요.

가마솥에다 물을 뜨겁게 펄펄 끓여요. 삶아서 나오기가 무섭게 한 사
람이 열 개는 거뜬히 먹었어요. 양념장은 초간장. 작은 접시에다가 하나
씩 올려놓고 먹는 거죠. 만두소에다가 밥을 한 숟갈 넣고 같이 비벼 먹

밀가루 반죽을 해서 주욱 주욱 길게 밀고 뚝뚝 자르고,
한쪽에서는 소를 만드는 거죠. 양배추를 삶아서 다지고
두부는 꼭 짜고 돼지고기 듬뿍 넣고 파도 다져 넣어요.
만두소 양이 많으니까 소를 맡은 사람은 양손에 칼을
하나씩 들고 도마에 앉아요. 다그닥다그닥!

는 맛도 기가 막혀요. 비빔밥이 따로 있나요. 저하고 여덟 살 차이 나던
막내 삼촌이 친구들을 우르르 데리고 와서 놀다가 만두 시식 부대에 합
류하는 날이면 순식간에 동이 났죠.

저희 집은 대문이 잠겨 있을 때가 별로 없었어요. 밤에 잘 때나 닫아
걸고 아침에 문 열면 온종일 열어놓았으니까요. 항상 누가 와서 밥을 먹
곤 했어요. 만두도 드나드는 사람들이 선물처럼 먹고 가고 들고 가는 음
식이었고요. 크고 동그란 만두를 하나씩 집어먹는 사람들의 환한 얼굴
을 보면 저절로 기분이 좋아졌어요. 제게는 햇살 같은 추억을 남겨준 축
제 같은 음식이랍니다.

사람들하고 어울려 먹는 기쁨을 알아서인지, 커서도 사람들만 보면
먹이고 싶어지고 즐겁게 해주고 싶어지더라고요. 용수산을 하게 된 것
도 제게는 사업이기 전에 삶의 낙이랍니다. 제가 어렸을 때는 꿈이 발레
리나였거든요. 발레를 배우러 영국에 유학도 갔죠. 열여섯 살이었어요.

하다 보니 이건 아닌데 하는 생각이 문득 드는 거예요. 서른 살 넘어서까지 과연 할 수 있을까 하는 고민을 하면서, 내가 평생 할 일은 아니구나 싶었어요. 다른 길을 찾자고 열아홉 살에 건너간 곳이 덴마크였어요. 한국 오면 시집이나 가라고 할 텐데 그러기는 싫었거든요. 북구의 나라가 주는 특별한 느낌 있잖아요. 게다가 마침 아는 집안 분이 코펜하겐 외곽에 사셨거든요.

먼 땅에서 혼자 학교 다니려니 먹는 게 참 힘들었죠. 그럴 때도 사람들 불러서 음식 만들어주는 걸로 스트레스를 풀었어요. 가구나 제대로 있었나요. 네모난 맥주 박스 구해다가 테이블 삼았죠. 시장에서 천 사다가 테이블보를 만들려는데 재봉틀이 있어야죠. 가장자리 찢어 올을 풀어서 수술처럼 늘어뜨려 장식하면 은근히 멋졌어요. 친구 네댓 명 불러서 밥하고 불고기를 구웠어요. 젓가락으로 밥을 먹으라고 하니까 애들이 신기해하더라고요. 먹을 때 의자 없이 바닥에 앉아서 먹는 것도 오히려 재미있어하고요. 답답할 때면 "우리 집에서 뭣 좀 만들어 먹을까" 하면서 사람들을 불러서 먹였죠. 아무리 어렵고 힘든 상황도 사람으로 해결하고 극복해왔어요. 사람을 모으고 잇는 데에는 음식이 가장 아름다운 끈이었고요.

덴마크에서 초등학교 교사로 잠시 일했어요. 그러다 항공기 컨설팅을 하는 남편을 만났죠. 남편이 이란으로 발령받아 가게 되면서 저는 한국으로 들어와서 어머니가 시작한 한정식집 일을 거들게 됐어요. 그게 지금의 '용수산'의 시작이었죠.

친할머니가 워낙에 식도락가셨어요. 식구들이 다들 맛있는 거 찾아 먹는 걸 좋아했고요. 어머니는 맛있는 음식을 해서 어른께 대접하는 데도가 트신 분이었죠. 할머니 혼자 심심하니까 친구 분을 불러서 마작을 하셨어요. 그럴 때 발휘된 게 어머니 음식 솜씨였고요. 다들 "아가야 이거 맛있다", "이 음식은 우리만 먹는 게 너무 아깝다"는 말을 수도 없이 하셨죠. 늘 그런 말을 들으셨던 어머니가 외로워지면서 생각한 게 음식점이었어요. 맏딸인 저는 외국에 나가 있고, 여동생은 시집가고 나니 집에 아무도 없게 된 거죠. 대식구가 함께 있다가 다 떠나자 말할 수 없이 적적하셨대요. 음식은 어머니의 의무이기도 했지만 일상을 채워주는 기쁨이기도 했는데, 해줄 사람이 없어진 거예요. 잘하는 거고 좋아하는 거니까 한번 해볼까, 하다가 정말로 시작하시게 됐죠.

그때 집이 계동이라 근처 삼청동을 물색했죠. 왔다 갔다 하기 편하고

청와대나 국무총리 관저도 가깝고 하니 거기다 해보자, 해서 큰돈 안 들이고 소박하게 문을 열었어요. 어머니도 집에서 하던 대로 요리하시고 저도 부엌 들어가서 고기 굽고 도우면서 시작했죠. 그게 1980년, 벌써 31년이 됐네요.

요즘도 하루에 한 번씩 제가 직접 주방에 꼭 들어가요. 어머니 손맛이 제 혀에 그대로 남아 있고, 저는 그 입맛대로 간을 보죠. 나물 무칠 때 마

음식과 인생은 사람으로 통한다는 점에서
비슷한 거 같아요. 나를 위해서 사는 것보다 남을 위해서
사는 게 더 재밌지 않나요. 사람이 혼자 못 살듯
음식도 음식 자체로만 존재할 수는 없죠.

늘 두 쪽 넣어야 할 접시에 세 쪽 넣으면 바로 알아요. 직원들은 "사장님
은 눈이 머리 뒤에도 달리셨나봐. 아니면 우리가 만들 때 본 거 아닌가"
라고 하지만, 맛을 보고 안 거죠. 눈으로 보는 것보다 맛을 봐서 아는 게
더 정확해요.

음식과 인생은 사람으로 통한다는 점에서 비슷한 거 같아요. 나를 위
해서 사는 것보다 남을 위해서 사는 게 더 재밌지 않나요. 사람이 혼자
못 살듯 음식도 그 자체로만 존재할 수는 없죠. 음식을 맛있게 만들어서
혼자 먹으면 그게 무슨 맛이 있겠어요. 다른 사람이 먹어주면서 맛있다
고 말해줄 때, 이거 어떻게 했느냐고 물어보면서 같이 나눠먹을 때 행복
한 거죠.

외로울 때는 사람이 답이죠. 유학 시절에도 그랬지만 힘든 일 있을 땐
음식 해놓고 친구들 불러요. 와서 즐겁게 먹어주면 고민이고 고통이고
다 잊어버려요. 주는 순간 제가 기쁘니까 괴로움이 날아가죠. 제 음식을
먹으며 행복해하는 사람들이 제게 행복을 줘요. 물론 만드는 기쁨도 있

고요. 집중해서 요리하는 순간, 맛있게 먹으라고 설명하는 순간, 자신감이 붙기도 해요. 그러면서 힘이 나죠.

용수산이 알려지면서 요즘에는 각국 대사들을 불러서 새로운 한식을 보여주며 얻는 특별한 기쁨이 있어요. 제가 덴마크에 11년 있던 게 알려져서 덴마크 여왕이나 총리처럼 높은 분이 오면 대사관에서 제게 연락을 해요. 마그레테 2세 여왕의 남편인 헨릭 공(公)은 어렸을 때 아버지를 따라 베트남에서 살았어요. 그래서 동양적인 정서에 매우 익숙해요. 아시아 음식도 좋아하고요. 여왕 부부가 2007년 방한했을 때 제가 최고의 한식 만찬을 선보였죠. 집 정원에 있던 솔잎을 뜯어서 접시에 깔고 소금을 뿌려 살짝 구운 송이를 얹어 드렸어요. 정종 한 모금을 송이 향과 즐기시라고 알려드렸더니, 설명을 꼼꼼히 들으시고 그대로 따라 드셨죠. 나중에 고마움의 뜻으로 사진에 서명까지 해서 보내주셨어요. 사람 좋아하고 음식 좋아한 보람, 이만하면 괜찮지 않나요?

이제는 다그닥다그닥, 작은 축제의 음식이 빚어지던 소리를 들을 수가 없어요. 어느 집에서도 들썩거리는 소리가 들리지 않는 게 안타까워요. 온 동네가 함께 모여 만들고 어울리며 먹는 그 즐거움은 모두 어디로 갔을까요. 양쪽 귀를 손으로 조분조분 눌러 빚은 얌전한 만두는 어디로 숨어버린 걸까요. 오늘 저녁에는 커다란 함지박에 소복소복 하얀 만두를 빚어두고 친구들에게 전화를 돌려봐야겠어요. "우리 오늘 만두 했어!"

이제는 다그닥다그닥 작은 축제의 음식이 빚어지
던 소리를 들을 수가 없어요. 어느 집에서도 들썩
거리는 소리가 들리지 않는 게 안타까워요. 온 동
네가 함께 모여 만들고 어울리며 먹는 그 즐거움
은 모두 어디로 갔을까요. 양쪽 귀를 손으로 조분
조분 눌러 빚은 얌전한 만두는 어디로 숨어버린
걸까요.

조은,
예술은 결국
사람이라는 가치로 귀결된다

머리 뒤쪽 어딘가에서 일렁이는 무언가를 느꼈다. 돌아보니 그가 나를 향해 물결처럼 손을 흔들고 있었다. 일요일 오전 광화문, 일찌감치 문을 연 카페에 마주앉아 산다는 것과 나이 든다는 것에 대해 이야기했다. 그 사이로 먹는다는 것과 쓴다는 것이 간간이 스며들었다. 나의 뒷모습을 향해 환한 인사를 쏟아내던 그는 수줍은 듯하면서도 단단했다. 쉽게 곁을 내주지 않으려 하는 것 같지만 훤히 들여다보이는 여린 구석을 감출 줄 몰랐다. 가만히 이야기를 나누면서 우리는 함께 떠날 수 있었다. 시골 마당에서 자글자글 기름 두른 수수부꾸미가 데워지던, 눈보다 희게 웃고 있던 할머니가 기다리는, 오래전 그때로. 한 통의 편지 같은 수수부꾸미의 기억이 그를 지켜주는 한, 그의 시도 오래도록 따뜻할 것이다.

조은

1960년 경상북도 안동에서 태어났다. 1988년 계간 〈세계의 문학〉에 '땅은 주검을 호락호락 받아주지 않는다'를 발표하며 등단했다. 《무덤을 맴도는 이유》《따뜻한 흙》《생의 빛살》 등의 시집을 냈으며, 산문집 《벼랑에서 살다》《조용한 열정》을 출간했다. 서울 사직동의 소담한 한옥에서 조용하지만 치열하게 글을 쓰며 산다.

○

　시를 쓰는 것과 음식을 한다는 것이 결국 비슷한 일이라는 걸 최근에야 알게 됐어요. 둘 다 사람을 탐구하고 사람을 높이는 일이잖아요.

　전 요리를 전혀 좋아하지 않아요. 집안에 미식가

가 있으면 음식에 빠져들기 쉽죠. 그런데 제 눈엔 음식의 바깥이 보였어요. 음식을 만들어야 하는 저희 어머니였죠. 허리가 휘도록 부엌에서 일을 하는 어머니. 그 어머니에 대한 연민 때문이었어요, 음식에 대한 거부감이 생긴 건.

외할아버지께서 미식가였어요. 미식가가 즐거우려면 누군가는 음식을 해야 하죠. 지금처럼 편하게 쓸 수 있는 오븐이 있는 것도 아니고, 기껏해야 석유풍로 갖고 음식을 차려내야 했잖아요. 그보다 예전에는 연탄불이 전부였고요. 체력도 약한 어머니가 그 앞에서 일하는 모습이 너무나 힘들어 보였어요. 집에 손님은 또 얼마나 많았던지요. 어머니가 요리 솜씨가 뛰어나다 보니 상황이 더욱 악화된 거죠. 쪼그리고 앉아 삶고 굽고 부치고 지지고 볶고 있는 어머니 모습이 불쌍해 보였어요. 마치 제가 정의의 사도라도 된 양 '도대체 왜 먹는 데 이렇게 많은 노동력을 들여야 하나'라는 생각이 든 거죠. 만들고 나서는 상을 차려서 무거운 걸 들어다 갖다 바쳐야 하고요. 그런 게 부당하게만 보여서 거부감이 뙈리를 튼 거죠.

밤에도 늘 깨어 있는 어머니를 자주 봤어요. 식혜 한번 하려면 밤새도록 삭히고 달이고 애를 써야 하잖아요. 우리 엄마, 다른 일도 많은데 저렇게 약한 몸으로 죽도록 고생하는구나, 속이 상했어요. 제게는 엄마가 고통 받는 약자였던 거죠. 나라도 보호해줘야 한다는 생각이 불끈 솟으면서 마치 전사처럼 엄마를 구하러 나섰지만, 오히려 엄마한테 못된 소

엄마가 참 훌륭한 삶을 살았구나, 몸은 약했으나
엄청난 생명력으로 많은 사람을 살려놓은 거였구나, 하고요.
요리가 노동이고 희생일 수도 있지만, 사실 그걸
안 한다고 무엇을 더 얻겠어요.

리를 했어요. 엄마를 멈추게 하고 싶은데 멈추질 않으니까, 말의 강도가
점점 강해지고 표독한 칼날이 돼 날아갔죠.

　사실 그 시대 다른 엄마들이 다 그렇게 살았죠. 그런데 유독 제게는
그런 엄마가 불쌍해 보였어요. 엄마를 사랑하지 않았으면 안 그랬을 거
예요. 엄마가 참 좋았거든요. 사람을 대하는 곡진하고 곧은 정성이 남다
른 분이셨으니까. 가난한 사람이라고 해서 하찮게 보거나 떵떵거리는
사람 앞이라고 갑자기 굽실거리지 않았어요. 늘 그 미소, 그 정성으로
사람을 대하셨죠. 그래서 더 지켜주고 싶었고 보호해주고 싶었는지 몰
라요.

　엄마가 잘못 사신 게 아니라는 걸 얼마 전에 절실하게 깨달았어요. 경
주에 있는 남산을 걸으면서 바뀐 여러 생각 중 하나예요. 나이 오십이
다가온 시점에서 나 자신과 제대로 된 결판을 내보겠다고 시작한 게 남
산 걷기였어요. 서른다섯 번쯤 갔죠. 가슴 아팠던 일, 미진했던 일, 절망
스러웠던 일, 많은 생각의 가닥을 정리하고 하나씩 묶어서 내려놓으려

고 걸었어요.

걸으면서 어느 순간 생각이 찾아오더군요. 엄마가 참 훌륭한 삶을 살 았구나, 몸은 약했으나 엄청난 생명력으로 많은 사람을 살려놓은 거였 구나, 하고요. 요리가 노동이고 희생일 수도 있지만, 사실 그걸 안 한다 고 무엇을 더 얻겠어요. 손톱을 예쁘게 다듬고 자기만족에 시간을 보내 겠죠. 하지만 누군가가 우리 집에 왔을 때, 가장 신선한 재료로 가장 맛 있게 예쁘게 먹이고 싶은 마음, 정말 위대한 거죠.

제가 요리를 좋아하지 않는데도 저희 집에 놀러 왔던 사람들은 제가 한 음식을 먹고 배불러 죽겠다고 해요. 너무 많이 먹어서 숨을 못 쉬겠 다고 하는 사람도 있었고, 과식해서 화장실 들락거리거나 배부르니 졸 리다고 아예 자고 가는 사람도 있죠. 제 안에 각인된 엄마의 모습이 저 도 모르게 나오는 거예요. 지인들이 그래요. 저는 최선을 다한다고요. 저는 제가 그런 줄 몰랐거든요. 커피 하나만 해도 제가 타면 이상하게 맛이 다르대요. 잘 모르겠지만 뭔가 과정이 하나 더 있는 것 같다고 하시죠. 컵을 미리 데워둔다든지 하는 사소하고 콕 집어 설명할 수는 없는 다른 하나가 있는 거예요. 그게 어머니에게 물려받은 피인 것 같 아요.

그래서 저는 할머니의 수수부꾸미 맛을 잊을 수 없나봐요. 저희 할머 니는 연꽃 연 자에 향기 향 자 쓰시는 분이셨는데, 이름 그대로 조용히 피는 연꽃 같은 분이셨어요.

수수가루를 동그랗게 지져서 팥 앙금을 넣고 접어서
주셨죠. 특별히 대단한 재료가 들어가는 것도 아닌데
쫀득하고 달콤한 맛이 어린 입술에 착착 감겨들었어요.
늘 반원형으로 접어서 주시다가 어느 날은 네모난
편지봉투 모양으로 만들어서 주시기도 했어요.
받아들면서 "편지 왔네" 하고 마냥 좋아했지요.

할머니가 예순 즈음이셨을 때, 저는 초등학교를 막 들어갈 무렵이었죠. 여름방학 때 안동 할머니 댁에 가서 지냈어요. 밤에 모기장을 치고 잤는데, 언니나 동생이 데굴데굴 굴러서 모기장 밖으로 나가기 일쑤였어요. 그러다 보면 근처에 있던 요강 단지를 쏟기도 했죠. 그러면 할머니는 마치 엎어진 물그릇을 치우듯 조용히 요강을 치우셨어요. 아침에 일어나면 모기장은 깨끗하게 빨아져서 빨랫줄에 걸려 있었죠.

여름이면 물놀이 때문인지 잔뜩 먹은 과일 때문인지 배탈이 자주 났어요. 할머니는 어서 나으라고 밤새 가만가만 배를 쓸어주셨어요. 할머니 약손 덕분에 속이 가라앉고 나면 만들어주셨던 게 수수부꾸미예요.

수수가루를 동그랗게 지져서 팥 앙금을 넣고 접어서 주셨죠. 특별히 대단한 재료가 들어가는 것도 아닌데 쫀득하고 달콤한 맛이 어린 입술에 착착 감겨들었어요. 늘 반원형으로 접어서 주시다가 어느 날은 네모난 편지봉투 모양으로 만들어서 주시기도 했어요. 받아들면서 "편지 왔네" 하고 마냥 좋아했지요. 워낙 조용하고 말이 없는 분이셔서 할머니와 대화로 감정을 교류한 느낌은 안 들어요. 하지만 할머니의 마음이 담긴 편지였던 수수부꾸미는 그리움 한가운데 남아 있어요. 지금도 그리운 그 기억 속에 푹 안기고 싶네요.

음식이라는 건 꼭 혀를 즐겁게 하기 위해 존재하는 건 아니라고 생각해요. 따지고 고르는 미식으로서가 아니라, 열려 있는 소통으로서의 음식은 얼마나 아름다운가요. 함께 먹어서 따뜻한 순간을 우리에게 안겨주니까요. 어릴 때 이후로 먹어보지 못했던 수수부꾸미가 제 삶에서 부활한 건 친구 덕분이었어요. 어떻게 만드는지 몰라서 늘 마음에만 있었거든요. 어느 날 친구가 기어이 찾아와서 요리를 해주겠다고 하더라고요. 친구가 모든 재료를 냉장고에 넣어두고 제가 오라고 할 때만 기다리다가 저희 집으로 싸갖고 왔는데, 그게 수수부꾸미였어요. 그게 5년 전이었으니 거의 40년 만에 먹어보게 된 거죠.

평소에 화학조미료 안 쓰고 잘 지은 깨끗한 한복 입는 거 좋아하는 별종 친구였는데, 신기하게도 수수부꾸미를 선택한 거예요. 시골에서 먹을 적엔 수수하다 못해 초라하게만 생각했는데, 친구의 손에서 태어난 부꾸미는 우아하고 품위 있어 보일 정도로 특별했어요. 저를 부엌에 들어오지도 못하게 하더니 척 부쳐내는데, 소금 간밖에 안 했지만 세상에 그런 맛이 없어요. 옆집 친구를 불렀는데 "수수부꾸미? 안 좋아하는데……" 하더니만 먹어보고는 바로 반했다고 하더라고요.

40년 만에 다시 만난 부꾸미를 보고 있자니 할머니 생각이 다시 간절했어요. 버스를 타려고 국도변에 서 있으면 곁에 다가와 돌멩이를 하나 손에 쥐어주셨죠. 멀미가 심한 저를 위해 준비하신 거였어요. 손에 꼭 쥐고 있으면 멀미가 덜하다고요. 정말로 꼭 쥐고 있으면 덜했어요. 민간 처방이긴 했지만, 과학적인 근거가 있는 거였죠. 손에 지압 점이 있으니 효과가 있는 게 맞았던 거예요.

겨울에 할머니 댁에 갈 때 눈이 많이 내리면 기차가 끊겼죠. 내려서 버스를 타고 다시 내려서 걸어가노라면 저만치서 할머니 모습이 보였어요. 키가 작고 자그마하던 할머니가 기다리고 서 있었어요. 눈길을 걸어서 다가가는데 활짝 웃는 할머니 얼굴이 흰 눈보다 더 눈부시게 빛났죠. 아, 그런 기억.

음식도 그렇고 예술도 마찬가지로 결국 사람이라는 가치로 귀결되는 것 아니겠어요. 시인은 추억을 끌어다 쓰기도 하고 사물을 가져다 묘사하기도 하죠. 어떤 걸 시에 쓰더라도 결국 모든 의미는 인간으로 모이는 거예요. 시가 살아나려면 식물성을 들이붓다가도 인간이라는 동물적 상징성을 같이 살려야 하니까요. 사람이 전혀 없는 것 같은 하드한 시에도 인간이라는 가치는 살아 있어요. 시인으로서든 자연인으로서든 생활인으로서든, 사람의 가치는 더는 따질 필요도 없이 최상의 가치니까, 살아

있는 동안은 사람을 탐구해야겠죠. 시도 어마어마한 것인데 사람까지
얹어서 생각하려면 얼마나 큰 탐구가 되겠어요. 저의 시 세계는 어찌 보
면 작은 세상이지만 제게는 거대한 탐구를 실은 최고의 과제인 거죠. 그
러니까 늘 최선을 다해서 시를 쓰겠죠. 잘 못 쓰더라도.

맛있다, 내 인생

초판 1쇄 인쇄 2011년 12월 12일   초판 1쇄 발행 2011년 12월 21일

지은이 신정선
펴낸이 연준혁

출판 6분사 편집장 이진영
편집 정낙정 박지숙 박지수   디자인 강홍주   제작 이재승

사진 이준헌 이태경 이종현 조선일보

펴낸곳 (주)위즈덤하우스   출판등록 2000년 5월 23일 제13-1071호
주소 (410-380) 경기도 고양시 일산동구 장항동 846번지 센트럴프라자 6층
전화 (031)936-4000   팩스 (031)903-3895
홈페이지 www.wisdomhouse.co.kr   전자우편 wisdom6@wisdomhouse.co.kr
출력 엔터   종이 화인페이퍼   인쇄·제본 (주)현문

값 13,900원   ISBN 978-89-5913-662-9 03810

• 이 도서의 국립중앙도서관 출판시도서목록(CIP)은 e-CIP홈페이지(http://www.nl.go.kr/ecip)와
  국가자료공동목록시스템(http://www.nl.go.kr/kolisnet)에서 이용하실 수 있습니다.
  (CIP제어번호: CIP2011005314)